新潮文庫

出世と左遷

高杉　良著

新潮社版

10910

目次——出世と左遷

出世と左遷

第一章　会長の個展

1

「いい絵ですねえ。赤のあったかい色調がなんとも言えない。石井《いしい》画伯のお人柄が偲《しの》ばれます。この絵をおねだりするわけにいかんでしょうか。会社のわたしの部屋に飾って、毎日拝ませてもらいたいな」

矯《た》めつ眇《すが》めつ絵に見入っていた田端芳雄《たばたよしお》が溜《た》め息《いき》まじりに言った。

「ありがとうございます。石井に申し伝えます」

相沢靖夫《あいざわやすお》は最敬礼した。

「きみ、ほんとうに石井会長にお願いしてくださいよ」

田端は真顔だった。

〝ベニスの赤い家〟と題した十二号の油絵である。ほんのお義理で顔を出したとしか思えないが、〝ベニスの赤い家〟を絶賛した。

言われてみると、二十数点の出品作の中で〝ベニスの赤い家〟は際立《きわだ》った出来映えのように思えてくる。

田端は大手証券会社、N証券の社長である。営業一筋でトップに昇り詰めた。名うての遣《や》り手《て》として聞こえている。禿《は》げ上がったひたいは黒びかりし、眼光は鋭く、ひとくせありげな面構《つらがま》えだ。およそ絵心があるとは思えない。

「石井画伯にお目にかかれなかったのは残念ですが、無理をして覗《のぞ》きに来た甲斐《かい》がありました。石井画伯にくれぐれもよろしくお伝えください。なんとか、時間をやりくりしてもう一度来たいと思ってるんだが、個展はいつまででしたかな」

「明後日、六月六日の土曜日六時まででございます」

「そう。あさってねえ。ちょっと無理ですかねえ」

田端は名残り惜しそうに、絵の前を離れた。

画廊の玄関まで田端を見送り、二階の会場へ戻った相沢が、もう一度〝ベニスの赤い家〟の前に立ったのは、六時五分前である。

相沢の肩書は中堅損害保険会社、栄和《えいわ》火災海上保険の秘書室次長で、石井三郎《さぶろう》会長付である。

　年齢は四十六歳。身長は一七〇センチ。学生時代ラグビーで鍛え込んだ堅太りの身体《からだ》は頑健そのものだ。当時のニックネームは相沢ゴリラを詰めて〝相ゴリ〟。同期入社仲間ではいまだに〝相ゴリ〟で通っているが、二重瞼《ふたえまぶた》の眼はやさしく、柔和な面立ちである。

　一流私大とは言いかねるM大の出身にしては、ずっと一選抜《いっせんばつ》できた。つまり課長（副参事職）、次長（参事職）までは出世レースでトップグループから脱落しなかったのは、人当たりがやわらかく、人に好かれるタイプだからこそで、とくに仕事ができるわけでもなければキレるわけでもない。営業部門が長かったが、三カ月前の異動で次長に昇格したとき秘書室に配属された。

　自ら計らうほうではないし、親分に恵まれているわけでもないから、栄和火災で役員になるのは至難である。しかし部長ぐらいにはなれるかもしれない、とひそかに期待している。栄和火災にはM大出は数えるほどしかいない。経営陣《ボード》の中には一人もいないのだから、ボード入りなど夢のまた夢と考えるべきであろう。そう思えば、出世レースでがつがつする必要もないから、気が楽だ。

腕組みして〝ベニスの赤い家〟の前に立っていた相沢が肩を叩《たた》かれて、横を向くと石井が並びかけていた。六十八歳にしては髪も黒く豊富で、顔も艶《つや》やかである。

石井は、相沢の肩に右手を置いて語りかけた。

「この絵、気に入ったかい」

「はい」

「去年ベニスへ行ったときに画《か》いたんだ。運河の水と、赤い煉瓦《れんが》の対照に魅《ひ》かれてねえ」

「ベニスの風景が六点ありますが、どの絵も見事ですけれど、とくにこの絵は素晴らしいと思います」

「そんなに気に入ってくれたんなら、きみに進呈しよう。個展をやるなんて考えもしなかったが、きみのお陰で、こんな大それたことができたんだから、絵の一枚ぐらいプレゼントするのは当然だよ」

日曜画家の石井が個展を開催したのは、相沢の慫慂《しょうよう》を容《い》れた結果である。

相沢はゴマを擂《す》ったつもりはない。会長室の壁に掲げられた二十号のセーヌ河畔の風景画を見たとき、本気でそう思った。いままでそのことを誰も言い出さなかったのが不思議である。セザンヌ・タッチとでも言うのか、石井の色彩感覚は並のレベルではなかった。

「個展なんて柄じゃない。もの笑いのタネにされるだけだよ」と一笑に付したが、まんざらではなかったとみえ、石井は社長の山本卓也《やまもとたくや》に「相沢君が個展をやれってうるさく言うんだよ。参ったねえ」と話した。

「栄和火災のイメージアップのためにもぜひ」と、山本にもすすめられた。

誰も反対する者はいない。あれよあれよという間に〝石井三郎展〟の開催が本決まりとなった。

会場探しにも時間を取られたが、すでに石井が友人や親戚《しんせき》などに贈って散逸した絵を集め直すのがひと苦労だった。物置に放り込んだままの油絵やスケッチを表装するために、何度、梅丘《うめがおか》の石井邸に通ったかわからない。

「こんなもの、貰《もら》い手がなくて薪《まき》にもならんと思ってたんだがねえ」

石井は照れ隠しに謙遜《けんそん》したが、デッサン一枚にも才気があふれていた。

額に納まると、生き返ったように光彩を放った。

案内状の発送、電話による入場者の動員は秘書室、広報室の手を借りたが、ほとんど相沢が取り仕切った。この五日間、相沢は午後は必ず会場に詰めて、受付で招待客の応対をした。広報室がマスコミにも然《しか》るべく手を打ってくれたお陰で、週刊誌、経済誌、業界紙などにも採り上げられた。社内報でも大きく採り上げられるはずだ。

「秘書室の初仕事で、ひと山当てちゃったな」

同僚からやっかみ半分にそんな皮肉も言われたが、このひと月ほどの間、相沢は寝ても覚めても〝石井三郎展〟にのめり込んできた。

たしかに絵の一枚ぐらい貰って当然と思わぬでもないが、相沢は遠慮した。

「とんでもないことです。そんな畏《おそ》れ多くて。それより先ほどN証券の田端社長がお見えになりましたが、田端社長もこの絵に感動されて、なんとか譲っていただけないかと……」

「へーえ。あの男に絵がわかるのかねえ。カネ勘定ばっかりで、絵心があるとは思えんがなあ。ま、お世辞だろう」

「いいえ。そんな感じではありませんでした。赤のあったかい色調がなんとも言えない、とおっしゃってました。石井画伯のお人柄が偲ばれるとも」

「ふうーん。人は見かけによらんものだねえ。そんなに褒めてくれたのかね」

石井は、相好を崩してつづけた。

「じゃあ田端君にプレゼントするか。そのかわり、きみにはほかの絵をあげるよ」

「田端社長がどんなに喜ばれますか」

「よし、決めよう。超多忙な田端君が来てくれただけでも嬉《うれ》しいが、そこまで惚《ほ》れ込まれたら冥利《みょうり》に尽きるというものだ。田端君に来週早々にでも、この絵を届けてくれんか」

「かしこまりました。会社のほうへお届けするようにします。社長室に飾って毎日眺めたいと言われてましたので」

2

N証券の田端社長が大手町の栄和火災海上本社ビルに、石井会長を訪ねてきたのは、翌週木曜日の午後二時過ぎである。

前々日の火曜日に、件《くだん》の絵画が兜町《かぶとちょう》のN証券本社秘書課に届けられたので、その返礼であることは言うまでもない。田端の来訪は、もちろん秘書同士で連絡を取り合った上でのことだ。

石井会長付の女性秘書は、河原洋子《かわはらひろこ》である。七人いる女性秘書の最年長で四十七歳。切れ長の眼に険があるが、相当な美形で、それを鼻にかけているふしがないでもない。

婚期を逸したのはそのためかもしれない。

石井のスケジュール調整、アレンジは職掌上は相沢の役目で、河原洋子は相沢の補佐役に過ぎないが、相沢は洋子にまかせている。というより洋子はそれを自分の職分だと思い込んでいるので、相沢でさえ洋子に伺いを立てなければ会長室へ入れない雰囲気なのだ。

前任者の大野修《おおのおさむ》と、引き継ぎを兼ねて一杯やったとき、大野が冗談ともつかずに言った。

「会長の面会や夜のアレンジは、河原洋子にまかせたらいいよ。女史にとって会長は生き甲斐みたいなものだからな。常務時代から十七年も仕えて、ま、痒《かゆ》い所にも手が届くみたいな存在だからねえ」

「二人の間になんか隠微な関係でもあるんですか」

「まさか。男女関係はないと思うけど、会社においては女房みたいなつもりなんじゃないのか。ただ困るのは、会長を動かしているのはこのわたしだみたいな錯覚に陥っている面があることだ。このことは男も女もないんだろうが、秘書としての分をわきまえなければいけないというか、心しなければならん点だよねえ」

大野は、相沢より二年先輩で、秘書室次長から総務部部長に転じた。

田端芳雄をエレベーターホールまで見送った石井会長が、秘書室を覗いて相沢を手招きした。

「五分ほどしたら来てくれないか」

「かしこまりました」

相沢は正確に五分待ってから、会長室のドアをノックした。その間に河原洋子が湯《ゆ》呑《の》みを片づけて秘書室に戻って来た。

「茶はいらんと言ってあるから、河原は来んだろう。きみにちょっと個人的なことで相談があるんだ。その包みをあけてくれ。田端君が絵のお礼だと言って持って来たんだ」

石井はソファに置いてある包みのほうへ顎《あご》をしゃくった。

デパートの包装紙から出てきた物はイタリア製の高級服地だった。もちろん仕立券付きである。五十万円はくだるまい、と相沢は思った。

「小さいほうの包みもあけてくれ」

「はい」

こっちのほうも同じ日本橋の老舗《しにせ》デパートの包装紙に包んであった。

桐《きり》の箱をひらいて、相沢は息を呑んだ。

十万円の商品券がぎっしり詰まっていたのである。

「何枚入ってる?」

相沢がふるえる手で商品券を数えたところ、ちょうど百枚あった。

「一千万円あります」

相沢は声がうわずり、喉《のど》がからからに渇いた。

「一千万円ぽっちのはしたガネに驚いているようじゃ、相沢も大物にはなれんぞ。たとえばの話、政治家には絶対なれんな」

「わたしはサラリーマンです」

「うん」

石井は脚をセンターテーブルの下に投げ出して、寝そべるような恰好《かっこう》で天井を仰いでいる。

十数秒ほどの沈黙が相沢にはやけに長く感じられた。

「田端君はほんの気持ちだと言ってたが、一千万円ぽっちとは言っても、素人《しろうと》が画いた絵のお礼にしては過分だな」

「はい」

「ウチの増資計画をどこかでキャッチしたんだろう。N証券はシェア・アップを狙《ねら》ってるわけか」

「……」

「下心は見え見えだな。きみなら、どうする」

「服地のほうは問題ないと存じますが、商品券はお返しすべきではないでしょうか。現金と同じですし、N証券に借りをつくって、つけ入られるのもおもしろくありません。会長の名声に傷がつきます」

相沢の声が落ち着きを取り戻した。

石井は上体を起こして、じろっとした眼をくれた。

「多分に書生っぽいが、きみの言ってることは正論だ。きみの意見に与《くみ》することにしよう。いますぐ田端君に電話をかけてもらおうか」

「承知しました」

田端は在席していた。

「石井の秘書の相沢です。先日はお忙しい中を個展にお出かけいただきまして大変ありがとうございました。石井に替わりますので、少々お待ちください」

石井は相沢からひったくるように受話器を取った。

「さっきはどうも。さっそくだが、服地はありがたくいただくが、商品券のほうは受け取れませんな」

「こんな素晴らしい絵を只《ただ》でいただくわけにはまいりません。わたしは号百万円でも安い買い物だと思ってます。正直ひと桁《けた》違うかな、と思ってるくらいなんですよ」

「冗談じゃない。人をおちょくっちゃあいかんよ」

「ほんとうに十年もすれば値が出ると思いますが、この絵は未来永劫《えいごう》に、会社の社長室に飾らせていただきます」

「とにかく商品券は返させてください。いまから秘書に届けさせます」

「ちょっと待ってください。そんなもの返されても、どうしようもありません。処分に困るだけです。お気を悪くされたかもしれませんが、なんとかお納めいただけませんか。釈迦《しゃか》に説法ですが、税金の心配はいりません。わたしのほうはなんの魂胆もないんです。心からのお礼のつもりです。どうしても受け取れんとおっしゃるなら、捨ててください」

「無茶言いなさんな」

「どうか枉《ま》げてお聞き届けください」

「ちょっと考えさせてもらいましょう」

「ほんとうにほんとうにありがとうございました」

田端の声は聞こえないが、やりとりの内容は相沢にも察しがつく。

「どうしても受け取れと言ってきかんよ。返してもらっても処分に困るそうだ。田端君は捨ててくれと言ったが、まさか捨てるわけにもいかんしなあ」

相沢が固唾《かたず》を呑んで言った。

「しかし、お受けするのは会長の品位にかかわります。処分に困るというのは方便でしょう」

「うん」

しかめっ面で返されて、気持ちがひるんだが、相沢は居ずまいを正して、石井を凝視した。

「ある大会社のトップで、絵を画く人がいますが、その人の絵は号十万円の値がついてるそうです。誰が買っているかと言いますと、何十とある子会社の総務部なんです。系列下の会社の応接室には、必ずその人の絵が壁に掛かってると聞いたことがあります。教養人として聞こえてますけれど、その一事を以《もっ》てしても品性の卑《いや》しさがわかるような気がします。ご本人の耳に入っているかどうか知りませんが、こういう話は伝わるものです。会長が商品券をお受け取りになりますと、N証券から外に伝わると考えるべきではないでしょうか」

「わしもそんな話を聞いたことがある。たしか、その男は毎年個展をやってるんじゃなかったか」

「ええ」

「さぞや大量生産されてるんだろうが、絵を売ったカネに税金はかからんのかねえ」

「もちろんかかります。売った側は累進《るいしん》で課税されますので、税務署に申告する必要がありますが、大企業の経営者に税務署もそこまでは追及しないでしょうから、税金を払っているとは思えません」

「商品券を受け取っても税金の心配はないそうだよ」

「お受け取りになるおつもりですか」

「まだ考えがまとまらん」

「なんでしたら社長に相談されてはいかがでしょう」

「阿呆《あほ》！　こんな話はきみ限りだ。これ以上ひろげてどうするってんだ！」

石井は癇《かん》にさわったとみえ、声を荒らげた。

相沢は弾《はじ》かれたように起立した。

「申し訳ありません。身のほどもわきまえず余計なことを申しました」

「もういい。下がってくれ」

手を払われて、相沢はもう一度低頭してから退室した。

3

翌日、十時過ぎに、石井から相沢に呼び出しがかかった。

「一晩考えたが、例のもの受け取ることにしたよ。きみは不満だろうが、返すのは角が立つ。N証券は当社の幹事会社でもあり、これまでに相当儲《もう》けさせてやったことでもあるから、この程度はゆるされると割り切ることにした。これは口止め料と思って取ってくれ。二十枚入ってる」

石井はむすっとした顔で茶封筒をぽんとデスクの上に放り投げた。

相沢は思わず一歩あとじさった。

「これを受け取れんようでは、尻《けつ》の穴が小さいと言われても仕方がないな。清濁あわせのめんようでは大成しない。なにも言わずに黙って受け取れ」

「……」

「おい！　なにを愚図愚図してるんだ」

大きな声を出されて、相沢はホゾを固めた。

「ありがとうございます」

「さっさとしまわんか」

相沢は胴ぶるいしながら、茶封筒をつかんだ。

「用件はそれだけだ」

石井はにやっと表情を崩して、回転椅子《いす》を回した。

相沢は石井の背中にお辞儀をして、引き下がった。

席へ戻っても胴ぶるいが止まらなかった。たかが二百万円ではないかと無理に思おうとしても、やはり限度を越えていると考えざるを得ない。受け取りを拒否したら、それこそ角が立つ。相手は人事権を持つ代表取締役会長である。只では済むまい。それとも、会長は俺をためしたのだろうか。断固拒否することを期待していたとも考えられる。だとしたら、いまからでも遅くはない。だいたい石井は公私のけじめにはうるさいほうである。

公私を混淆《こんこう》している経営者はゴマンといるが、石井は比較的クリーンで、この三カ月ほどの間に首をかしげたくなるような請求書や領収書が秘書に回ってきたことは一度もなかった。もっとも、今度の個展の経費は秘書室扱いだったが――。

相沢の心は千々に乱れた。

帰りの電車の中でも、しっかり抱えているカバンの中に収まっている商品券にずっと心を奪われていた。

4

相沢靖夫の住まいは小田急沿線の狛江《こまえ》駅に近い3LDKのマンションである。妻の佳子《よしこ》は三つ下の四十三歳。長男の太《ふとし》は高二、次男の洋《ひろし》は中二だが、父子《おやこ》の対話不足はいかんともしがたい。救いは二人とも勉強が嫌いではないことだ。大学時代ラグビーばかりやっていた相沢より、ずっとましかもしれない。

その夜、相沢が帰宅したのは八時過ぎだが、テレビを見ていた太と洋は、父親の顔を見るなりものも言わず自室へ引き取った。

「あいつら、俺が〝ただいま〟って言ってるのにうんでもすんでもない。柄ばかりでかくなりやがって、頭の中はまるっきりカラッポじゃないか。きみの教育が悪いとしか思えんな」

「照れ臭いんでしょ。気にしない、気にしない」

佳子は、台所で食事の仕度をしながら話している。

「それにしたって、挨拶《あいさつ》ひとつできないようじゃ、しょうがないじゃないか。先が思いやられるよ」

「いまどきの子は、みんなあんなもんですよ」

相沢がシャワーを浴びて、食卓に着いたときは、食卓がにぎやかになっていた。ふろふき大根も、揚げ出し豆腐も味つけは悪くない。

佳子は女にしては大柄で一六五センチある。贅肉《ぜいにく》がついて身体全体に丸みが出てきたが、若い頃はすらっとした美人だった。

相沢が家で夕食を摂《と》る日は佳子も必ずつきあう。子供たちと食事が分かれるので手間がかかるが、料理づくりを愉《たの》しむほうだから、それを苦にすることはない。

二人で五〇〇ミリの缶ビールを二本あけるのが、いつもの習慣だが、四分の三は相沢が飲む。相沢は仕事の話を家庭に持ち込むほうではないが、さすがに今夜は佳子の意見を聞かずにはいられなかった。

商品券を見せられて、佳子はビールのほろ酔いでうるんだ眼を輝かせた。

「パパ凄《すご》いじゃない。二百万円の臨時ボーナスなんて、宝くじに当たったようなものね。ウチのブルーバードもう五年も乗ってるからそろそろ買い換える時期よ。助かるわ。商品券って、換金できるんでしょ」

「きみはノーテンキだねえ。受け取ったことがバレてみろよ。相沢は脇《わき》が甘いって会社の連中に変な目で見られるだけじゃないか」

「バレるかしら。それにバレたって、どうってことないと思うけど。会長さんの個展で、あんなに苦労したんですから、二百万ぐらい謝礼にいただいてもバチが当たるとは思えないけどなあ」

「仕事のうちと考えたから働いたまでで、たいして苦労はしてないよ」

「じゃあ、これどうするの」

　佳子は、二十枚のうちの一枚を手に取ってかざすように見ていたが、うしろ手に言った。

「やっぱりもらっときましょうよ」

「そうはいかんよ。少なくとも独り占めする気にはなれんな」

「パパは見かけによらず気が小さいのねえ」

「サラリーマンなんてそんなものだよ。会社のためだったら大抵のことはやってのけられる。時と場合によっては手がうしろへ回るようなことでもやっちゃうが、個人ベースとなると誰でもナーバスなものなんだ」

「そんなものかなあ。わたしがOLでこういうチャンスに恵まれたら、ありがたくいただくと思うけどなあ」

「ま、あした秘書室長に相談してみるよ。伝え方は難しいけど、ネコババみたいな真似《まね》はよくないよ」

「ネコババとは違うでしょう。それと、会長さんの立場はどうなるのかしら」

「もちろん、会長の立場はちゃんと考えるよ」

「でも、少しは当てにしていいんでしょ」

「意地汚いことを言うな。全部返すことになると思っててくれ」

5

翌週の月曜日、相沢は昼食時間に秘書室長の田中勇《たなかいさむ》を役員応接室に呼び出した。田中は三年先輩で副理事職、つまり部長待遇である。

「個展がうまくいってホッとしたな。きみが頑張ってくれたお陰で、秘書室の株が上がったよ」

「そう言っていただくと嬉しいんですが、みんなに忙しい思いをさせちゃって、申し訳ないと思ってます」

「秘書室が活気づいたのは久しぶりだ。俺なんかなんにもしなかったが、個展が終わったらなんだか気が抜けちゃったねえ」

「そのことでちょっと困ったことがあるんですけど」

「困ったこと」

「ええ」

「なあに」

「会長から商品券をもらったんですけど、それがちょっとやそっとの額じゃないんです」

「いったいいくら」

「二本です」

「二十万円？」

「いや。オーダーが違います」

「二百万円？」

田中は箸《はし》を投げ出して眼を剝《む》いた。

「ええ」

「それは凄い。会長がきみにお礼をしたいと思う気持ちはわかるけど、二百万円とは気張ったものだねえ」

「問題は、そのプロセスなんですよ」

相沢は商品券に関する経緯をかいつまんで話した。ただ、一つだけ脚色した点がある。田端から石井に届けられた商品券は二百万円で、石井からその全額を与えられたのだと嘘《うそ》を言ったのは、石井の立場をおもんぱかったからだ。

「会長の気持ちはわかるよ。あれでなかなか優しいところがあるんだなあ。今度の個展がよっぽど嬉しかったんだろう」

「N証券の田端社長からのプレゼントですよ。室長は気になりませんか」

「どうして。スーツの服地に二百万円の商品券なら、相場というか常識的だろう」

「ウチは増資を控えてるんですよ」

「そういう意味だったら、田端さんに下心はあるさ。魚心あれば水心で、N証券が幹事証券の中でシェア・アップを狙って、いろいろ仕掛けてきてることは先刻承知だよ。社長にも財務担当常務にも、担当部長、課長クラスにも、立場立場に応じてN証券は抜け目なく手を打ってるよ。絵にかこつけて、服地と商品券なら、証券会社の手口としてはスマートなほうなんじゃないか」

「商品券が一千万円、二千万円だったら、どうなんですか」

相沢はちょっと胸が騒いだ。

「そこまでやるとやり過ぎだが、敵もさるものでそう常識外れなことはせんよ」

「そんなものですかねえ」

相沢は無表情を装《よそお》うのに苦労した。やっぱり一千万円は常識外れと言うしかない。

「ただ、わたし一人で個展を仕切ったわけではありませんから、二百万円を独り占めするのは気が引けます」

「アイデア料をもらったと考えればいいじゃないか。うちあけたところ、なんだか相沢にしてやられたというか、きみに対してジェラシーがないと言えば嘘になるが、誰も気がつかなかったことを最初に言った相沢は、とにかく見上げたもんだよ。悩む必要なんてないな。黙ってもらっておけばいいんだ。俺に相談する必要なんて、まったくなかった。相沢らしいというか、そこがきみの値打ちかもしれんけど。会長は内緒にしろと念を押さなかったか」

「もちろん、言われましたよ」

「それなら聞かなかったことにするよ」

相沢は、腕組みして考える顔になった。

「ちょっと待ってください」

相沢は、中腰になった田中を手で制した。

「やっぱり独り占めはできません」

「秘書室で山分けするわけにもいかんじゃないか。そんなことをしたら会長の立場はなくなるし、ここだけの話にならなくなるぞ」

「厚かましいかもしれませんが、わたしは半分いただきます。あとの半分は室長のほうで適当に処理してください」

「冗談よせよ。俺はそんなに図々《ずうずう》しくない」

「だって、会長の個展は秘書室全体でかかわったんですから」

「ふうーん。棚からボタモチみたいな話になってきたな。話がうま過ぎるが、きみがそこまで言うなら、ひと口乗らせてもらおうか」

田中は、十秒ほど眼を閉じて思案していたが、ぐっと上体を寄せてきた。

「ほんとうにいいのか」

「もちろんです」

「それなら、俺と大野と、河原女史で百万円を山分けさせてもらうよ。二人とも口は堅い。大野はきみを後任に強く推した男だし、河原女史は、ずっと会長の世話を焼いてきたんだから、恩恵にあずかってもいいだろう。これ以上ひろげると秘密が保てなくなるからな。それと、きみに対していちいちお礼なんか言わせなくていいだろう」

「それでけっこうです。やっと肩の荷が降りました」

相沢は、佳子のえびす顔が見えるような気がした。

第二章　反対給付

1

二日後の夕刻、相沢靖夫は会長室に呼ばれた。

石井三郎は仏頂面《ぶっちょうづら》で相沢を見上げた。

「さっき河原君から商品券のことで礼を言われたが、どういうことだ」

相沢は咄嗟《とっさ》の返事に窮した。

「河原は商品券を四枚、田中から貰《もら》ったと言っていた。ということは、田中も分け前にありついたというわけだな」

「勝手を致しまして申し訳ありません」

相沢はおろおろ声で返した。

「申し訳ないで済むと思ってるのか。河原にしてみれば、わしから直接手渡されなかったことが不満らしい。水臭いとまでは言わなかったが、ずいぶんとお気を遣っていただいてどうのこうのと、厭味《いやみ》な言い方だった。どうしてこんなことになったんだ。いったいおまえはなにを考えてるんだ」

凄《すさ》まじい形相で浴びせかけられて、相沢は石井を見返せなかった。

河原洋子はどうして、そんな余計なことをしてくれたのだろう。会長には絶対内緒だと田中から念を押してあるはずなのだ。

田中は十枚、計百万円の商品券のうち洋子に四枚与え、大野と自分は三枚ずつ受け取ったと思える。秘書室の主みたいな洋子に一目置いて、田中なりに配慮したと思えるが、洋子の嫉妬《しっと》を誘うことになるとは計算できなかった。

大野総務部長の名前を出していいものかどうか迷うところだが、田中が洋子にそこまで伝えているとは思えない。ならば、大野の名前は伏せてやるべきだろうか。だが、そうなると、田中の取り分は六十万円ということになってしまう。しかし、大野の名前まで出せば石井の怒りはもっと増幅するだろう。

「わたし一人でいただくのは気が引けました。それで秘書室長に相談し、わたしが半分いただくことにしたのです。しかし三人限りですから、秘密保持につきましては問題はないと存じます」

「なにが問題はないだ。おまえなんかに気を赦《ゆる》したわしが間抜けなんだが、わしの好意を無にしおって。おまえは、田中に洗いざらいしゃべったのか」

「いいえ。田端社長の名前は出しましたが、絵のお礼にいただいた商品券は二百万円で、それを全部わたしが会長からいただいたと話しました」

「馬鹿者《ばかもの》。小癪《こしゃく》な真似《まね》をしおって」

言葉とは裏腹に、石井の表情がゆるんだのを相沢は見逃さなかった。

「どっちにしても、つまらんことをしてくれたな。相沢がそれほど小心な男とは思わなかったよ」

「ご迷惑をおかけしました」

「もういい。田中と河原に、わしからどうのこうの言うのも変だから、相沢から厳重に口止めしておけ」

石井は眉間《みけん》に縦じわを刻んだ渋面をあらぬほうへ向けて、追い立てるように手を振った。

相沢はドアの前で、こっちに背中を向けている石井に一揖《いちゆう》した。相沢の手がドアのノブに触れたとき、石井が言葉を投げてきた。

「商品券の件は忘れろ。田中と河原にも何も言わなくていいぞ」

相沢が商品券の一件で上司の田中に相談したのは、サラリーマン根性からでもリスク・ヘッジのつもりでもなかった。真実、独り占めする気になれなかっただけのことだが、どうやら裏目に出たらしい。

個展で得点をあげていたので、プラス・マイナス・ゼロぐらいに収まったが、せっかくの得点がふいになってしまったことだけはたしかである。実力会長の石井の逆鱗《げきりん》に触れたのだから、失点のほうが大きかったと言うべきかもしれない。

しかし、〝一千万円〟を秘匿《ひとく》したことは借りではなく貸しになるのではないか——。

相沢は無理にそう思うことにした。

2

七月上旬の蒸し暑い日の午後、相沢靖夫に石井三郎から呼び出しがかかった。

石井は取引先企業の創業三十周年記念披露パーティからたったいま帰社したばかりで、カクテルを飲んだせいか顔が上気していた。

ソファをすすめられて、相沢は石井と向かい合った。

「パーティで田端君と会ったよ。毎日、眼の保養をさせてもらってるなどと調子のいい話をしたあとで、しれっと主幹事をやらせてもらえないかときた」

相沢の眼が石井の背後にひろがる絵画に走った。

セーヌ河岸を画《か》いた二十号の大作で、先月の個展でも〝ベニスの赤い家〟と並んで人気が集まった。

厭でも商品券のことが思い出される。相沢は、うしろめたい思いにとらわれながらも神田《かんだ》のチケットショップで換金した。十万円の商品券十枚、百万円は九十四万円のキャッシュに変わった。

五十万円は女房に渡し、四十四万円は自分の小遣いに残し、このひと月ほどの間に十万円ほど遣《つか》った。そのほとんどは秘書室の若い女性秘書たちに昼食を奢《おご》った。あぶく銭とは言え身銭を切ることの快感は悪くない。それ以上に、うしろめたさを軽減しているつもりもある。

石井は、絵を一枚やると言ったが実行されていない。察するに、二百万円の商品券で代替したと考えたのと、絵に愛着が出て惜しくなったのだろう。まさかどこかの社長のように、号十万円で売れると思っているわけではあるまい。

「証券会社の社長なんてのは柄が悪いと言うか並の神経では務まらんとは思っとった

が、冗談にしてもあんまりだから、絵を引き取らせてもらったほうがよさそうだな、と言ってやったよ。やっこさん、滅相もない、とあわてていたがね」

石井は相沢の顔を上眼遣いにとらえて、言葉を切った。

おまえの意見を言ってみろ、とその眼が語っている。

「主幹事はいくらなんでも非常識だと思いますが、田端社長なら言いそうなことですねえ。しかしN証券はパワーがありますし、情報力も他を圧してますから多少のシェア・アップはあってもいいのではないかと存じます。過去二回の増資とも、主幹事はY証券でそのシェアは五〇パーセントです。N証券は副幹事三社の一社でシェアは一五パーセントでした。一〇パーセントはともかく、五パーセントのシェア・アップなら、なんとか調整がつくのではないでしょうか」

相沢は言い過ぎたかな、と気になったが、石井は厭な顔をしなかった。

石井が相沢以上に商品券の件を気にしていることは疑う余地がないのだから、相沢の意見はそれを忖度《そんたく》したまでとも言える。

「うん。ま、そんなところだろう。その線で根回ししてみてくれないか」

石井は、中腰になったが、思いとどまってふたたびソファに腰を沈めた。

「いや、違うな。一〇パーセントでふっかけたらいい。初めから五パーセントを持ち出すと仕上がりは三パーセントになってしまう」

「はい」

「それと、わかってるだろうが、わしは田端君になんの借りもないからな。要するにN証券の熱意なり実力を評価してるということだ。Y証券は主幹事の座にあぐらをかいて営業努力が足らん。いい気になり過ぎてるからちょっとお灸《きゅう》をすえてやってもいいんじゃないかとかねがね思っとったに過ぎん」

「よく存じております」

わざわざ念を押すところが気にしている証拠である。N証券に負い目を感じていないはずがないのだ。それは相沢も同様であった。

相沢は重たい気分で自席に戻った。

増資に際して幹事会社のシェアを動かすには財務部、総務部、経理部、それに経営企画室との意見調整が必要である。

栄和火災海上の資本金は百四十億円、発行株式は二億八千万株だが、九月中旬を目途に七十億円（一億四千万株）の半額増資を計画していた。

増資の目的は、大阪市内の関西総合本部ビルの建設資金とコンピューター投資とで百億円近い資金需要を抱えているためだが、増資分の発行株式の三〇パーセントは時価発行とし一般募集する手はずになっていた。

幹事証券会社はこの増資によって、膨大な引受手数料をせしめることになるが、当該証券会社の金融法人部門が常日頃資金運用面で栄和火災海上の財務部門になにかと協力するのは、増資に備えてのこととも言える。

増資の直接の窓口は、総務部株式課だが、総務部だけでシェアを決められるわけでもないから、財務部やら経理部が絡《から》んでくる。調整機能は経営企画室にあるが、今回のように横車に近いトップダウンともなれば、秘書室が介在せざるを得ない。

3

相沢が田中秘書室長に相談をもちかけたのは、その日の夕刻である。会長室から戻ってすぐに話したかったしそのチャンスはいくらでもあったが、わざわざ時間を置いて、さりげなく切り出した。

秘書室長席の脇《わき》にソファがあるが、声高に話さない限り、室員に聞かれる心配はなかった。もっとも、よっぽど聞き耳を立てられればそうもいかない。

河原洋子がこっちをちらちら気にしているが、相沢は無視することにした。

「いつかも話題になりましたが、増資で幹事証券のシェアを動かすことはほんとうに可能なんでしょうか」

「会長からなんか言ってきたわけだな」

田中は上体を寄せて声をひそめた。

相沢もぐっと声量を落とした。

「ええ。田端社長からN証券を主幹事にしてもらえないかと言われたらしいんです」

「馬鹿な。冗談にもほどがあるよ。不可能だ」

田中は一笑に付した。

相沢の顔にも苦笑がにじんだ。

「まったく同感です。言い値にしても、その程度がひど過ぎますけど、ゼロ回答っていうわけにもいかないでしょう」

「会長はどの程度を考えてるのかねえ」

「一〇パーセントの上積みは難しいでしょうか」

「相当ぎくしゃくするだろうな」

「仕上がりがどうなるかはともかく、関係部門に一応ぶつけてみていいでしょうか」

田中は腕を組んで天井を仰いだ。田中は、社長の山本卓也の耳に入れるべきかどうか思案したのである。

栄和火災海上では、伝統的に秘書室長が社長を担当し、次長が会長付に回ることになっているが、目下のところ会長が人事権を掌握し、社長に権限を委譲するつもりはないように思える。山本は社長に就任してまだ二年ちょっとだから、それも仕方がない。

もっとも、山本もさるもので、石井の言いなりになっている軟弱《やわ》な男ではなかった。けっこう注文もつけている。

しかし、田中の知る限り人事問題などで二人の意見が対立したときに、山本がすべて譲歩してきた。

二人の年齢差は八歳だが、石井の体力、気力の衰えと共に人事権も自然山本に移ってゆくと思える。しかし少なくとも向こう二、三年は石井時代がつづくとみなければなるまい。会長、社長の定年制が制定されていないので、本人がその気にならなければ死ぬまで人事権を手放さない、ということもあり得る。

「一〇パーセントはちょっとどうかねえ。会長が痛くもない腹をさぐられて、N証券に金玉握られてるなんて勘繰られるだけ損なんじゃないのか」

相沢はドキッとした。N証券の田端社長が石井会長のところへ持参した商品券が一千万円であることをほのめかされたような気がしたのである。

しかし、それは気の回し過ぎだろう。田中は一般論を言ったまでで、当てこすりなどであるわけはない。

「ほんとうのところどうなの。会長の真意というか、目安がまさか一〇パーセントに固執しているわけでもないんだろう」

「それだけN証券の実力を評価しているからで、他意はないと思いますけれど。主幹事がY証券でなければ、もっと当社の株価は上昇していたと考えてるんじゃないですか」

「しかし、Y証券とは長いつきあいだからな。ウチが五〇パーセントのシェアを四〇パーセントに縮小したいと言い出したら、Y証券の担当常務と部長のクビが飛ぶぞ。Y証券はしゃかりきになって反撃してくるだろうな」

「Y証券で五パーセント、残り二社で二、三パーセントずつ五パーセント削ることで、なんとかなりませんか」

「きみは、いま仕上がりがどうなるかはともかくと言わなかったか」

「ええ」

「一〇パーセントが無理なことは会長自身もわかってるんだろう」

田中はお見通しであった。栄和火災海上では秘書室長ポストは出世コースの一つで、田中のボード入りは確実だろう。

「ま、察するに五、六パーセントかなっていう気はしますが、会長は一〇パーセントとはっきり言われてますからねえ」

「大野君の意見を聞いてみろよ。一〇パーセントを出して騒動を大きくするより初めから五パーセントで出したほうがリアクションはずっと少ない。社内調整でそんなに策を弄《ろう》することもないと思うが、とにかく大野君の意見を聞いてみろよ。早いほうがいいぞ。さっそく当たったらどうだ」

「わかりました」

相沢は社内電話で大野の都合を聞いて、総務部へ出向いた。

会長室、社長室、秘書室、役員会議室、役員応接室などのフロアは十七階にある。専務、常務の役付役員室フロアは十六階、人事、総務、広報部門は十五階、財務、経理部門と経営企画室は十四階である。

大野とは二十年ほど前に大阪支店で机を並べて以来の仲である。大阪支店は組織改正で関西総合本部に名称が変わったが、相沢は大野の引きもあって、本社営業本部第一課長から秘書室次長に転じたと田中から聞かされて、大野に対して親近感を覚えるようになった。

部長応接室のソファで二人は向かい合った。

「三十万円の商品券の余禄《よろく》にあずかっておきながら、こんなこと言うのもおかしいが、俺だったら、やっぱり田中さんに話さなかったと思うな。ま、その話はよそう。礼を言うよ。その節はありがとう」

相沢は、河原洋子のジェラシーからと推察される後日譚《ごじつたん》については田中にも大野にも話していなかった。話したらどんな顔をするだろうか。

「ところで用向きはなんだい」

「増資の件です。N証券のシェアを一〇パーセント上げるわけにはいきませんかねえ」

「それが会長の意向だとしても、とてもじゃないが無理な相談だな。どうしてもと言うなら、強権を発動するしかないと思うが、会長は本気なのかねえ。ダメモトみたいな話と違うのか。絵の謝礼に高級服地と二百万円の商品券をもらったくらいで、一〇パーセントのシェア・アップなんて言い出すとは信じられんよ」

「それとこれとは別です。関係ないと思います」

相沢は強弁した。

「当社に対するY証券の貢献度に、会長は懐疑的なんですよ。資産運用面でも五〇パーセントのシェアを持つ主幹事としての価値はないんじゃないですか。その点、N証券は相当期待できると思うんです。副幹事の最下位を副幹事のトップに据えることによって活性化する面は必ずありますよ。総務部長は否定なさいますか」

「いや、否定はしない。一石投じるのもおもしろいと思うが、ちなみに財務を当たってみな。やつらは一パーセントたりとも動かしたくない、と言い張るに違いない。一〇パーセントなんて、論外で問題外の外だって言われるのが落ちだろう」

「それはどうしてですか」

「きみ、そのぐらい察しがつかんのかねえ」

大野はメタルフレームの眼鏡の奥で、右眼をすがめた。

「財務部がY証券にどっぷり漬かってるってことですか」

「そのとおり。もうずぶずぶで、首まで漬かってるに違いない。財務担当常務も、部長も、課長も〝毒まんじゅう〟をたらふく食らって身体中《からだじゅう》に毒が回ってると考えたほうがいいいな」

毒まんじゅう、とは大幅に値上がり確実な未公開株やCB（転換社債）の譲渡を証券会社から個人的にも受けるなどの旨《うま》みにたっぷりありついている、という意味あいの言葉である。

財務担当役員を二、三年もやれば家が建つというのは大袈裟《おおげさ》だが、証券会社の誘い方も巧妙で「名義をお貸し願えませんか」などと遠回しに持ちかけて個人口座を開かせる。

個人アカウントを断るには人間離れした勇気を要する。断れば変人と言われるのが落ちだ。しかも法律や従業員規則に抵触しているわけでもなく、合法的に行なわれる。

財務部門は、当然のことながら証券会社と二人三脚で、資金を運用して会社にも膨大な利益をもたらしているので、罪の意識などまるでないかもしれない。金銭感覚が麻痺《まひ》しているという言い方もできよう。

「Y証券の毒は会長にも及んでるんでしょうか」

「ま、なんにもないと考えるほうが不自然だろう。ただ、俺が見る限りあの人は蓄財には比較的恬淡《てんたん》としているほうだった。会長に対するY証券のフォローが足りなかったことも間違いないんだろうな。遠からず山本社長に権限が移ると考えたんだろうが。その間隙《かんげき》を田端社長に衝《つ》かれたとも考えられる。たとえばの話、個展にY証券の社長はあらわれたか」

「いいえ。金融法人部門担当の横山専務と引受部門担当の小出常務は見えてましたけど」

「そんなつまらんことで案外、心証を悪くしたりするもんだよ。人間なんてそんなもんだ。田端社長はどうしても絵を一枚欲しいと言ったらしいが、敵は海千山千というか、したたかだねえ。すべて計算ずくだよ。俺に言わせれば、Y証券の上層部は安心し切っていて、抜かったんだ」

「毒まんじゅうの話を聞いて、ファイトが出てきました。ここらで、Y証券に対しても、ウチの財務部門に対しても一発食らわしておくのは、会社のためにもなりますねえ」

　真顔で返す相沢を大野がまじまじと見つめた。

「きみはそんなに多血質だったかねえ。一〇パーセントのシェア・アップなんか出してみろ、ふくろ叩《だた》きに合うぞ。会長と社長を対立させたいって言うんなら話は別だが、悪いことは言わない。五パーセントだって大騒ぎになる」

　田中秘書室長が予想したとおり大野総務部長もN証券の一〇パーセントのシェア・アップに反対意見であることがわかった。

　相沢靖夫はエレベーターの前で考え込んでしまった。

　このまま財務部門に〝一〇パーセント〟をぶつけることは、喧嘩《けんか》を売りに行くようなものだ。

相沢はためらいながらも上りのボタンを押して、ひとまず自席に戻った。

秘書室長席は机がきれいに片づいていた。

田中が山本社長の関西出張に同行したことに気づいて、相沢は舌打ちしたくなった。田中が出張中にこの問題を山本に話すかどうか心配である。まだ社長には伏せておいてくれと念を押すべきだった。

だが、自分が根回しした程度で片づくほど簡単な問題ではないことがはっきりしたのだから、帰するところ石井会長と山本社長の間で意見調整してもらう以外にないように思える。

4

その夜、十時過ぎに京都のホテルに投宿中の田中から、相沢の自宅に電話がかかった。

電話が鳴ったとき、そんな予感もしたので相沢が佳子を制して受話器を取った。

「夜分どうも。まだ起きてたろう」

「もちろん起きてましたよ」

相沢は佳子にテレビのボリュームを落とすように身ぶりで伝えながら、訊《き》いた。

「例の件、社長に話したんですか」

「うん。勘がいいな。社長は五パーセントでもとんでもない、という意見だった。会長がN証券にどんな借りがあるか知らんが、会長の顔を立てるにしても、いいところ二パーセントのシェア・アップだろうって言ってたぞ」

田中が酒気を帯びていることは声の調子でわかるが、それはお互いさまである。

「総務部長から一〇パーセントなんて案を出したらふくろ叩きに合うと威《おど》かされましたが、会長以外は、上のほうはみんなY証券の毒まんじゅうの毒が回ってるっていうじゃないですか」

「それを言い出したら、泥仕合になっちゃうぞ」

「商品券のことを言ってるんですか」

佳子がテレビを消して、こっちを見た。

「あんなものは毒まんじゅうでもなんでもない。絵の謝礼に過ぎんよ。会長だって毒まんじゅうを食ってないわけがないし、一人だけ神様みたいに潔癖なんてはずはないんだ」

「総務部長は、会長は恬淡としていると言ってましたけど」

「仮にそうだとしても、一〇パーセントは絶対に出すべきではない」

田中はめんどくさそうにつづけた。

「五パーセントで出して、仕上がり二パーセントなら御の字と考えてくれないか。会長も馬鹿じゃないから、そのへんの事情はわかるはずだ。会社ってのは、役員なり社員が恥を晒《さら》さないように庇《かば》い合ったり、いたわり合って成り立ってるんだよ」

「でも、会長が一〇パーセントに固執したらどうなるんですか」

相沢は、ずっしりと量感のあった商品券の束を眼に浮かべていた。

N証券が、石井に対してそれ以上に袖の下を使っているかどうかわからないが、商品券一千万円だけでも石井が一〇パーセントに拘泥《こうでい》する重みがあるように思えた。

「それを必死に押さえるのが相沢の役目じゃねえか。さしずめ、殿乱心召さるなってとこだな」

「冗談を言ってる場合ですか」

相沢はむきになって返した。

「いいか、会長に押し返すんだ。絶対社長の名前は出すな。俺と大野の名前は出していいが、せいぜい頑張ってみてくれ」

電話が切れたあとで、佳子が心配そうに訊いた。

「会社で商品券のことが問題になってるんですか」

「馬鹿、心配するな。独り占めしてたら、どうなってたかわからんが、そんなことはないから安心しろ」

「パパの判断は正しかったのねえ」

「多分な」

相沢は手洗いに立った。

放尿しながら、N証券から商品券を受け取った石井を恨めしく思った。

5

翌日、相沢は河原洋子に無理を頼んで、午後一時から十五分、石井の時間を取ってもらった。

「うまくいってるか」

「それが秘書室長と総務部長の段階で早くも躓《つまず》いてしまいました。両者とも一〇パーセントは不可能な数字だから、絶対に出すべきではないという意見なんです」

「難しいことはわかってるが、不可能ってことがあるか。話半分で仕上がり五パーセントではなく、一〇パーセントで押してみたい。N証券とのパイプを太くすることのメリットを考えてみろ。Y証券にどっぷり漬かってぬくぬくとしている連中の鼻をあかしてやろうとは、きみは思わんのかね」

「Y証券も主幹事としてそれなりに対応してくれてるようですが」

「違うな。主幹事をN証券に替えたいくらいだが、わしはそこまでは言っとらん」

「一〇パーセントで押せるところまで押すということでしょうか」

「うん。気持ちが変わった。わしの経営判断ということで押し切ってもいいと思っている」

石井はオーナー経営者ではない。カリスマ性がないとまでは言わないが、所詮《しょせん》サラリーマン経営者ではないか。その石井が眦《まなじり》を決してここまで言うとは、よくよくのことだ。

五パーセントでも大騒動になりそうだというのに、シナリオを変えて一〇パーセントで押しまくるなんて、正気の沙汰《さた》とは思えない。

一千万円の商品券以外に、N証券からどでかい〝毒まんじゅう〟でも食らわされたのだろうか、と勘繰りたくもなってくる。

相沢は伏し目がちに口をつぐんでいるしかなかった。それでせいいっぱいの抗議を込めたつもりである。

「商品券なんてケチなことで、N証券を推してるわけではないぞ。それが栄和火災にとってよかれと思うからだ」

相沢は胸中を見透かされてるような気がして顔を赤らめた。

「わかりました。その線で意見調整をつづけます」

「経営会議に出さならんが、山本が反対することはわかり切っている。木村《きむら》もそうだろう。だが、水谷《みずたに》と林《はやし》の賛成は得られると思う。三対二の多数決で押し切るようなことはしたくないが、調整がつかなければそれも仕方がない。端《はな》からわしが動くのも露骨過ぎるから、宮本《みやもと》を味方につけろ。宮本にはわしの意向だとはっきり伝えていい。すぐ宮本に会ったらいいな」

「わかりました」

宮本昭治《しょうじ》は常務取締役で、経営企画室長を委嘱されている。年齢は五十六歳。T大経済学部出の切れ者で、栄和火災海上の次期社長候補の一人だ。

経営会議の構成メンバーは石井会長、山本社長、水谷泰彦《やすひこ》副社長、木村啓一郎《けいいちろう》専務、林茂男《しげお》専務の代表取締役五人で、毎週水曜日午前九時から開催される。

事実上の意思決定機関だ。水谷は人事・総務部門、木村は財務・経理部門、林は営業部門を担当している。

形式上は月二度開く常務会が意思決定機関だが、経営会議で決定された案件が常務会で否決されたケースは、過去に一度もなかった。

経営企画室は、経営会議および常務会の事務局である。

「宮本を味方につけろ」

相沢は、石井の言葉を反芻《はんすう》し、考えあぐねた。

田中秘書室長はきょうまで出張で、あすから出社する。一日を争うこととは思えないし、まず田中の耳に入れるのが筋とも思うが、会長の特命事項なのだから、事後報告でも言い訳はつく。

それよりなにより相沢は切迫感、焦燥感に駆られていた。

6

宮本は在席していた。

二人は応接室で向かい合った。

「会長の命を受けまして、折り入ってご相談したいことがあります」

「へえ。なんだろう」

宮本は黒縁の眼鏡を外してテーブルに置き、手でソファをすすめながら、中腰で訊いた。

「失礼します」

相沢は、宮本がソファに坐《すわ》ってから向かい側に腰をおろした。

宮本の二年前のポストは取締役人事部長であった。きつい眼で、顎《あご》が尖《とが》っているが、眼鏡を外すとやわらかみが出て、切れ者という感じが減殺《げんさい》される。

「結論から申しますと、秋の増資で幹事証券のシェア調整をやりたい、ということなんです。Y証券を四〇に下げて、N証券を二五に上げたい、というのが会長の意向です」

宮本が呆《あき》れ顔で反問した。

「それは大事《おおごと》だ。会長は唐突になんでそんなことを言い出したのかねえ」

「N証券の実力を評価してのことと思います」

「N証券の実力はいまに始まったことではないだろう。だいいち、会長はN証券の田端社長と気が合うほうじゃなかったはずだが。軽蔑《けいべつ》してたんじゃなかったのか」

「そんな失礼なことを言ったんですか。田端社長は顔に似合わず、教養人で、絵画鑑賞が趣味みたいですよ」

相沢は苦笑まじりに返したが、宮本はまるで動じなかった。

「まさか。あの社長は仕事以外に趣味なんてあるわけがないよ」

「会長の個展に見えたことはご存じですか」

「聞いてる。たしか三週間前だったかな。常務会のあとの昼食会でハコベン食べながら、会長が人は見かけによらないと話したんだ。社長がすかさず、浮世の義理でしょう、なんて茶々を入れてたが、そのとき会長に厭《いや》な顔をされて、社長は気まずそうだった。個展は栄和火災のイメージアップになった。広告料に換算したら数千万円だなんて、社長はあわてて取りつくろってたよ」

昼食会の光景が眼に見えるようだ。早くも前哨戦《ぜんしょうせん》が始まっていたのである。相沢は胸が騒いだ。

「社長はY証券の村山社長と朋友《ポンユー》だし、一〇パーセントのシェア・ダウンなんて考えられるかねえ。ヘタに持ち出すと、痛くもない腹をさぐられて会長が傷つくぞ。必ずいくらもらったんだって話になるんだ」

考えることはみな同じだ、と相沢は思った。

「しかし会長は不退転の決意ですよ。そのためにも、宮本常務にお力添えをいただきたい、ということだと思います」

「本気なのか」

「ええ。できたら主幹事を替えたいくらいだと言ってました」

「そんな無茶な。石井会長が創業者なら、そのくらいはツルの一声でなんとでもなるんだろうが、がんじがらめの組織の中で、そんな横車が通るとは思えんねえ。社内のコンセンサスが得られるわけがないよ」

「これが横車でしょうか。ウチはY証券との癒着がひど過ぎるんじゃないですか。N証券とのパイプを太くすることは、今後のファイナンスが有利に作用するということだと思いますが」

「理屈はそのとおりだが、筋論だけで片づく問題じゃないだろう」

「会長は、宮本常務ならわかってくれるはずだと言ってましたよ」

「会長の気が知れないな」

「どうしてですか。わたしは会長の気持ちがよくわかります」

「絵を褒められたくらいで、そんなに熱くなれるものなのか。田中君はなんて言ってるの」

「秘書室長も総務部長も当惑してますけど、会長がその気になってるんですから、仕方がないと思ってるんじゃないですか。常務、お願いですから一肌脱いでくださいよ」

相沢は、拝むようなポーズをとった。

宮本は、山本よりも石井に近い。石井の引きで、社長候補と言われるまでになったのだ。

「ここだけの話、会長と田端社長との間になにがあったんだ。なんでN証券に肩入れするんだろう」

宮本のさぐるような眼を見返すのは勇気が要るが、相沢は眼を逸《そ》らさなかった。

「なんにもないと思います。N証券と近づくことが栄和火災のためになると純粋に考えられているんでしょう。ただ……」

相沢はさすがに言いよどんだ。

「ただ、どうしたの」

「会長が田端社長に絵を一枚プレゼントしたことはご存じですか」

「いや。聞いていない」

「十二号の〝ベニスの赤い家〟を憶《おぼ》えてますか」

「うん。いい絵だったな」

言うまでもなく、宮本も個展会場へ足を運んでいた。栄和火災の二十一人の役員で個展を見なかったのは、海外出張中の二人だけだ。部次長クラスも然《しか》りである。

「〝ベニスの赤い家〟を田端社長が強く所望されたんです」

「あの絵を田端社長にあげちゃったの。信じられんなあ。それで」

宮本に先を促されて、相沢は清水の舞台から飛び降りるような心境で、生唾《なまつば》を呑《の》み込んだ。

「スーツの服地と商品券がお返しに届けられました。商品券は二百万円ですが、わたしが全部いただきました。ずいぶんお断りしたのですが、個展が開催できたのはおまえのお陰だと言われまして」

「〆《しめ》て二百五十万円ってとこだな」

「そんなところでしょうか」

「絵の価値なんてどうでも付けられるけど、素人《しろうと》の絵だからなあ。二百万円の商品券はちょっといかがなものかねえ」

「申し訳ありません。わたしも会長にお返しすべきだと申したのですが、角が立つと」

一千万円の事実を出したら、宮本はどう反応したろう。そう思うと、相沢は石井に恩を売ったような気がしてくる。それに、田中と大野の名前を伏せたことも、悪い気分ではない。

「会長の気持ちもわかるけど、だからと言ってN証券に一〇パーセントもシェア・アップするのは過剰反応だよ。いや間尺に合わん。二、三パーセントなら、会長の顔を立てる気にもなるけど」

「ですから、会長は純粋に会社のためを思ってるんです」

「なにが純粋なものかね。動機不純もいいところじゃないか。説教強盗みたいなものだ」

「……」

「この話、誰かほかに知ってる者は？」

相沢は不決断に首を左右に振った。

「そうだろうな。きみも人が好《い》いって言うか、馬鹿って言うか。わたしに話す手はなかったろうに」

「しかし、なんだか切ないって言いますか、うしろめたいと言いますか、切羽詰まった気持ちだったものですから。常務に打ち明けて、気持ちが楽になりました」

相沢が低頭して、おずおずと頭をあげると宮本は口をへの字に曲げて腕組みしていた。

「会長と秘書の尻《しり》ぬぐいみたいでおもしろくないが、ま、なんとかやってみるよ。きみはこれ以上動かなくていい。じっとしてろ」

「絵のことはなにぶんにもご内聞にお願いします。常務に話したことが会長に知られますと、わたしはクビを洗わなければなりません」

「当たり前だ。こんなことが話せるか」

宮本は険しい表情でつづけた。

「社長とことを構えずに、どう調整するかねえ。まったく無理難題を持ち込んでくれたものだよ」

宮本はじろっとした眼をくれたが、宮本に打ち明けたことは正解だった、と相沢は思う。

逆効果を狙《ねら》ったわけでもないが、宮本をして親分のために一肌脱ぐ気にさせるには捨て身になるしかない。

7

相沢が引き取ったあとで、宮本は「窮鳥懐《ふところ》に入るか」とつぶやきながら、社内電話の早見表に眼を落とした。

財務部長の大井隆《おおいたかし》は在席していた。「わたしが伺います」と言う大井を制して、宮本は財務部へ出向き、応接室で話し込んだ。

「会長が今度の増資でN証券に肩入れしたいらしいんだが、許容範囲の限度を聞かせてもらえないか」

「前回どおりということでセットされてますから、いまさら動かしようがないと思います」

大井は脂《あぶら》ぎった面高な顔をあからさまに歪《ゆが》めた。

それが癖なのかズボンのポケットに両手をつっこんだ姿勢で話す。

「そんな厭な顔をしなさんな。どうやら会長は本気らしいんだ。一〇パーセントのシエア・アップはともかく最低五はしょうがないだろう。Y証券は主幹事らしいことをしてくれてるのかね。もたれ合ってて緊張感の欠如を感じるねえ。ここらで刺激を与えることも必要なんじゃないのか」

「Y証券は主幹事として充分当社の期待にこたえてくれてますよ。もたれ合ってるなんてとんでもない」

「会長はそうは見ていないようだ。きみはN証券の実力を評価してないのか」

「いいえ。たしかに腕力は断トツですけど、恫喝《どうかつ》的であったかみがないというか、きめ細かいフォローがないというか。あそこの企業体質、企業風土は好きになれませんねえ。一五を一〇に削りたいくらいです」

「きみも言うねえ。そんなことをしたら、シッペ返しが大変だよ」

「そこですよ。そういうところがN証券のいやらしいところなんです」

大井は、ズボンから出して宮本の胸に突き付けた右手をまた元へ戻した。

「N証券を肩入れするなんて、およそナンセンスです。経理も総務も、みんなそう思ってますよ。だいいち、社長、担当専務もシェアを動かすなんて夢にも考えてないんじゃないですか」

部長付の秘書嬢が冷たい麦茶を運んで来た。

大井はコップをつかんで、がぶっと飲んだ。すぐ右手はポケットの中にしまわれた。

「いくら会長でも賛成できません。増資の払い込みまであと二カ月足らずしかないんですよ。いまからやり直しなんてできるわけがないでしょう。物理的に無理です」

大井の声がうわずっていた。

「きみはなにをそんなに興奮してるんだ。物理的に無理とは不可能っていうことだよ。不可能ってことがあるかね。ゼロ回答で通せると思ってるのか。会長の意向なんだよ。わたしの意見ではない。間違ってもらっては困る」

宮本に声高に言い返されて、大井はひるんだ。

「ちょっと言い過ぎたかもしれません。しかし、会長の提案はあんまり唐突過ぎます。急にどうしてそんな変なことを言い出したんですかねえ。ファイナンスの機会はまだいくらでもあるんですから、今回は勘弁してくださいよ」

「Y証券に飽き足りないとか、N証券の実力を評価しているとか、理由はいろいろあるだろうが、いずれにしてもゼロ回答はあり得ない。わたしに白紙委任してもらえないかね。経営会議で侃々諤々《かんかんがくがく》の議論をするような問題でもないし、会長と社長が対立しても困る。またそんな大層な問題でもない。経営会議の事務局は経営企画室なんだから、わたしにまかせてもらっていいと思う」

「総務部長、経理部長の意見もよく聞いてください。それから差し出がましいようですが、社長と話されたほうがよろしいんじゃないですか」

大井は意味ありげに上目遣いで宮本をとらえた。

「ご意見はご意見として承っておくが、社長に会うのは総務部が稟議《りんぎ》を起こしてからでいいと思うな。社長の意見はきみが代弁してるじゃないの。会長の意向は相沢から聞いてるので、会長の意見も聞くまでもないと思ってるよ。わたしは客観的にものが見えると自負している。もちろんこの問題に限っての話だが。お手間を取らせて悪かった。経営企画室の調整案がまとまったら、岡田《おかだ》から連絡させる」

岡田元《はじめ》は経営企画室次長で、副理事職だから、大井と同格である。

エレベーターホールの前まで付いて来た大井がくだくだしく念を押した。

「ゼロ回答は難しいとしてもほんの微調整程度でお願いしますよ。それと主幹事のY証券の五〇は絶対に動かしてもらいたくないというのが、当社の大方のコンセンサスだと思います」

「うん」

宮本はあいまいにうなずいて、大井に背中を向けたが、ふりむきざま言い放った。

「余計なことかもしれないが、きみは行儀が悪いねえ。人と話すときぐらいポケットから手をだしたらどうなんだ。いつもそんなふうなのか」

「ど、どうも」

大井はあわてて両手をポケットから出した。

翌朝、相沢靖夫は宮本常務に下駄を預けた旨《むね》を上司の田中秘書室長に報告した。

田中が相沢に上体を寄せて心配そうに言った。

「宮本常務は会長に近いからねえ。どうしたって会長寄りになるんじゃないかなあ」

「N証券の一〇パーセントアップはともかく七とか八はよろしいんじゃないでしょうか」

「そんなことをしたら、会長派と社長派が割れて、しこりを残すことになってしまう」

二人は秘書室のソファでひそひそと話しているが、田中が一段と声をひそめた。

「会長もきみも二百万円の商品券ぐらいで、そんなにナーバスになることもないのになあ」

「それは関係ないですよ。やっと忘れましたのに、室長も意地悪ですねえ」

相沢はぎくりとしながらも冗談めかしてつづけた。

「いくらなんでも社長には話してないと思いますけれど」

「わたしも同罪だよ。少なくともきみはそう思ってるだろう。話せるわけがない。いまふと思ったんだが、〝ベニスの赤い家〟はほんとうにN証券の社長室にあると思うか」

「どうしてですか」

「大N証券の社長室に掛けられる絵だと思うか。常識的に言ってN証券の体面ってものがあるだろうや。一度追跡調査してみたらいいんだよ。それによっては、会長の気持ちが少しは鎮静するかもしれないぞ。瓢箪《ひょうたん》から駒《こま》みたいな話だが、きみ一度自分の眼で確かめてこいよ」

　相沢が思案顔で返した。

「N証券の社長室へ入れるチャンスなんてありますかねえ」

「田端社長の出張中ならなんとでもなるだろう。きみは田端さんの秘書と知らない仲でもないんだろう」

「二、三度会ってます。アプローチしてみますけど、ただ田端社長の出張には必ず同行するんじゃないですか」

「確認する手だてはいくらでもあるだろう。宮本常務がどう調整するにしても、会長の熱を冷ましておいたほうが都合がいいと思うな。なんなら賭《か》けてもいいが〝ベニスの赤い家〟はN証券の社長室には絶対にないと思うな。きっと物置にでも放り込んであるよ」

8

相沢が田端社長付の秘書課長、小池昇《こいけのぼる》を誘ったのは三日後である。小池は四十二、三歳の齢恰好《としかっこう》と思える。

大手町のPホテルの地下二階の天麩羅《てんぷら》店で二人は落ち合った。

「その節は厚かましいご無理なお願いをお聞き届けいただきまして、ほんとうにありがとうございました。田端が大変よろこんでおりました。なんとお礼を申し上げてよろしいか」

小池の莫迦《ばか》丁寧な挨拶《あいさつ》に相沢は閉口した。気持ちの上で負い目もある。

「過分なお返しをいただきまして。かえってご迷惑をおかけしました」

小池はおやっ、という顔をした。どこまで知ってるのか、とさぐるような眼でもある。商品券を贈ったN証券側は、秘書がタッチしていないわけがない。

しかし、受け取った石井のほうはあくまで個人ベースでなければならない。

「石井からスーツの服地をいただいたと聞いております」

「はあーい」

小池はアクセントをつけて返事をした。なにやらホッとした面持ちである。

相沢は内心バツが悪くて仕方がなかった。

二人はカウンターの前に腰かけた。

「ビールはいかがですか」

「はい。お言葉に甘えて一杯だけいただきます」

ビールを飲みながらの話になった。

「わたしは〝ベニスの赤い家〟をもらいそこねた口なんです。トンビにあぶらげみたいなことになってしまい、口惜《くや》しい気持ちです。もう一度見たいと思ってるんですが、N証券さんの会社にありますか。さしつかえなければ、いまからでも、お伺いしたいのですが」

「それが、あの絵は、会社には……」

小池は言葉を濁した。

「そうなると、きょうのきょうというわけにもいきませんねえ」

やっぱり、と相沢は思った。

田中の勘は冴《さ》えていたことになる。

「社長さんのお部屋は大家の絵でしょうねえ」

「シャガールです。社長応接室は中川一政の静物画ですが」

「世界のN証券ともなると、やっぱり違いますねえ」

小えびやあなごやきすが揚がってきたが、相沢は賞味するゆとりはなく、なにを食べているのかよくわからなかった。心ここになく、小池から聞いた事実を田中に報告するのは仕方がないとしても、石井に話していいものかどうかを考えていたのである。

「証券会社なんてそんなもんだよ。ウチの会長が世間知らずというか初《うぶ》なんだ」

果たして、田中はしたり顔で言った。

「会長に話さなければいけませんかねえ」

「当然だろう」

「せっかくいい気分でいるんですから、わざわざ水を差すことはないと思うんですが」

田中が眉《まゆ》をひそめた。

「いや、話してくれよ。水を差すのが目的なんだ。それで八方丸く収まるんだから。会長はN証券に対して、思い込みが強過ぎるよ。商品券ぐらいどうってことないじゃないの。オブリゲーションを感じるほうがおかしいんだよ」

廊下の立ち話で田中はむきになって言い募った。

相沢は、事実を話してしまいたい衝動に駆られたが、それはない。

「わかりました。それとなく会長の耳に入れますよ」

「それとなくなんて遠慮することはないと思うなあ。ズバッと話したらいい。きみが話しにくいようなら、河原さんに言わせてもいいぞ。彼女はすべて呑み込んでるんだから」

「自分で話しますよ」

「それと、宮本常務の耳にも入れといてもらうとありがたいな」

結局、相沢は石井の耳に入れなかった。伝えたところで石井の気持ちが鎮静化するとは考えにくい。田中には話したと嘘《うそ》をついた。

「会長どんな様子だった」

田中はたたみかけてきた。

「ご機嫌斜めでした」

嘘が二つになったが仕方がない。

第三章　微調整

1

翌週月曜日の午後、宮本常務から相沢に社内電話がかかった。

「宮本です。いまから会いたいんだが」

「すぐに伺います」

「経営企画室のほうへ来てほしい」

「はい」

十六階の専・常務室は相部屋である。経営企画室長を委嘱されている宮本は十四階にいることが多い。

宮本は次長の岡田と二人で相沢を待ち受けていた。

宮本と岡田がソファに並んで坐《すわ》り、相沢は宮本と向かい合った。

「増資のシェア調整案がまとまった。あさっての経営会議に諮《はか》るが、石井会長にきみから話してもらいたい」

「常務から話されたほうがよろしいと思いますが」

「いや、きみが話せ。経営会議のメンバーにはそれぞれの担当部長から話してもらったが、三人共OKだ。社長も問題ないと思うので石井会長がOKしてくれれば、それで決まる。きみ」

宮本は、岡田のほうへ眼を流した。

岡田が薄い頭頂部を手で気にしながら言った。

「Y証券四九、N証券一八、D証券一七、S証券一六。つまりN証券は三パーセントのシェア・アップとなり、ほかの三社は一パーセントのシェア・ダウンっていうことだ」

宮本が話を引き取った。

「三パーセントは決して小さな数字ではないぞ。しかもN証券が副幹事のトップになったことに思いを致してもらいたい。これでも財務、経理、総務を押さえ込むのに相当苦労した。会長の顔は立つと思うが……」

「会長は一〇パーセントを希望してます。せめて、六、七パーセントと思ってたのですが」

相沢の声がかすれている。

「きみ自身はどうなんだ。不服なのか」

「会長のお気持ちを考えますと、ちょっと」

「これは社内情勢をふまえた上でのぎりぎりの調整案だ。会長はノーとは言えないはずだがねえ。この案でさえもN証券以外の三社から相当なリアクションがあるだろうが、N証券に肩入れする会長の意見にももっともな点もあるので、三社に泣いてもらうことにしたんだ。きっとN証券は大満足だよ。会長の顔が潰《つぶ》れるなんてことはないから安心しろ」

「一応会長に話しますが……」

宮本が上体を相沢のほうへ寄せてセンターテーブルをこぶしでドンと叩《たた》いた。

「ふざけるな！　ぜんぜんわかってないじゃないか。一応もくそもあるか。これ以外の調整案はあり得ない。わたしの苦労も知らんで、一応とはなんて言いぐさだ。もろもろの点はすべてカウントされてある。これで会長が四の五の言うようだったら、わたしを経営企画室長から降ろしてくれ。強権発動でもなんでもしたらいいだろう」

岡田の手前もあって、会長とおまえの尻《しり》ぬぐい、とまでは言わなかったが、宮本のけんまくに相沢は息を呑《の》んだ。

「申し訳ありません」

「会長の回答は岡田に報告してくれ。社長には秘書室長から話すようにしたらいいな」

宮本は厳しい顔でソファから起《た》ち上がった。

相沢は経営企画室から出て、手洗いに入った。まだ胸がドキドキしている。三パーセントのシェア・アップを会長はハネつけるだろうか。それにしても、宮本はもう少し会長寄りの調整案を出してくれると思っていたのに、案外だった。会長が拒否したらどうしよう。そうなったら宮本に事実を話して、尻ぬぐいの二乗のようなことをやってもらうしかない。いや、宮本が信じてくれるかどうか。

それ以上に出し遅れの証文のようなことができるわけがない。そんなことをしたら、石井の逆鱗《げきりん》に触れて、〝損調〟に飛ばされてしまう。

損調とは、損害調査部門の略称で、損害保険会社の中で最も厳しい部門である。〝損調に飛ばされる〟はエリート社員の左遷《させん》の代名詞でもある。そうなると経営会議で、石井会長が力ずくで、山本社長以下をねじ伏せるしかないのだろうか——。

相沢が最後のひとしずくをふり切って便器から離れようとしたとき、隣から出し抜けに声をかけられた。

「さっきは大きな声を出して悪かったな」

宮本だった。相沢は宮本がトイレに入ってきたことに気づかなかったのだ。

「相沢が会長の気持ちを忖度《そんたく》するのもわからなくはないが、忖度し過ぎるのもよくないな。明らかに過剰反応だよ。たかが商品券ぐらいのことで、いつまでもくよくよせんほうがいいな。N証券とのパイプを太くすることについては悪くないと思うが、第一ラウンドで三パーセントはでき過ぎ、やり過ぎだと思ってもらいたい。会長も納得するはずだよ」

宮本は放尿しながら、つぶやくような声でそんなことを言った。

「はい。ご心配おかけして申し訳ありませんでした。失礼します」

相沢は、宮本のうしろ姿に一礼してトイレから出たが、宮本の心遣いをありがたいと思いながらも、石井に報告するのが憂鬱《ゆううつ》でならなかった。

ことがらの性質上、まず秘書室長の田中に話さなければならない。

相沢は、田中を応接室に誘って、深刻な表情で切り出した。

「予想以上に厳しい調整案でした」

「思わせぶらないで結論を先に言えよ。N証券はどうなったんだ」

田中は、社長側にとって厳しい調整案と取ったらしく、相沢以上に仏頂面《ぶっちょうづら》で訊《き》き返した。

「N証券を三パーセントアップして、その分あとの三社を各一パーセントずつダウンするという内容です」

「ほう」

田中は調子っぱずれな声を発し、破顔した。

「ひとつも厳しくなんてないじゃないか。石井会長の秘蔵《ひぞ》っ子《こ》にしては、極めてニュートラルで適正、厳格なジャッジメントだな。わが社のエースと言われるだけのことはある。改めて見直したよ」

「そんなにはしゃいでいいんですか。会長は納得しないと思います。会社のゆくすえに思いを致せば、N証券をもっと優先していいはずですよ」

「なにをたわけたことを言ってるんだ。会長が突然莫迦《ばか》なことを言い出すから、社内ががくしゃくするんじゃないか。会長を必死で押さえるのがきみの役目だろうが。これ以上波風立てたら、ウチの会社はほんとうにおかしくなっちゃうぞ。俺はさっそく社長に報告してくる」

田中はもう腰を浮かせた。

「ちょっと待ってください。会長は一〇パーセントと言ってるんですよ。三パーセントで収まるとは思えません。社長に話すのは、わたしが会長に話してからにしてください」

「見かけによらず苦労性だねえ。心配するなって。会長も、一〇パーセントなんて本気で考えてるわけがないんだ」

「室長の認識は甘いと思います。会長はY証券との癒着の構造を是正したいと本気で考えてますよ」

田中はふたたびソファに腰を落とした。

「きみ。ほんとうにそう思うのか」

「ええ。しゃかりきになって社長を説得するんじゃないでしょうか。少なくとも五パーセントでなければ、顔を潰されたと思うでしょうねえ」

「会長がなんでかくもN証券に肩入れするのか俺にはわからんが、会長がどう反応しようが、また会長と社長がこの問題で話す場面があるにしても、〝宮本調整案〟が出た以上、俺の立場としては社長の耳に入れざるを得ないよ」

田中は腰をあげ、相沢を置きざりにして応接室を出て行った。

三十分後に、田中は自席に戻り、にやにやしながら相沢を手招きした。

「社長はすこぶるご機嫌だった。宮本君を見直した、なんてまるっきし俺と同じことを言ってたよ。会長は不満かもしれない、とは俺は言わなかったからな」

田中とは逆に相沢の表情がこわばった。もはや巻き返しは困難かもしれない。それとも石井は〝宮本調整案〟を押し返すだろうか。

「参りましたねえ。会長の顔を見るのが辛《つら》いですよ」

そして、石井に来客がつづき、相沢が会長室に入ったのは午後五時十分過ぎである。石井は六時に会食の予定が入っているので、五時半には社を出なければならない。

2

相沢は脚の竦《すく》む思いで、会長デスクの前に立った。

「先刻、宮本常務から、増資のシェア調整案について話がありました。N証券を副幹事の最下位からトップに引き上げたいということです」

言いにくいことはどうしても後回しになるが、石井は背凭《もた》れの高い椅子《いす》をわずかに回して、相沢を斜交《はすか》いにとらえた。

「それで何パーセントなんだ」

「三パーセントです。Y証券四九、N証券一八、D証券一七、S証券一六ということです。宮本常務は、これはあくまで第一ラウンドだが、現段階ではぎりぎりの調整案だと申してました」

端正な石井の顔がひきつれ、こめかみに静脈が浮き上がった。相沢は思わず一歩あとじさった。脈搏《みゃくはく》が速まり、背筋がぞくぞくした。

石井は険しい顔で押し黙っている。相沢は直立不動の姿勢を保ちつづけた。十秒、二十秒。時間がやけに長く感じられた。

相沢は脚がなえ、膝頭《ひざがしら》ががくがくして崩れ落ちそうな気がしてきた。

石井が椅子を半回転させ、相沢に後頭部を見せた姿勢で言った。

「三パーセントとはわしも甘く見られたものだな。ひと晩考えさせてくれ」

「はい」

「さがっていい」

「失礼します」

3

翌朝九時半に、相沢は会長室に呼ばれた。

「昨夜遅く、宮本と電話で話したが、あいつは調整案が容《い》れられないようなら、クビにしてくれ、と言いおった。わし以外の経営会議のメンバーも宮本の案に賛成らしい。外堀を埋められたというわけだ。宮本はわしのためを思えばこその調整案だとも言いおったが、わしに言わせればあいつも社内にしか顔が向いとらんのだ。N証券のシェアを高めることはウチのためになる、で押せばいいものを、まったく肚《はら》が据わっとらん。きみ、わしはこのまま引き下がらないかんと思うか」

相沢は黙って低頭した。どう答えていいかわからなかった。

「山本と話してみるかなあ」

「秘書室長の話では、社長はシェアを変えたくないという意見だったようです。ですから三パーセントのシェア・アップは譲歩したということになります。宮本常務の調整案には会長が社長と対立されるのはなんとしても避けたい、という思いが込められているのではないでしょうか」

石井はたるんだ頬をさすりながら相沢を厭《いや》な眼で見上げた。

「おまえの口車に乗ったわしが莫迦だったよ」

相沢は石井がなにを言わんとしているのか理解できず、わずかに首をかしげた。

「おまえにそそのかされて個展などやるんじゃなかった。とんだ恥をかかされたものだ。個展などやらなければ田端に乗じられることもなかったんだ」

「申し訳ございません」

しかし、相沢は釈然としなかった。だいたい商品券を受け取らなければよかったのだ。身勝手にもほどがある。

「不愉快千万だが、田端に頭を下げに行かなしゃあないなあ」

うなだれていた相沢が思い切ったように面をあげた。

「僭越《せんえつ》ながら申し上げますが、三パーセントは会長がそんなに気になさる数字ではないと存じます。なにはともあれ会長のお陰で、N証券は筆頭副幹事になれたのですし、今後のファイナンスに含みを持たせることにもなったのですから、文句をつけられた義理ではないと思います」

「わかった。田端に会おう。アポイントメントを取ってくれんか」

「電話でよろしいと思いますが」

「そうもいかんだろう。いいから言われたとおりにしろ」

「かしこまりました」

相沢が会長室から秘書室に戻って、河原洋子に石井のスケジュールを確認しているとき、田中秘書室長が席を起って来て口を挟んだ。

「会長がどうかしたのか」

「N証券の田端社長のアポを取るように言われたんです」

「会長のほうが出向くのか」

「ええ」

「そんな莫迦な。話があべこべだよ。田端社長を呼びつけるんならわかるが、会長が出向くのは筋としておかしくないか。要するに例の件を伝えるわけだろう」

「わたしは電話でもいいんじゃないかと申し上げたんですけど、どうしても……」

田中がソファに坐ったので、相沢も向かい合った。

「会長がそれほどナーバスになっているってことは、田端社長に言質《げんち》を与えているからだろうか」

「まさか、そんなことはないと思います。ただ三パーセントは納得できないみたいですよ。昨夜宮本常務に電話して食い下がったそうですから」

相沢は小声でつづけた。

「宮本常務に調整案が容れられないんならクビにしてくれ、とまで言われては、いくら会長でも引き下がらざるを得ないでしょう」

「ふううーん」

田中は腕組みして、低く唸《うな》った。

「見上げたもんだ。宮本常務をまたまた見直したよ」

「とにかく田端社長とのスケジュール調整をします。会長命令ですから」

相沢は自席からN証券の小池秘書課長に電話をかけた。

4

石井がN証券本社に田端を訪ねたのは翌日の午後四時である。

石井は一人で外出することもあれば、相沢に同行させることもあるが、この日は相沢に同行を命じた。もっともN証券の秘書室までで、同席はあり得ない。

相沢は地下二階駐車場の専用車の中で、待っていた。

石井は社長応接室に通されて、二分ほど待たされている間、中川一政画伯の静物画に見入っていた。

〝ベニスの赤い家〟は社長室に飾ってあるのだろう。あとで見せてもらうか――。

ノックと同時に田端があらわれた。

「ご足労おかけして申し訳ありません。わたしが伺わなければなりませんのに、秘書が勝手しましまして」

「なにをおっしゃる。例の件で、田端さんに頭下げなならんのでねえ」

石井はさっそく用件を切り出した。

「田端さんの期待値が大き過ぎて、意にそまないのは百も承知ですが、三パーセントで勘弁してもらいたいんですわ。社内事情もこれありで、三パーセントひねり出すのも簡単ではなかったんですよ」

「たった三パーセントですか」

田端が顔をしかめ、失望の色をあらわにした。

石井はむっとしたが、表情には出さなかった。

俺ほどの男がこうして足を運んで来て、下手に出ているのに、なんていう言いぐさだ、と石井は腹が立った。

「副幹事の筆頭になるんですから、田端さんの顔が潰れるようなことはないのと違いますか」

「いやあ、三パーセントはショックですなあ。これじゃあ微調整ってところですからねえ。鶴首《かくしゅ》してお待ちしてたんですが、三パーセントはないでしょう」

「お気に召さないことはわかるが、当方の都合も考えていただかないと」

「わたしは、いやN証券はお会社のためを思いまして、考えているつもりです。ほんとうは主幹事にしていただくのがいっとうよろしいのですが、一〇はともかく、せめて五ぐらいは上げていただけると思ってました」

「そんなに気に入らんのなら、シェアは動かさんことにしましょうか。そのほうが社内の収まりはいいんです。なには返させてもらったほうがええようですな」

石井がここまで言うのは、よほど肚に据えかねているからだ。

田端はつくり笑いを浮かべ、あわて気味に返した。

「どうもどうも。わたしとしたことが失礼ばかり申し上げまして。ありがたく受けさせていただきます」

「ひとつもありがたくなさそうじゃないですか」

「そんなことはありません。N証券は必ずお会社のお役に立ちます。今後ともよろしくお願い致します。ところでY証券さんは四七になるんですか」

「山本以下、Y証券のファンが多くてねえ。一パーセント下げるのに、すべったのころんだのと大騒ぎですよ。三社とも一パーセントずつ泣いてもらいます」

「さようですか。それはそれは。会議中なので、きょうはこれで失礼します」

小馬鹿にしたようなもの言いだった。

ひきつったように険しい顔で石井が駐車場に立ったのは、午後四時二十分を過ぎた頃だ。田端との話はどうなったのだろう。

相沢は運転手の手前もあって話しかけるわけにもいかず気を揉《も》んだが、石井は車の中でひとことも言葉を発しなかった。

栄和火災海上本社ビルのエレベーターの中で、相沢は思い余って訊いた。

「田端社長はいかがでした」

石井はじろっとした眼をくれながら、やっと口をひらいた。

「微調整程度で不満だと抜かしやがった」

相沢は息を呑んだ。

石井はシェア調整を見直す方向で動こうとしているのだろうか。もし、そんなことにでもなれば、社内は相当ぎくしゃくする。ぎくしゃくどころではない。内紛に発展しかねない重大問題だ。

「田端は口のきき方も知らん。柄の悪い男だ。まったく株屋なんて、ろくでもないやつばっかしだな。微調整なんて言われる筋はない。否《いや》も応もないんだ」

相沢はもう一度生唾《なまつば》を呑み込んだ。お家騒動は回避できそうだ——。

エレベーターを降りて二、三歩歩いて石井が立ち止まった。

「あの絵を見せてもらうのを忘れてた。〝ベニスの赤い家〟は、やっぱり相沢にプレゼントするんだったな」

相沢は黙って低頭するしかなかった。

第四章　揺さぶり

1

七月下旬の某夜、栄和火災海上の財務・経理担当専務の木村啓一郎と財務部長の大井隆がY証券の金融法人部門担当専務の横山幹夫と取締役第二金融法人部長の松本勉に赤坂の料亭〝やまざき〟に招かれた。

「財務部長さんから五パーセントのダウンを覚悟して欲しいと言われたときは、心臓が止まりそうになりました。専務から、おまえの日頃の努力が足りないからだとカミナリを落とされますし、ほんとうに自殺したくなりましたよ」

松本が二十畳ほどもある座敷の下座から三人に忙《せわ》しく眼を遣《や》りながら、真顔で言った。

眉《まゆ》が薄く、メタルフレームの眼鏡の奥で細い眼を瞬《まばた》きさせるのが癖らしい。

松本の右隣に、横山が坐《すわ》り、上座に木村と大井が並んでいる。四人ともワイシャツ姿で冷酒を飲んでいた。

ひとしきりビールを飲んだあとで、木村が「冷酒にしてくれ」と仲居に命じた。三人とも木村に追従したまでである。

木村はごま塩の頭髪を七三に分けている。色白で貴公子然とした面立ちで減殺《げんさい》されているが、灰汁《あく》は強いほうだ。

横山は、五十七、八で木村と同年輩だが、対照的に頭髪が薄い分だけ老化《ふけ》て見える。

奇麗どころは三人。一人だけ三十前後に見えるがあとは大年増《おおどしま》の姐《あね》さん芸者だ。

「自殺はないでしょう。殺しても死なない人が」

大井は松本を茶化した。

松本は激しく瞬きして、手と首を振った。

「いまだから笑い話で済みますが、ショックで食事が喉《のど》を通らなくなったのは事実です。一パーセントでわたしの首はつながりましたけれど、それにしても長い間五〇でやらせていただいていたのですから、大台を割るのはほんとうに切ないですねえ」

「木村が御社のために必死で抵抗したからこそ、N証券の攻勢をこの程度で抑えることができたんです」

「きみ、もういいじゃないか。Y証券さんとは持ちつ持たれつの関係なんだから、われわれがこのぐらい頑張るのは仕方がないよ」

　木村は、大井の見え透いたおべんちゃらもまんざらではないと見える。

「ほんとうにありがとうございました。木村専務と大井部長のお宅の方角には足を向けて寝られません」

　横山が芸者の酌を受けながらつづけた。

「それにしても、石井会長がN証券にこれほどまでに肩入れするとは意外でした。われわれのフォロー不足も反省しなければなりませんが、石井会長にどんな心境の変化があったんでしょうか」

「田端社長に絵を褒められて、気をよくしたことは事実です。常務会で話してましたから」

「あれだけの見事な絵ですから、みんな褒めますよ。ウチの社長も、わたしと一緒に個展へ行かせてもらいましたが、たまたま会場に石井会長がいらしたので、道を間違えたとしか言いようがない、と褒めてましたよ」

　横山はしゃあしゃあと嘘《うそ》をついた。

「田端さんは、一枚どうしても欲しいとねだったんですよ。ここだけの話にしてください」

「ふうーん。強引な人だから。われわれはそこまでは図々《ずうずう》しくもないし、知恵も回りません」

大井が木村のほうをうかがいながら、口を挟んだ。

「ま、あとはご想像にまかせます。これから先はやめときましょう」

「田端さんが石井会長の気持ちをつかんだとなりますと、N証券はこれからも攻勢をかけてくるでしょうねえ」

松本の瞬きが一層激しくなった。

大井がにやにやしながら松本に返した。

「おたくも負けずに、石井に絵をねだってみたらどうですか」

「なにを言ってるんだ。そんな取って付けたようなことをしたら、かえって逆効果だよ。石井はあれでシャイなところもあるからな」

木村に浴びせかけられて、大井は首をすくめた。

十時前に木村と大井を送り出したあとで、横山の専用車へ二人が乗り込んだ。家の方向が同じなので松本が便乗したのである。

「石井対策を考えないといかんなあ」

「大井さんは曲者《くせもの》ですから、どこまで本当かわかりませんが、石井会長は主幹事交代まで匂《にお》わせたそうですよ」

「いくら石井会長がワンマンでも、そんな乱暴なことはできんだろう。しかし、N証券が副幹事のトップに躍り出たことは事実なんだし、N証券のパワーを考えると、ゆめゆめ油断はできないな」

「絵をねだるとは、田端さんもやりますねえ」

「感心してる場合じゃないぞ。大井さんはご想像にまかせるなんて持って回った言い方をしてたが、新発やCBを石井会長にしこたまつかませたんだろうか」

新発とは上場前の未公開株、CBは転換社債のことだ。上場直前の新規株や未登録店頭株は、証券業界で〝毒まんじゅう〟と称されるほど、売却益が出る。額面五十円の株価が公開後に何倍、何十倍に化けるのだからそれも当然である。

「なんとか石井会長を揺さぶる手だてはないでしょうか」

「経済誌に取材させる手はどうだろう。絵がN証券に渡ったらしいが、いくら貰《もら》ったんですかと冗談めかして質問されただけで、石井会長は相当びびるんじゃないか」

「おもしろいですねえ。損害保険会社なんて、マスコミに採り上げられるのは、保険金詐欺《さぎ》みたいな事件だけで、世の荒波に揉《も》まれてませんから、取材をかけられただけで、仰天するんじゃないですか」

「藤木正雄《ふじきまさお》に話してみるか。あいつなら、うまくやるだろう」

「専務は藤木さんと近いんですか」

「総務課長時代からつきあってるよ。広告でもずいぶんつきあわされたが、個人的にもめんどう見たからなあ」

「〝毒まんじゅう〟も食らってる口ですね」

藤木は、経済誌を主宰する強面《こわもて》の経済ゴロとして知られている。

2

増資の払い込みが完了して一週間ほど経《た》った九月下旬の某日午後、秘書室の河原洋子席の電話が鳴った。

「栄和火災海上秘書室でございます」

「藤木正雄の秘書の中田須美江《なかたすみえ》と申します。石井会長の秘書の方をお願いします」

「わたくし、河原が石井の秘書です。失礼ですが、藤木さんとおっしゃいますと、どちらの？」

「『東京財界』です」

「ご用件をお聞かせください」

「取材のアポイントメントをいただきたいのです」

河原洋子は『東京財界』なる経済誌を知らなかった。

「それでしたら広報室を通してくださいませんか」

「藤木だけど、いいから秘書室長に代わってくれよ」

出し抜けにドスの利《き》いた男の声に変わったので、河原洋子は眼を白黒させた。

「少々お待ちください」

秘書室長の田中勇は席を外していた。それもあるが、会長担当は相沢靖夫なのだから相沢に話すのが筋だ。

送話口を掌《てのひら》でふさいで洋子が言った。

「『東京財界』の藤木さんという人ですけど、秘書室長に代わるように言ってます。どうしましょうか」

「出よう」

相沢はデスクから離れ、洋子の席で電話を取った。

「秘書室次長の相沢と申します」

「藤木だけど、緊急に石井会長に会いたいんだけどなあ。きょうあす中になんとかしてもらえるとありがたいなあ」

藤木は高飛車だった。

「取材でしたら、広報を通していただけませんか」

「締め切りに追われてて、そんな時間はない。三十分でいいから時間を取ってくれよ」

「きょう、あすということですと、スケジュールが詰まってますので、どうにも時間のやりくりができません。わたくしなり広報室長なりからお答えさせていただきますが」

「石井会長のプライベートなことだから、きみに訊《き》いてもしょうがないだろう。とにかくきょう中に返事をもらいたい。じゃあ」

電話が切れた。

藤木の名前は知ってるが、相沢は無視することに決めた。居丈高な態度がどうにも不愉快だったし、プライベートなことなら石井邸に直接電話すべきだとも思う。

ただ、その日の夕方、河原洋子から藤木の秘書に電話をかけさせ「石井は多忙につきアポイントメントは取れない」と伝えておいたし、広報室長の足立正《あだちただし》の所へ出向いても行った。足立は、相沢より二年先輩の副理事職である。

「いくらなんでも広報を通さないって法はないよな。放っといていいよ」

話を聞いて、足立はいたく自尊心を傷つけられたらしい。下ぶくれの顔をふぐちょうちんみたいに膨らませた。

相沢が低い声で訊いた。

「室長は藤木正雄っていう人をご存じなんですか」

「会ったことはないが、大手ならいざ知らずウチあたりの中堅損保なんか相手にしないよ」

「広告のつきあいはあるんですか」

「うん。年間五十万円ってとこかな」

「それにしては、ずいぶん態度が大きいって言うか、横柄《おうへい》な人ですねえ」

「それで持ってる人だからしょうがないよ。あれで老人キラーみたいなところがあって、財界のエライさんにはけっこう人気があるみたいだよ。それにしても会長のプライベートなことってなんだろう」

「見当がつきません」

「いまごろ個展のことでもないだろうしなあ」

相沢はドキッとした。

「『東京財界』は個展のことは採り上げてくれたんですか。わたしは記憶にないんですけど」

「案内状も出してないよ。あんな雑誌に書かれたら、逆にイメージダウンだからな」

まさかとは思うが、厭《いや》でも〝ベニスの赤い家〟が眼に浮かぶ。相沢は不安感を募らせた。

3

相沢の不吉な予感は的中した。

二日後の夜十時過ぎに石井から相沢の自宅へ電話がかかった。

「『東京財界』の藤木からいま電話があった。家内が電話に出て用件を聞いたら、絵のことで訊きたいことがある、田端君にもインタビューを申し込んでいると、言うとったらしい。家内はわしは留守だと答え、あした会社の秘書へ電話をかけ直すように応《こた》えたが、秘書ではらちがあかんからあした朝十時にわしに直接、電話をもらいたい、と言われたそうだ。いったいどういうことだ！」

　怒気を帯びた甲高い声が受話器にびんびん響く。

　相沢は膝頭《ひざがしら》ががくがくふるえた。

「おい！　聞いてるのか！」

「はい。一昨日の午後、藤木氏から電話で会長に個人的なことで取材したいと申し入れがありました。きょうあす中に時間を取れと無理な要求をされましたので、応じかねると答えました。取材内容については一切聞いておりません。絵のこととか、田端社長とお聞きして、驚いております」

「なぜわしに話さなかったのだ」

「会長のお耳に入れるまでもないと思ったのです」

「誰かがあいつにリークしたとしか思えん。三パーセントに不満なN証券のやつらか、それともウチのやつか、まさかおまえってことはねえだろうな」

　大企業の会長とも思えぬ荒い言葉を吐くのは、石井が動顛《どうてん》している証拠である。

「ど、どうして、わたしが……」

　相沢は口ごもった。

「あした午前中のスケジュールをキャンセルしろ。藤木に会わなしゃあないだろう」

「その必要はないと思いますが。藤木氏にはわたしが会います」

「阿呆！　これ以上、藤木を怒らせてどうするんだ。だいたいおまえの対応がなってないからこういうことになるんじゃないか」

がちゃんと電話が切れた。

相沢は電話の前で呆然《ぼうぜん》と立ち尽くした。

佳子はバスルーム、子供たちは自室にいて、リビングは相沢一人である。

相沢がよろけるようにソファへ移動したとき、ふたたび電話が鳴った。

石井だった。

「あした八時に出社してくれ」

返事をする間もなく電話が切れた。

美しい一枚の絵が相沢の眼に浮かんだ。

〝ベニスの赤い家〟。

眼に滲《し》み入るような運河の水とあたたかみのあるレンガの赤色。人の心をとらえてやまない絵だ。きれいに澄んだ心の持ち主でなければ描けない絵でもある。そう思ったのは感傷に過ぎなかったのか。

〝ジキルとハイド〟を持ち出すまでもなく、神ならぬ人間は、ときにあざとい気持ちを持つものなのだろうか。

「おまえの対応がなってないからだ」と石井は言ったが、多額の商品券を受け取ったのは石井自身ではないか。

会長秘書役としてフォロー不足は痛感するが、藤木から会長の面会を求められたとき、受《う》け容《い》れていれば事態は変わっていたと考えるのは、甘過ぎる。問題は、藤木がなぜ絵のことを知り得たのか、そして今後どう対応すべきか、の二点だが、前者の犯人探しは不可能と思える。

個展をやろうなんて言い出すんじゃなかった、と相沢は後悔した。しかも、引受証券のシェア調整などという予期せぬ方向へ事態が発展し、心おだやかではいられなくなった関係者からも恨みを買ったのである。

4

次の日、相沢は八時十分前に出社した。この時間、栄和火災海上の本社は人気《ひとけ》が無くてビル全体がガランとしている。

社員通用口でガードマンからうさん臭そうに社員証の提示を求められたが、八時前ではそれも仕方がない。

相沢は、秘書室の次長席に着席するなりN証券秘書室に電話をかけた。田端付秘書役の小池と連絡を取ることは昨夜から考えていたことだ。

小池は出社していた。

出社時間は七時から七時半だと聞いた記憶があるが、ノルマがきつい証券会社だけのことはある。

「朝早く申し訳ありません。気になることがありまして……」

相沢は昨夜、石井から自宅に電話がかかったことを話した。

「実はわたしも相沢さんに電話を差し上げようと思っていました」

「やはり藤木氏から田端社長に取材の申し込みがあったのですか」

「ええ。田端はもう藤木さんに会いました。昨夜、先約を取り消して、藤木さんに料亭で食事を差し上げました」

相沢は息苦しくなってきた。天下のN証券社長がそんなにまで藤木に気を遣うとは――。藤木に対する認識不足が露呈し、収拾がつかないような気持ちだった。秘書の器量の差もさることながら、会社の格の問題もあるのかもしれない。

「それで藤木氏はなんと」

「田端が御社の石井会長から絵をいただいたことを藤木さんは正確につかんでいたそうです。ニュースソースは証券業界筋としか言わなかったようですが、当証券以外の三証券の誰かということになると思います。石井会長は、田端に絵をプレゼントしたと御社の社内でオープンにしてるそうですねえ」

「ええ。常務会でそんな話をしたようです。田端社長ほどの方に絵を褒められて、よっぽどうれしかったのでしょう。邪気はないと思います」

「素直に申しますが、田端は藤木さんから〝いくら払ったのか〟と訊かれたので、〝素人《しろうと》の絵にカネが払えるか〟と答えたそうです。仕立て券付きのスーツの服地一着分としか答えておりません。それは事実なんですから、石井会長にその旨《むね》をよろしくお伝え願いたいのです」

「藤木氏は記事にするんでしょうか」

「書かないと思います。いわば石井会長と田端の個人的な友達づきあいの話ですから、『東京財界』が書くようなネタではないですよ。田端の言によれば、〝変なことを書いたらもうつきあわんぞ〟と言ったら、〝わかったわかった〟と答えたそうです」

「藤木さんが三パーセントのシェア・アップにこだわってるようなことはないんでしょうか」

「もちろん根掘り葉掘り訊かれたと思いますが、田端は〝N証券の力を甘くみるな〟でおしまいだったと申してました」

「よくわかりました」

「石井会長は、藤木さんにお会いになるんですか」

「きょう十時に藤木氏に石井から電話を一本いれることになっています」

「そうですか。逃げずに会われたほうがよろしいと思います。どうも、失礼なことを申しました」

「とんでもない。いろいろありがとうございました」

「それからもう一つ。藤木さんは先生と呼ばないとご機嫌が悪いですよ」

相沢はしばらく放心していた。

役者の違いを見せつけられたような気がした。秘書室に配属されて半年ほどしか経っていないのだから、と言い訳しても始まらない。

役者の違いと言えば田端と石井についても然《しか》りではないのか、と相沢は思う。

石井が出社したのは八時二十分過ぎだ。

石井は低血圧気味で調子が出ない朝はいつも不機嫌だが、けさはことのほかひどかった。

相沢は自分で緑茶を淹《い》れて、会長室に運んだが、湯呑《ゆの》みに手を触れただけで石井は顔をしかめた。

「こんな熱い茶が飲めるか。舌がやけどするぞ。茶も淹れられんようじゃ秘書役は務まらんな」

気を利かせたつもりが裏目に出てしまった。

相沢は、お茶汲《く》みではありません、と言い返したかったが、ひたすら頭を下げるしかない。

「先刻、田端社長の秘書役に電話をかけました……」

相沢の話を聞いていた石井会長の仏頂面《ぶっちょうづら》がだんだんゆるんできた。

「藤木君に十時にわしが電話を入れることになってるが、昼食でも誘ってみるか。きょうの昼はどうなってる」

「社内報のインタビューがあります。会長室でカレーライスを食べながら、広報ウーマンのインタビューを受けることになってますが、キャンセルできないことはありません」

「藤木君の都合がついたらそうしてもらおうか」

「藤木さんにはわたしが電話をかけて都合を伺います。ＯＫでしたら場所はいかが致しましょうか」

「きみにまかせる。田端君が料亭を使ったんじゃ、わしもそうせないかんだろう」

「かしこまりました」

「わしが直接電話をしなくていいか」

「秘書役として至らなかった点をお詫《わ》びしなければなりませんから、わたしにかけさせてください。藤木さんの昼食時間がふさがってる場合はスケジュール調整は、わたしの判断でやらせていただいてよろしいですか」

「うん。わしはきょうの午前中と思ってたが、まあ、いいだろう」

「余計なことかもしれませんが、藤木さんは先生と呼ばれないと気を悪くするそうです」

「わかった」

十時ちょうどに相沢は、自席から東京財界社に電話をかけた。

藤木は電話中で三分ほど待たされた。

「もしもし……」

胴間声に気圧《けお》されて、相沢の声がうわずった。

「栄和火災海上の秘書室の相沢と申します。先日は大変失礼致しました。至らない秘書役で申し訳ございません。石井から叱《しか》られました」

「石井会長はどうしたの」

「はい。ただいま替わらせていただきますが、石井は先生のご都合がよろしければ本日、昼食をご一緒させていただきたいと申しております」

「昼ねえ。入ってるけど、せっかくだからキャンセルするか」

「ありがとうございます。そうしていただければ、わたくしも助かります。石井が先生にお会いする場所はいかが致しましょうか。先生のご指示どおりにさせていただきます」

「Pホテル十一階のフランス料理はどうかな」

「かしこまりました。石井の名前でブッキングしておきます。お時間は正午でよろしいですか」

「十二時半にしてもらいたいな」

「そうさせていただきます」

相沢は気持ちが電話に集中していて、河原洋子が同僚の女性秘書に「莫迦《ばか》みたい。電話であんなにお辞儀して」と、悪意を込めてささやいたのに気付かなかった。

5

正午を十分過ぎた頃、石井会長の専用車がPホテルの正面玄関前に着いた。

相沢は素早く助手席から降りて、後方ドアをあけた。

レストランのスペシャル・ルームが予約されていた。

十一階のエレベーターホールの前で、藤木を出迎えるため、二十分ほど待たなければならなかった。これほど気を遣わなければならない相手だろうか、と疑問に思うが、藤木が名うての強面《こわもて》で聞こえていると知った以上、やむを得ないし、脛《すね》に傷を持つ身の弱さもある。

藤木がエレベーターから降りて来た。顔がでかく、険のある眼と獅子鼻《ししばな》が特徴である。さっき図書室で『東京財界』の最近号を拾い読みしてきた。〝主幹インタビュー〟で、自分の写真をでかでかと出していた。年齢は五十一、二だろうか。

藤木は蟹股《がにまた》で、こっちへ近づいて来る。派手な黒地のチェックのスーツが相沢の前を通り過ぎそうになった。

相沢はあわてて声をかけた。

「藤木先生でいらっしゃいますか」

「おうっ」

「わたくし、栄和火災海上秘書室の相沢でございます。本日はお忙しいところをお呼び立て致しまして申し訳ございません」

相沢が名刺を出すと、藤木も胸のポケットから名刺入れを取り出した。

「先生。先日は大変失礼致しました」

藤木は返事をしなかったが、にやっとしたところをみると、機嫌を直したらしい。

相沢はスペシャル・ルームへ藤木を導き、石井に引き合わせた。

名刺を交わしながら石井が言った。

「お初にお目にかかります」

「石井さんとは初めてでしたかねえ。どこかで会ってませんか」

「先生はウチのような中小企業など相手にせんでしょう。損害保険会社のような地味な会社は、おもしろくもなんともありませんしねえ」

「そんなことはないですよ。今後ともよろしくお願いします」

二人がテーブルに着いた。白いテーブルクロスに、深紅のバラが眼に沁《し》みる。

相沢は石井に接近して、時計に眼を落としながら腰をかがめた。

「お迎えは二時でよろしいですか」

「そうだな、いいだろう」

「藤木先生のお車もご用意させていただきます」

「車は待たせてあるからいいよ」

相沢は会釈《えしゃく》して退室した。

ボルドーの白ワインを飲みながら、藤木が水を向けてきた。

「六月の個展は盛況だったようですねえ。あっちこっちで大評判ですよ」

「先生、そんなに冷やかさないでくださいよ。たかが日曜画家が背伸びして個展などと分不相応なことをしてはいけませんな。秘書におだてられて、ついその気になってしまい、もの笑いのタネにされてます」

石井は苦笑をにじませて冗談ともなく返したが、いまや本音に近かった。個展などやらなければ、こんなヤクザみたいな財界ゴロに会うこともなかったのだ。

「石井さん以下のレベルで毎年個展をやってる会長や社長が何人もいますよ。某会長なんてひどいもんだ。子会社や社員にヘタな絵を買わせてるっていうんだから」

「そんな心臓の強い人がいるんですか」

石井は初めて聞くような顔をしたが、相沢から聞いた話を忘れるわけがなかった。

「しょせん趣味は趣味で、趣味をひけらかすのは悪趣味というものですよねえ」

あてこすりを言われたような気がして石井はわずかに表情を翳《かげ》らせた。

藤木は容赦なく攻めてきた。

「ついでに訊きますけど、ほんとのところどうなんです。田端さんはしらばっくれてたけど、絵の謝礼に服地一着なんてことはないでしょう。今度の増資の引き受けでN証券はシェア・アップを果たしたことでもあるし、勘繰る向きも多いみたいですよ」

「ご冗談を。N証券のシェア・アップは一人で決められるわけでもないし、わたしのつまらん絵と結びつける人がいたとしたら、下種《げす》の勘繰りとしか言いようがないですね」

「でも、田端さんは、わたしがストレートに質問をぶつけたら〝石井さんはなんと言ってるの〟ときたんですよ。そんな言い方ってないでしょう。なにかあるから即座に否定できなかったわけですよ」

「田端君はそんな妙な言い方をしてるんですか」

「ええ。話してるうちにわたしが石井さんにまだ会ってないことがわかって、しまったっていう顔をしてましたけど」

「立派な服地だったから、ちょっと考えてしまったが、突き返すのも角が立ちますから、ありがたくいただきました。ほんとうにそれだけです」

「でも栄和火災の社内では石井さんとN証券の間に、なにかあると見てる人が多いみたいですねえ」

「先生はウチの社内を取材されたんですか。たかだか三パーセントぐらいのことで社内でとやかく言われるわけがないし、外野席がなにを言おうが、どう見ようが勝手だが、内政干渉も甚だしい。N証券はパワーがあるからもっとシェア・アップしたいと思ってますよ」

声量は抑えているが、語尾がふるえ、眼に怒りが宿った。

藤木はわざとらしく猪首《いくび》をすぼめた。

「人間誰しも痛い所を突かれると、いきり立つんですよねえ」

「先生も、下種の勘繰りの口ですな」

石井は負けずに言い返した。

「あたしゃ下種も下種、大下種野郎ですよ」

藤木は凄《すご》みのある眼付きで石井をとらえながら、つづけた。

「背広一着ってことがあるわけないでしょう。それとも、そこらの政治家みたいに秘書が勝手になにかもらったらしい、とでも言いますか」

石井はおぞけをふるった。

「先生がなにをおっしゃりたいのかよくわかりませんが、なんなら秘書に聞いてみます。わたしはなんにも疚《やま》しいことはしてません」

藤木はにたっと笑いかけた。

「自分で言うのもなんだが、わたしはこれでも話のわかるほうだと思ってますよ。武士の情けってこともわきまえてるつもりです」

ウエイターが近づいて来て二人のワイングラスを満たした。石井はウエイターが控えていることさえ忘れるほど興奮していた。

「料理が不味《まず》くなるからこの話はよしましょうや。損保業界きっての紳士に対して、失礼なことを言いました。この話はなかったことにしましょう」

藤木はすかし所、落とし所を心得ていた。これ以上、石井を逆上させる必要はない。もともとY証券の応援団の一人に過ぎないのだ。

「ただひとつだけ老婆《ろうば》心《しん》ながら言わせてください。N証券とあんまり近づき過ぎると、やっかまれたり、勘繰られたり、ろくなことはありませんよ」

「先生のご意見はご意見として承っておきます」

ひきつっていた石井の顔がいくらかやわらいだ。

「そんなことより会長は損保業界の顔っていうか論客として聞こえているんですから、一度ウチの雑誌のカバー写真に登場してくださいよ。それと金融再編成、損保業界の在り方についても、ご高説を拝聴したいものですねえ」

石井はあいまいにうなずいた。『東京財界』は二流の経済誌だが、毎号全国紙にけっこう大きな広告を掲載している。なにか裏がありそうだが、多少のことは仕方がない——。

6

この日三時を過ぎた頃、相沢靖夫に広報室長の足立正から社内電話がかかった。

「ちょっとお茶でも飲まないか」

「いいですよ」

「じゃあ、こっちへ来てくれるか」

「伺います」

石井会長は五時半まで来客がつづく。相沢が三十分くらい席をあけても問題はなかった。

「広報室長に呼ばれたから、ちょっと行って来る」

相沢は河原洋子に言い置いてワイシャツ姿のまま、席を外した。

広報室は十五階にある。

広報室の応接室で、足立がズボンのポケットをさぐりながら言った。

「一本吸わしてもらっていいか」

「どうぞ」

「当節、喫煙家は嫌われるから、煙草《たばこ》を一本吸うのも気を遣うよ」

足立もワイシャツ姿で、ネクタイをゆるめている。豪放磊落《らいらく》で言いたいことを言う方だ。好き嫌いがはっきりし過ぎている点は、広報向きではないように思える。

調査役の長尾順吉《ながおじゅんきち》が気を遣うほうなので、バランスは取れているのだろう。

「会長が藤木とめしを食ったんだって」

足立は煙草に火を点《つ》けて、まるみのある童顔を無理にしかめて切り出した。

「よくご存じですねえ」

「ウチの小川《おがわ》さんが河原さんから聞いたんだよ」

「参ったなあ。河原さんはわたしに含むところでもあるんですかねえ」

ノックの音が聞こえ、小川佐和子《さわこ》がミルクティーを運んで来た。二十六歳で広報室長付だが、社内報も担当している。ショートカットのヘアスタイル。色白でひょろっと背が高い。

小川佐和子は心配そうに眉をひそめている。

「社員食堂で昼に偶然一緒だったらしいんだ。別に告げ口なんかじゃなく、なんとなく話題になったんだってさ。そうだろう、小川さん。社内報の会長インタビューが急に中止になったんだから、話題にならないほうがおかしいよねえ」

「はい。ですから、河原さんがわざわざ話したわけでもないんです」

「わかりました。小川さん、心配しなくていいですよ」

相沢は笑顔をつくった。

河原洋子は女子社員のボス的存在である。洋子に睨《にら》まれたら、たまったものではない。小川佐和子が心配するのももっともだ。

しかし、河原洋子が、小川から足立に伝わることを計算して話したことは間違いない。近頃、河原洋子の相沢に対する態度はどこかよそよそしい。

石井会長を一手に管理しているつもりになっているから始末が悪かった。スケジュールをこわしたのは石井自身なのだ。

佐和子が下がったあとで、足立は天井に向かって煙草の煙を鼻の穴と口から盛大に吐き出した。

「きみも少し、とっぽいんじゃないか。だいたい会長は社内報のインタビューが予定されてたわけだろう。俺に断りなしに、よく藤木なんかに会わせたよな。俺には電話一本で、よんどころない急用なんてぼかしといて、どういうつもりなんだ」

「もちろん室長にはあとでちゃんと説明するつもりでしたが、なんせ急な話だったもんですから……」

さっき足立から社内電話がかかってきたとき、その場で話していれば、まださほど心証を悪くしないで済んだかもしれない。

藤木から取材の申し入れを受けた時点で、足立と相談したことに思いをめぐらせれば、黙っている手は絶対になかった。足立が気色ばむのも当然なのだ。

「きみ、会長が藤木と会ったとき立ち会ったんだろうな」

「いいえ」

「ざまあないな。だいたい、俺が立ち会うのが筋なんだ。もっと言えば、広報室長の俺がOKして、初めて会長と藤木の会食がセットされるんじゃないのか。藤木みたいな財界ゴロに会長を会わせる必要がどこにあるんだ。しかも、こともあろうに二人だけで会わせて、きみが同席してないなんて考えられんよ」

「同席させてください、と言えるような雰囲気じゃなかったんです」
相沢はしどろもどろだ。どうあがいても分がない。
「なにを甘ったれたことを言ってるんだ。雰囲気もくそもあるか。それが職責ってい
うもんだろう。俺は、小川さんからこの話を聞いたとき、カーッと身体《からだ》が熱くなった
ぜ。ほんと、おふざけじゃないよ」
「いくえにもお詫びしますが、こうなった経緯だけでも説明させてください」
相沢はミルクティーをひと口すすって、昨夜石井から自宅に電話がかかってきたこ
と、けさ早くN証券社長付秘書課長の小池と電話で話したこと、などを話した。
商品券のことも話してしまえば理解が得られやすいのだが、それはできない。果た
して足立はさかんに首をひねった。
「田端社長が藤木と会ったからって、会長が藤木の恫喝《どうかつ》まがいの要求に応じるいわれ
はないと思うな。それとも会長はなんか藤木に弱みでも握られてるのかねえ。慎重居《こ》
士《じ》の会長にしては、あたふたし過ぎるんだよなあ。三パーセントのシェア・アップも、
ちょっと臭い感じはあるけど」
「そんなことはないと思いますけれど」
「否定の仕方が弱いなあ」

足立は二本目の煙草を灰皿に力まかせにねじりつけながら、相沢を見据えた。

相沢は足立の視線を外して、ティーカップに手を伸ばした。

「藤木氏に弱みを握られてるなんて考えられません」

「会長から藤木とどんな話をしたか聞いたのか」

「たいした話はなかったみたいです。ひどくご機嫌斜めで取りつく島もないって言ったほうが当たってるかもしれませんけど」

「N証券のシェア・アップの問題で変なこと書かれなければいいけどなあ」

「書きようがないでしょう。そう言えば、広報は『東京財界』とつきあってるのか、と聞かれたので、応分のつきあいはしてます、と答えておきました」

「応分どころか出し過ぎだよ。年に五十万円も出すようなタマじゃない。一銭も出したくないけど、前任者が決めたんだ。ばっさり切ってもいいんだが、ま、そこまでやるのもなんだからな。ただし、俺は藤木なんかとつきあう気はないよ。会ったこともないし、藤木も大物ぶってて、大手四社以外の損保は眼じゃないみたいな感じだから、かえって都合いいんだ。それなのに、どういう風の吹き回しか知らんが、会長とめしを食ったなんて聞くと、ちょっと気になるよなあ」

「広告料をふやせとか、なんか要求してくるんでしょうか」

相沢も心配になった。

藤木が会食だけで引き下がるとは思えない。

「冗談でしょう。なにを言ってきてもお断りだ。俺を見くびってもらいたくないな」

足立は三本目の煙草を咥《くわ》えて、ソファにふんぞり返った。

「どっちみち広報が出る幕はないだろう。藤木がなにか言ってきても、秘書室限りで対応したらいいな」

「そんなつれない言い方しないでくださいよ」

相沢は膝に手を突いて低頭した。

第五章　カバー写真の怪

1

経済誌『東京財界』の主幹、藤木正雄から、相沢靖夫に電話がかかったのは、十月二日の午後二時過ぎだ。

「藤木だけど先日はどうも。石井会長の写真を撮らせてもらいたいんだ。カメラマンをやるから、三十分ほど時間を取ってくれ。来週の前半に頼むよ。いま決めてもらえるとありがたいな」

「藤木先生もいらっしゃいますか」

「俺は行かない。こないだ石井さんの話は充分聞かせてもらったよ。それに十二月号のカバー写真に出てもらうだけだから。石井さんはＯＫしてるから問題ないだろうや」

「スケジュールを調整致しまして、折り返しお電話させていただきます」

「俺は外出する。中田に連絡してよ」

「承知しました」

相沢は壁のボードを見上げた。会長在席のランプが点《つ》いている。

「河原さん、来週の前半に三十分、会長の時間を取ってください。『東京財界』の藤木さんがいま電話で、十二月号のカバー写真を撮らせて欲しいと言ってきたんだ。会長は先日の会食のときにＯＫしちゃってるらしいからしょうがないでしょう。返事を急いでるようだから、いま、会長に話してきてもらえませんか」

「はい」

洋子はすぐに席を立った。

ほどなく洋子は秘書室に戻ってきた。

「来週の火曜日の午前十一時ということでいかがでしょう」

「けっこうです。ありがとう。ついでに藤木さんの秘書にその旨《むね》を電話してください。中田さんという女性です」

相沢は洋子に命じて、席を立った。

なるべく洋子を使うようにしている。そのほうが洋子の機嫌もいい。相沢は広報室に向かった。

広報室長は不在だった。室長付の小川佐和子が相沢に近づいてきた。

「足立室長は？」

「用談中ですが、呼んで参ります」

「申し訳ない、一分で済みますから」

応接室から足立が出て来た。相沢も足立もワイシャツ姿である。

「なにごと」

「来週の火曜日、十月六日ですが、『東京財界』が会長の写真を撮りに来ます。広報室長にお断りしてから返事をするのが筋なんですが、先日藤木氏と会食したとき、会長はOKしちゃってたっていうもんですから……」

足立は顔をしかめた。

「会長の写真を撮ってどうするっていうの」

「『東京財界』の十二月号のカバー写真に使うようなことを言ってました」

「藤木のことだから、なにか下心がありそうだなあ。めしなんか食うから、いい気になってずかずか入り込んでくるんだ」

「その点は充分反省してます。こないだ室長に叱《しか》られましたから。ただ、今度だけは目を瞑《つむ》ってください」

「しょうがねえなあ」

足立は横目で軽く相沢を睨《にら》んでから、背中を向けた。

六日の撮影に、相沢と広報室調査役の長尾順吉が立ち会った。

会長室のデスクで電話をかけているポーズとソファで用談中のポーズだけで、十数回シャッターが切られた。

「たった一枚使うだけだろうに、そんなにフィルムを無駄にしていいのかね」

石井は若いカメラマンに憎まれ口をたたきながらも、悪い気はしていない様子だった。

「会長、ご自分の絵を背景に一枚いかがですか」

長尾が調子よく水を向けると、石井はにやっと相好をくずした。

二十号のセーヌ河畔の風景画に向けられたカメラがふたたびカチャカチャ音を立てた。

結局、その写真が十一月五日に発売された『東京財界』十二月号のカバーを飾った。全国紙に掲載された半五段広告でも、カバー写真は大きなスペースが割かれていた。

プロが撮った写真だけのことはある。風景画を背景に喜色満面の石井の表情を見事にとらえていた。

その日、石井は九時に出社した。煎茶《せんちゃ》を運んで会長室から秘書室に戻った河原洋子が相沢に言った。

「会長、ご機嫌でしたよ。『東京財界』の表紙に使われた写真を含めて、数枚もらえないか、とおっしゃってました」

「低血圧で朝は調子が出ない人なのに、よっぽどお気にめしたんだな」

相沢がデスクの上に置いてある『東京財界』を顎《あご》でしゃくりながら返すと、田中秘書室長が口を挟んだ。

「たしかにいい顔に撮れているな」

『東京財界』の十二月号は、前日の午後届けられた。もちろん石井も見ている。そのときは、照れ臭いのか、なんの反応も示さなかった。けさ全国紙の広告を見て、うれしさを新たにしたのだろう。

「『東京財界』には、わたくしが電話をかけましょうか。中田さんと言ったでしょうか。藤木さんの秘書の方」

「うん。そうしてください。速達で郵送してもらったらいいんじゃないかな」

「なんなら取りに行ってきましょうか」

「そこまではいいでしょう。一日を争うことでもないし」

「そうですか」

洋子は不服そうな横顔を相沢に見せた。

2

四つ切りに大きく引き伸ばされた石井のカラー写真が五枚、栄和火災に届けられたのは、翌日の十一月六日の昼下がりである。『東京財界』の営業マンに広報室長の足立が面会を求められ、写真を手渡されたのだ。

営業マンは栄和火災の広報室に出入りしている白石《しらいし》という中年の男で、名刺の肩書は、〝取締役営業部長〟である。

白石はつくり笑いを浮かべて言った。

「いいお写真ですねえ。この写真を撮ったのは山田というカメラマンですが、人物写真を得意としてましして、いいセンスをしてます。ウチでもこの一年ほど使ってるんですけれど、評判がいいんですよ。財界人のおえらがたが皆さん喜んでくださいます」

「きっと石井も喜ぶでしょう。ありがとうございます」

「ところで室長さん、折り入ってお願いがございます」

白石は揉《も》み手スタイルでつづけた。

「ご存じと思いますが、カバー写真は広告扱いでやらせていただいております」

「そんな話、聞いてませんけど」

足立は顔色を変えた。

「藤木からあらかじめ話はありませんでしたか」

「どういうこと」

「それは失礼しました。全国紙にあれだけの広告を出してますし、中吊《なかづ》り広告もやっておりますので、相当な経費がかかります。それで、カバー写真につきましては広告扱いで三百万円から五百万円の間でご援助を賜《たまわ》っておる次第でございます」

「そんな、冗談じゃありませんよ。だいたいウチあたりの二流会社が『東京財界』に出ること自体おこがましき限りなんです。藤木先生から広告の話があっても広報ベースでは当然お断りしてました。石井がＯＫを出しちゃったものですから、やむなく受けましたけど、広告の話は勘弁してください」

足立は、写真撮影に長尾調査役を立ち会わせたことを後悔した。広報はタッチしていない、で押し通すべきだったのだ。

それにしても三百万円から五百万円とは無茶苦茶な要求である。やらずぶったくり、詐欺《さぎ》に等しい。

「藤木が室長さんに話していなかったとしましたら、うっかり忘れたとしか思えませんが、改めてわたくしからお願いさせていただきます。どうかよろしくご賢察ください」

白石はいんぎんに低頭した。素肌が見える毛髪の薄い頭頂部をいまいましげに見やりながら、足立が返した。

「広報にそんな予算はありません。白石さんにいくら頭を下げられても、無い袖《そで》は振れません」

白石は一瞬険のある眼を見せたが、言葉遣いはあくまでも丁寧だった。

「室長さんのお話はしかと承りましたが、わたくし共の意向を石井会長のお耳に入れていただけませんでしょうか。どうかよろしくお願いします」

「石井に話すのは筋が違うように思いますけど、秘書室の相沢には話しておきましょう」

「室長さんのゼロ回答につきましては藤木に報告しますが、藤木のことですから会長さんに直接電話をおかけすることになるかもしれません。その点はお含みおきいただきたいと存じます」

白石は、強面《こわもて》で鳴る藤木の名前を出して、ドスを利《き》かせたつもりらしい。

足立はむかむかしたが、つとめて平静をよそおった。

「藤木先生が石井に直接電話をかけられるのはけっこうですが、石井の返事もわたしと同じだと思います。三百万円というのは常識的ではないような気がするんですけどねえ。オーダーが違うっていうか……。三十万円、ま、五十万円ぐらいまででしたら、広報でもなんとか対応できないことはないんですけどねえ」

「室長さんの意のあるところはありがたく存じますが、最低三百万円ということで企業の方々にご理解いただいております。わたくし共それだけのパブリシティの効果もあると信じております」

「そんなものですかねえ」

足立は呆《あき》れ顔で返した。

3

十一月六日の三時前、栄和火災海上秘書室次長席の電話が鳴った。

相沢靖夫は在席していた。受話器を耳に当てるなり、甲高い声が響いた。

「相沢か」

「ええ」

「足立だけど、あいてたら、広報へ来てくれないか」

「けっこうですけど、なにか」

「来ればわかるよ」

足立はガチャンと電話を切った。

なにを怒ってるんだろう、と首をかしげながら、相沢は腰をあげた。

背広に腕を通しながら、相沢は河原洋子に言いおくことを忘れなかった。

「広報室長が至急会いたいと言ってきたのでちょっと行ってきます。なにかあったら呼び出してください」

広報室のソファで向かい合うなり足立が、大型の茶封筒をひらひらさせながら険しい顔で言った。

「これ、なんだかわかるか」

「いいえ」

「会長の写真だよ。白石っていう『東京財界』の営業部長が持ってきたんだ。見てみろよ」

足立はセンターテーブルに茶封筒を放り投げた。

「失礼します」

相沢は写真を取り出した。

「大きく引き伸ばしてくれたんですねえ。いずれもよく撮れてるじゃないですか」

「五枚だから、一枚六十万円ってとこだな」

足立は顎をしゃくりながらにこりともしないで言った。

相沢は冗談だと取り違えた。

「会長が喜びます。カバー写真えらく気に入ってたようですから」

「三百万円の話、会長ＯＫしてるのか」

「どういうことですか」

「『東京財界』のカバー写真は三百万円から五百万円が相場だそうだよ。広報はそんなわけのわからんカネを出す気はないし、予算もないから、どうにもならん。秘書室のほうでどうとでもしてくれよ」

相沢は生唾《なまつば》を呑《の》んだ。

「『東京財界』は三百万円を請求してきたんですか」

「請求書までは持ってこなかったが、白石営業部長は、広報は了承していると思ってたような口ぶりだった。つまり藤木から会長に話があって、広報に伝わってると」

「藤木氏から会長にそんな話が出ていれば、会長がわたしに伝えないはずはありません」

「広報では対応できない、と断ったがそれでよかったわけだな。だいたい、藤木なんていういかがわしい人物に会長を会わせるから、こんなことになるんだ」

相沢は返答に詰まった。

藤木のことだから、黙って引き下がるとは思えない。石井会長に直接、要求すると考えるべきだろう。

「白石も子供の使いじゃないだろうから、五十万円までなら広報でなんとかすると言っておいた。事前に了承を取らずにあとからカネをよこせなんていう乱暴な話なんだから、いいとこ五十万円だろう。四の五の言ってたが、それで折れてくるんじゃないかと俺は踏んでる。それにしてもこの写真、一枚十万円につくわけだ。相沢に大きな貸しができたな」

事情を知らない足立の判断は甘い。藤木は三百万円でも安い、と考えかねない男だ。石井が画《か》いた絵が絡《から》んでいる。栄和火災の増資問題をめぐって石井とN証券の田端社長の間で、ヤミ取引があったと藤木は睨んでいるのだ。田端も石井も弱みがあるからこそ、藤木に面会を強要されて受けざるを得なかったのである。

いまにして思うと、面会すべきではなかったかもしれない。スケジュールの調整がつかない、でハネつけるべきだった。

もっとも、それが逆に裏目に出ないとも限らない。あることないこと針小棒大に書きまくるのが『東京財界』の常套《じょうとう》手段である。

「五十万円で降りるでしょうか。三百万円はともかく、二百万円ぐらいは覚悟してもしょうがないような気もするんですけど。損保他社のケースはどうなってるんでしょう。室長のほうで調べてくださいよ。パブリシティと考えて考えられないこともありませんし」

「おい、本気かねえ。きみは『東京財界』の回し者なのか。白石も同じことを言っていた。呆れてものも言えんよ」

足立はしかめっ面《つら》で煙草《たばこ》を咥《くわ》えた。

「会長の気持ちを忖度《そんたく》しますと、仮に藤木氏から電話があったときにノーとは言えないと思うんです。だとしたら、広報なり秘書で、それなりに対応したほうがいいんじゃないかと」

「たしかにサラリーマン社会は忖度社会ではあるさ。上のほうの意向を忖度して事前に手を打つこともときには必要だが、相沢は忖度過剰、気の回し過ぎだよ」

足立は煙草を灰皿にねじりつけた。

「なんなら秘書室長の意見を聞いてみろ。きみはどうかしてるって言われるだけだ。『東京財界』とのつきあい方は広報にまかせてくれ。その写真を持ってさっさと帰れよ」

冗談めかして言ってるが、足立は頭に血をのぼらせていた。

自席に戻るまで相沢の胸中は揺れに揺れた。石井会長に写真を渡しがてら『東京財界』の要求を話すべきかどうか。田中秘書室長に話しても、らちがあかないと思わなければ。足立が言った以上に反応は望むべくもないだろう。いや、そうとも限らない。わずか三十万円とはいえ、商品券の恩恵にあずかった田中と、足立では立場が違う。会長に話す前に、田中に相談するのが順序というものだ。

相沢は秘書室に入るなり、封筒を河原洋子に手渡した。

「広報室長に届けられてあった。『東京財界』は日頃なにかとつきあいのある広報の顔を立てたってとこなんでしょうねえ。なかなかよく撮れてますよ」

洋子が写真をデスクに並べた。

「どれどれ」

田中がデスクを離れると、全員が洋子のそばに集まってきた。

「素敵だわ」

「いつもこんなに、にこにこしてるといいんだけど」

女性室員が口々に話している。

「河原さん、あとで会長に届けてください」

「いますぐお持ちします。お待ちかねのようですから」

洋子が写真をしまって席を立ったのを眼で追いながら、相沢は田中をソファに誘った。

「室長、ちょっといいですか」

「うん」

「『東京財界』の白石という営業部長が広報室長に、カバー写真で三百万円出してもらいたいと言ってきたらしいんです。広告扱いということなんでしょうが、広報室長は五十万円が限度だと答えたようです。それで藤木氏が収まるとも思えないんですけど……」

「N証券は祟《たた》るなあ」

田中はなんとも言えない顔をした。相沢も名状しがたい思いで口をつぐんだ。

「足立君にまかせとこうよ。われわれがあんまりナーバスになってもなんだからな。どうも調子がよすぎると思ってたんだけど、三百万円はふっかけ過ぎだ。足立君はプロだから五十万円がいいところだって、ちゃんとわかってるんだよ」

「会長の耳に入れておかなくていいですかねえ」

「もちろん。厭《いや》な顔されるだけだ」

「いつかのように藤木氏が会長のお宅に電話するようなことにならなければいいんですが……」

「それは考え過ぎだろう。いくら藤木でもそこまで下品じゃないと思う。三百万円出してくれなんて会長に言うわけないよ。あれでプライドが高いっていうか、名を惜しむほうだと聞いてるけどねえ」

「名うての強面ですよ。けっこうあざといんじゃないですか」

「仮にそうだとしても、会長は広報室長に話してくれって言うだけのことだ。事前に会長に話す必要はまったくない」

「そうですねえ」

ここまで言われたら、言い返せない。

相沢は釈然としなかったが、あいまいにうなずいてソファから腰をあげた。

戻ってきた洋子に田中が声をかけた。

「会長ご機嫌だったろう」

「それがそうでもないんです。スケジュールのことで、いろいろ指示がありましたが、写真の封筒をあけようともしないんですよ」

「照れてるんだよ。いまごろにやにやしながらしげしげと眺めてるさ。経営会議や常務会でも、会長は『東京財界』のことはなんにも話さなかったそうだ。社長がいい写真だとかなんとか水を向けたら、冷やかすなって言い返されたらしい」

まんざらでもない、という思いと、なにかしらうしろめたい、という思いが錯綜《さくそう》しているのだろうか。石井の胸中はさぞや複雑なことだろう、と相沢は思った。

それにしても、田中の判断は甘いように思える。足立広報室長にまかせておいていいのかどうか心配だ。

たとえ厭な顔をされても石井に話しておいたほうが無難な気がする。河原洋子から伝える手はないだろうか。洋子に事実関係を話して、意見を聞いてみよう。なんなら洋子にゲタをあずけてしまってもよい——。

4

翌週、火曜日の夕刻、藤木正雄から広報室長の足立正に電話がかかった。挨拶《あいさつ》もそこそこに、藤木は居丈高に言い放った。

「あんた五十万円ぽっちで済ませる気なの。カラーの表紙のコストがどのくらいかかるか知らんわけがないだろう。三百万円なんとかしろよ」

「とてもとても。ウチあたりの弱小損保の広報にそんな予算はありません。石井を御誌のカバーに出していただいたことは感謝してますし、光栄に存じますが、五十万円を捻出《ねんしゅつ》するのもやりくりが大変なんです」

「『東京財界』もずいぶん安くみられたもんだなあ。石井会長にねじ込むしかないのかね」

「先生、勘弁してくださいよ。石井に話すのはけっこうですが、結局、わたしのところにボールが返ってくることになるんです。白石営業部長にも申し上げましたが、初めにそういう話があれば、石井はカバーに使っていただくのをお断りしてたと思います」

足立は負けてはいなかった。

石井に弱みがあるなどとは夢にも思っていないのだから、それも当然である。だいたい藤木のやり方は理不尽で、あくど過ぎる。

「俺が頭を下げてここまで言ってるのにわかってもらえないんじゃ、しょうがねえな。しかし、俺から電話があったことは石井会長に必ず伝えてくれ」

「申し伝えます」

足立は藤木の電話を石井に話さなかった。秘書室にさえも伝えなかった。黙殺したのである。

十二月上旬に発売された『東京財界』の新年号に〝ゲスの勘繰り〟と題する囲み記事が掲載された。

いささか旧聞に属するが、今秋実施された栄和火災海上の半額増資をめぐってキナ臭い噂《うわさ》が関係者間でささやかれている。この増資でN証券が三パーセントのシェア・アップを果たしたことを疑問視する向きもないではないが、要するに石井三郎会長の強い思い入れによってシェアの変更が実現したというわけだ。

石井会長の思い入れとは、一枚の絵に由来する。六月に〝石井三郎展〟が銀座の一流画廊で開催されたことは記憶に新しい。「玄人《くろうと》顔負けで文字どおり〝石井画伯〟で立派に通用する」とは同展鑑賞者の所感だが、N証券の田端芳雄社長も〝石井画伯〟を絶賛した一人。

しかも田端社長一流の押しの強さで〝ベニスの赤い家〟なる十二号の絵を石井会長に所望し、大願成就《じょうじゅ》したという。

田端社長にこのへんの経緯を聞いてみた。

「まさかいただけるとは思わなかったが、そんなに気に入ったんならおまえにやろうと言われて、感謝感激している。〝ベニスの赤い家〟はわが家一の家宝になった。失礼とは思いながらお礼にスーツの服地を差し上げたが、そんな程度で申し訳ないといまでも恐縮している。栄和火災さんの増資で、当社が三パーセントのシェア・アップをしたことと〝ベニスの赤い家〟を絡めて変に勘繰る人もいるが、ゲスの勘繰りもきわまれりだ。わずかとはいえシェア・アップしてもらえたのは、栄和火災さんが当社のパワーと企業努力を正当に評価してくださったからにほかならない」

田端流に言えば筆者も〝ゲス〟の一人になることを百も承知であえて書かせてもらうが、事実関係は、ちょっと違うのではないか。

それが証拠にシェア・ダウンされた某証券のトップが証言する。

「シェアの変更など考えもしなかった。増資直前になって石井会長が強引にリードしたことは間違いない」

痛くもない腹をさぐられたと強弁するのはけっこうだが、状況証拠を持ち出すまでもなく、説得力が乏しい。

一着分のスーツの服地だけで、三社があきれるほど強引な手が打てるものなのかどうか。

N証券に相当なオブリゲーションを感じるなにかが石井会長にもたらされたと考えるのは、常識的な見方と思えるが、そのなにかがなんであるかは当事者のみぞ知るだ。

これ以上の〝ゲスの勘繰り〟はやめておこう。　（F）

この記事を読んだとき、相沢靖夫は顔から血の気が引き、悪寒《おかん》を覚えるほど厭な気分になった。秘書室で『東京財界』を購読するようになったのは、ごく最近だが、これまで目次にざっと眼を通す程度のおざなりな読み方しかしていなかった。

〝ゲスの勘繰り〟を最初に見つけたのは室長の田中勇である。

田中は読み終わるなり、雑誌を相沢の肩越しにデスクに放り投げた。

「凄《すご》い記事が載ってるぞ。善後策を考えないと」

相沢は雑誌を手に取って、田中を見上げた。

「なにが書かれてるんですか」

「いいから読んでみろよ。82ページだ」

相沢が蒼《あお》ざめた顔を自席に戻った田中に向けたとき、電話が鳴った。

「広報室の足立だが、相沢君は……」

「相沢です」

「読んだか」

「ええ。たったいま」

受話器を握る手も、声もふるえている。

「藤木のやつ、ふざけやがって。どうやって落とし前をつけてやろうか。とにかくちょっと来てくれよ」

「はい。すぐ伺います」

河原洋子は、石井に使いを頼まれて外出していた。

相沢が受話器を置きながら田中に言った。

「広報室長です。すぐ来てくれって」

「足立もそれ読んだんだな」

「ええ」

相沢が中腰になったとき、ふたたび電話が鳴った。足立だった。

「総務部長からいま問い合わせがあった。秘書室長は在席してるのか」

「ええ」

「じゃあ、総務部長と二人でそっちへ行く。部屋を取っておいてくれ」

「承知しました」

相沢は電話を切って、田中のほうへ眼を遣《や》った。

「総務部長と広報室長が、こっちへ来るそうです」

「うん」

役員応接室に四人が集まった。

「カバー写真で持ち上げといて、今度はコラムでたたく。いったい『東京財界』はどうなってるんだ」

大野が苦り切った顔を相沢に向けてきた。

「わたしも信じられませんよ」

相沢はうつむき加減に返したが、広報室の対応の悪さを責めたい気がしないでもなかった。

しかし、商品券のことを考えると、内心忸怩《じくじ》たる思いになる。それは、大野総務部長にも、田中秘書室長にも一脈通じるのではないのか――。

だが、一千万円の事実関係を知っているのは、相沢だけである。大野と田中には二百万円と過少申告したが、この差は途方もなく大きいと考えるべきなのかもしれない。

足立が相沢に視線を走らせた。

「問題は至って簡単だよ。広告を断ったから、意趣返しされたんだ。カバー写真で三百万円出せなんて無茶な要求に応じられるわけがないだろう」

大野が足立に訊《き》いた。

「ゼロ回答だったのか」

「そんなことはない……」

足立は片手をひろげてつづけた。

「五十万円。常識的な線だろう。それを藤木は拒否して、しかもあんなひどいことを書くんだから、ペンの暴力もいいとこだ。放っておく手はないんじゃないか。藤木を名誉毀損《きそん》で訴えたいところだが、そこまでやるとマスコミに騒がれるから内容証明ぐらい送りつけてやろうじゃない。田中さん、どう思いますか」

「内容証明ねえ。問題は会長がどう考えるかだろう。ちょっと大人気ない感じもするなあ。相沢の意見はどうなの」

相沢は考えがまとまらないままに、あいまいにうなずいた。

大野が相沢のほうへ首をねじった。

「会長は『東京財界』読んだのか」

「いいえ。読んだらわが眼を疑いたくなるんじゃないですか。先月号のカバー写真に出たばっかりですからねえ。『東京財界』を読ませるのが辛《つら》いですよ」

「広報の対応がなってないって言われるかもしれないぞ」

足立は間髪を入れず大野にやり返した。

「冗談よせよ。うしろから切りつけるようなことをされて、広報の対応が悪いなどと言われる筋合いはないだろう」

「藤木が三百万円要求してきたってこと、会長は知らないわけだよねえ」

田中はやんわり言ったが、これにも足立は嚙《か》みついた。

「あたりまえでしょう。こんなことをいちいち会長に話せるわけないですよ」

田中が天井を仰いだ。

「さあどうかな。こういう結果になってみると、一応会長の耳に入れておいたほうがよかったかもしれないなあ」

田中は「広報室長にまかせよう」と言っていたのだから、いまさら足立を非難するのはいかがなものか、と相沢は思い、切なそうに顔をゆがめた。

「実はこっそり会長の耳に入れてしまおうかと思って悩んだんです。河原女史にも相談しようかどうか迷ったんですが、秘書室長は広報室長にまかせろという意見でしたので」

田中がむすっとした顔を横に向けた。相沢に足を掬《すく》われたようなものだ。足立の前でそれはないだろう、と田中の顔に書いてある。

相沢は、田中の足を引っ張っているという意識はなかった。もちろん田中の胸中は読めたが、石井会長に『東京財界』の藤木からカバー写真で三百万円の広告料を要求されていることを話すべきかどうか悩んだことを言いたかったに過ぎない。

「いまごろ広報の対応がなってないなんて言われても困るよ」

足立は頰を膨らませている。

大野がにやっとした眼を足立に向けた。

「それはそうだ。問題は今後の善後策だ。無視するのか、それとも足立が言うように内容証明ぐらい送り付けるのか」

「きみ、とにかく会長に『東京財界』を読ませて、会長の意向を聞いてくれよ」

足立が相沢に言ったとき、ノックの音が聞こえ、若い秘書嬢の顔が覗《のぞ》いた。

「相沢次長」

秘書嬢は相沢に近づいて、メモを手渡した。

〝N証券の小池秘書課長から電話が入ってます。お急ぎのご様子です〟とメモにあった。

「ちょっと失礼」

相沢は中座した。

挨拶のあとで小池が用件を切り出した。

「さっそくですが『東京財界』お読みになりましたか」

「ええ。いまどう対応すべきか議論してたところです」

「三十分ほど前に田端から藤木さんに電話で厳重に抗議しておきましたが、カバー写真の広告料がどうのこうのと言ってたそうですよ」

「藤木氏はそんなことまで田端社長に話したんですか」

「あの先生は、その点は生臭い人ですから。僭越《せんえつ》ながら、たいした広告料でもないんですからお出しになったほうがよろしかったかもしれませんねえ」

「しかし、当社なりの広報のやり方がありますから……」

相沢は苦笑まじりに返した。N証券から指図されるいわれはない。

「ウチの広報室長は、名誉毀損で訴えるべきだといきまいてますよ」

相沢が足立の発言を増幅して伝えたのは、不快感の表明にほかならない。だが、小池は商品券の事実を承知している。だからこそ差し出がましい口がきけるのだ。知らないことになっている相沢のスタンスのとり方は難しい。

しかし、知らないことで押し通さなければならないのが相沢の立場である。

小池がくぐもった声で言った。

「あんまりことを荒だてるのはいかがなものでしょう。ここは無視するのがいいんじゃないでしょうか。きっと会長さんにしても、そんな感じだと思いますけど」

小池の言葉のはしばしに、事実を知っている者の立場が滲《にじ》み出る。

「さりながら田端社長は藤木氏に対して強くクレームをつけたわけでしょう。だとしたら、石井はもっと怒らなければいけないんじゃないですか」

「たしかに田端は、藤木さんに対して顔も見たくない、とまで言いましたが、冗談半分みたいな面もあるんです」

「それで小池さんは、わたしにどうしろとおっしゃりたいのですか。いまから『東京財界』に広告料を出した方がよろしいというサジェッションなんでしょうか」

相沢はちょっと絡んでみた。栄和火災の広報が『東京財界』にカバー写真の広告料三百万円の支払いを拒否したことに、N証券が非難したくなる気持ちになるのもわからなくはないが、いらぬお世話というものだ。

もっとも、事実を知る立場に立てば、それも理解できる——。

「そんな差し出がましいことは申しません。田端が藤木さんに抗議の電話をかけたことをお伝えしたかっただけのことです。ただ僭越ながら私見を言わせていただければ、ことを荒だてないほうがよろしいとは思います」

「おっしゃることよくわかりました。いま会議中ですのでこれで失礼しますが、お電話ありがとうございました」

役員応接室に向かって歩きながら、相沢は、黙殺しよう、と肚《はら》をくった。

石井の意向を聞くまでもない。それを秘書室、総務部、広報室の合意事項にしなければ、とも思う。ここは石井会長の気持ちを最大限忖度するのが、秘書の役目と割り切るべきなのだ。

足立広報室長の主張を容《い》れて『東京財界』に内容証明を送り付けたい、と石井に意見具申したとしたら、石井はさぞ当惑するだろう。ノーと言えば、N証券との癒着なり、藤木に弱みを握られていると、口さがない社内雀《すずめ》に勘繰られるのが落ちだ。だからといって、内容証明を認めたら、話がこじれヤブをつついてヘビを出す結果をまねきかねない。

小池はいいタイミングで電話をかけてくれた。電話で話しているときは絡んでみたり厭味な言い方をしたが、現金にもいまは小池に感謝したい気持ちだった。

相沢はにこやかにソファに腰をおろした。

「電話はN証券の小池秘書課長です。『東京財界』の記事は広告を断られて、悔し紛れに書いた低レベルなものだからN証券は、完全に無視する、ついては当社もそういうことでどうかという内容です。つまり取るに足らないことで、こんなくだらない問題にかまけるのはよそうじゃないかというわけです。小池さんと話してて、会長に『東京財界』を読ませる必要もないんじゃないかと、わたしは考えを変えました」

相沢は、田中の顔を覗き込んだ。

田中は狐《きつね》につままれたような気持ちとみえ、返事をしなかった。

相沢は電話の内容をトーンダウンして脚色したことに咎《とが》めるものがあったが、石井の気持ちをおもんぱかったつもりだから、そう悩む必要はない、とわが胸に言いきかせた。

足立が激しく首を左右に振った。

「広報室長の立場で言うと、活字の魔力っていうのは、変なもんでねえ。有象無象の三流経済誌だからって舐《な》めたらいかんのだ。だいいち、仮にわれわれが伝えなくても必ず会長の耳に入ると考えたほうがいい。会長に雑誌を見せないっていうのはリスキーだよ」

大野が組んでいた腕と脚をほどいて口を挟んだ。

「内容証明も含めて、対『東京財界』関係は足立にまかせるよ。藤木に会って抗議するのもいいし、それが文書でも口頭でもかまわんが、一応はクレームをつけておくほうがいいだろう。それと会長に雑誌は見せたほうがいいと思うよ」

「それはわたしと相沢にまかせてもらおう。藤木に対して、どういうスタンスを取るかについては足立にまかせるとしても、わたしも相沢の意見に賛成する。完全黙殺、完全無視でいくのがいいような気がするねえ」

田中の発言を相沢が引き取った。

「広報室の対応が決まったら、教えてください。小池さんに結果ぐらい知らせてもいいと思うんです」

足立が首をひねりながら言った。

「会長の名誉を保とうと考えるんなら、最低内容証明を送り付けて記事の訂正を求めるべきだが、N証券がそういうことだと、ウチだけ突出するわけにもいかんしなあ」

大野と足立が退出したあとも、田中と相沢は役員応接室に残った。

「どうするかねえ。図書室では閲覧禁止にするとして、秘書、広報、総務以外で『東京財界』を購読しているところはないから、当社の他部門から会長の耳に入ることはないと思うが、同業他社なり、銀行や証券関係からまず伝わると考えなければならないだろう」

「さあ、どうですかねえ。案外、みんな黙ってるもんでしょう。厭なことだからわざわざそれを会長に話して、嫌われることもないですから。仮に会長がどこからか聞いてきたっていいじゃないですか。そのときは、わたしが責任を持ちます。見せる必要はないと思ったと強弁しますよ。ただし、広報から『東京財界』に抗議させておきました、と言えば、会長だって、それ以上愚図愚図言わないと思うんです」

「しかし、あの人のことだから、このことを知ったら相当気にするだろうな。二百万円の商品券を君に全部くれてしまったことにも、会長の潔癖性が出ているよ」

田中は本気だろうか、と相沢は怪しんだ。石井が潔癖なら、商品券はN証券に返したはずだ。

その商品券は一千万円だった、と話してしまえば、どんなに気が楽になるかわからない。それは絶対にしゃべってはならない。だいいち出し遅れの証文みたいなものなのだ。

しかし、石井が増資の幹事証券の扱いでN証券のシェア・アップに固執したことを証拠立てる材料であることは間違いなかった。

「とにかく、そういうことでいいですね」

「きみにまかせるよ。『東京財界』はいまどこにあるんだ」

「わたしの机の抽出《ひきだ》しの中です」

「河原女史に見られないようにしたらいいいな」

「ええ」

第六章　女性秘書

1

日本橋のデパートへ出かけた帰りに、河原洋子はなんとはなしに向かい側のM書店へ入った。

一階の経済雑誌のコーナーで『東京財界』を眼がさがしたのは、先月号の同誌のカバー写真で石井会長が登場したからかもしれない。それまで、経済誌など気にもしなかった。

十二月号は石井に頼まれて、大型書店を四軒回り二十冊買い求めた。

各書店とも五冊しか置いていなかったから、東京駅、日本橋周辺で買い占めてしまったようなものだ。石井が二十冊をどこへ配ったかまではわからない。

「お送り先をおっしゃっていただければ、わたくしが発送しますが……」と言ったとき、石井は「そんな必要はないよ」とむすっとした顔で答えた。よほど照れ臭かったのだろう。

洋子も心得ていて、昼休みなどに何回かに分けてこっそり書店を回った。

シャイとも違うが、石井は気取ったところがある。洋子には石井の気持ちが手に取るようにわかる。

洋子自身、新宿の書店でひそかに『東京財界』を三冊買った。

大手自動車メーカーに勤務している実兄の社宅に一冊送り付けた。あと二冊は自宅にあるが、一冊は父親に渡した。

河原洋子は代沢《だいざわ》の閑静な住宅街の一角に両親と同居している。土地は約百坪、モルタル二階建ての家屋は約六十坪。いまどき人から羨《うらや》まれるほどの資産家の娘である。父親の弘は都銀上位行の常務から傍系会社の社長に転出し、いまは相談役に退いていた。年齢は七十六歳。母親の千代は六十九歳。二人とも年齢のわりに若く見える。旅行好きなので、ひまをもてあますこともない。

洋子は『東京財界』の新年号を手に取ってパラパラやってみたが、買う気はなかった。

先月号はカバー写真に魅《ひ》かれて買っただけのことだ。だいいち、秘書室でも一部購入している。

82ページの囲み記事〝ゲスの勘繰り〟が眼に止まったのは偶然に過ぎない。

洋子はすぐに引き入れられた。立ち読みに要した時間は三分ほどだったが、胸がドキドキした。

秘書室の田中室長や相沢次長は読んだだろうか。石井会長に見せたかどうかも気になる。

洋子は『東京財界』を書棚に戻して大手町の栄和火災海上ビルに急ぎ足で帰った。

十二月上旬某日午後二時過ぎのことだ。

洋子は仕立券付の高級ワイシャツ生地をデパートに運んだだけだ。全部で五枚。歳暮には早過ぎるが、贈答品であることは疑う余地がない。デパートのワイシャツ売場に、石井三郎の誂《あつら》え票が登録されているので、本人が足を運ぶ必要はなかった。仕立て上がりは一カ月後である。

それを受け取りに行くのも洋子の役目だ。

「ただいま」

洋子は同僚の誰ともなしに声をかけてから『東京財界』をさがした。

田中も相沢も在席していたが、目礼を交わしただけで、二人とも書類を読んでいた。

秘書室の書棚に十二月号は置いてあったが、新年号はなかった。

「相沢次長、『東京財界』の新年号知りませんか」

「まだ送ってきてないいんじゃないの」

「そうですか」

洋子が首をかしげたのは、さっき見かけたような気がしたからだが、錯覚だったのかもしれない。

室長席から田中が言葉を投げてきた。

「わたしは読んだよ。ろくな記事は出てなかった。誰だったかなあ、持ってたけど。読みたいのかい」

「いいえ。いいんです」

洋子はぴんときた。

田中と相沢はとぼけている。会長に読ませたくないのだ。しかし、それでいいのだろうか。

大書店の雑誌コーナーにも五冊しか置いてなかったから、発行部数がそれほど多いとは思えないが、だからといってこのことを石井の耳に入れる者が一人もいないなんて考えられない。都合の悪いことも良いことも知らせるべきだと洋子は思う。念のため新聞広告に眼を通したが『東京財界』新年号の半五段広告に石井三郎の名前は見当らなかった。

しかし、石井に隠し通せるとはどうしても思えなかった。

洋子は田中と相沢の鼻をあかしてやろうと思ったわけではないが、会長付秘書として有能でありたいと願っていたし、会長から頼りにされているという自負もあった。

「河原君にまかせておけば安心だ」

この何年かの間、石井が何度同じ言葉を口にしたかわからない。何度聞いても耳に心地よく響く。

四十万円の商品券を石井から直接渡されなかったことだけは、いまだに釈然としない。というよりまだこだわっていた。商品券のことを思い出した瞬間、洋子の気持ちは決まった。

洋子は会社の帰りにM書店で『東京財界』を買った。五冊あった。まだ一冊も売れなかったと考えるしかない。なにかしらホッとしながらも、一瞬買い占めてしまおうかと考えたが、莫迦莫迦《ばかばか》しいと思いとどまった。

2

翌朝、河原洋子は緑茶を淹《い》れて会長室に運んだとき、書店の紙袋のまま『東京財界』を小脇《こわき》に挟んでいた。

「『東京財界』の新年号ご覧になりましたか」

「いや見てない。なにか出てるのかね」

「会長のことが書かれてあります。変な記事なので、室長も次長もお見せしたくないようですから、わたくしが雑誌をお届けしたことは伏せておいてください」

洋子は紙袋から雑誌を取り出した。

付箋《ふせん》を貼《は》りつけておいたので、石井はすぐに82ページをひらいた。

「失礼します」

石井がどんな顔をするか見たい気もしたが、洋子は引き下がった。

〝ゲスの勘繰り〟を読み出すなり、石井は激しく貧乏ゆすりを始めた。貧乏ゆすりというより胴ぶるいに近い。ひたいとこめかみの静脈が浮き上がった。

読み終わるやいなやブザーを押した。

「はい、河原です」

「相沢はおるのか」

「いらっしゃいます」

「すぐ来てくれ」

石井の声はふるえていた。

「相沢次長、会長がお呼びです」

「そう。なんだろう」

相沢は間延びした声を発して、椅子《いす》に着せてある背広をつかんで席を離れた。

「坐《すわ》ってくれ」

険しい顔で石井はソファをすすめた。

「失礼します」

相沢がセンターテーブルの『東京財界』に気づいたのは腰をおろしたあとだった。

相沢はわが眼を疑った。袖《そで》の抽出《ひきだ》しに仕舞ってある。どうして、それがここにあるんだろう。

喉《のど》がからからに渇き、胸の動悸《どうき》が速くなった。

「これ読んだか」

「はい」

「なぜわしに報告せんのだ」

「……」

「いま河原が持って来てくれたが、わしに隠す必要があるのかね」

石井は逆上して、河原洋子の立場など考える余裕を失っていた。

「取るに足りないことだと思いました。無視する以外にないと……」

「そんな判断がどうしておまえにできるんだ！」

こめかみの青筋が切れんばかりに膨らんだ。

「もちろんわたし一人の判断ではありません。昨日、秘書室長、広報室長、総務部長とも相談したのです。『東京財界』に内容証明で抗議すべきとする意見もありましたが、わたしは無視すべきだと主張しました」

「内容証明で抗議しろなんて莫迦なことを言ったのは誰なんだ」

相沢はそれには答えなかった。どう対応したら石井の気持ちを鎮《しず》められるか、それだけを懸命に思案した。

「会長のご意向をお訊《き》きした上で内容証明も考えようということになったのですが、お訊きするまでもないとわたしは思ったのです。秘書室長も同意見でした。『東京財界』とことを構えるのはいかがなものでしょうか。無視する以外にないと思います」

「だからといって、これを……」

石井は『東京財界』に顎《あご》をしゃくってつづけた。

「わしに伝えないという法はないだろう」

「申し訳ありません」

「どうしてこんなことになったんだ。先月号のカバー写真に使われたわしが、一カ月後にこんな扱いを受けるのは何故《なぜ》なんだ。この雑誌は自家撞着《じかどうちゃく》もきわまれりじゃないか」

相沢は返事に詰まった。事実関係を話してしまうのは簡単だが、石井は広報の対応の悪さに激し上がるに相違ない。

それどころか相沢自身に累《るい》が及ぶ。三百万円ぐらい秘書室でなんとでも捻出《ねんしゅつ》できる。それをしなかった相沢は責められても仕方がない。

相沢が伏眼がちに言った。

「『東京財界』はいわばマッチポンプとでも言いますか、まともな経済誌ではありません。会長がカバー写真に出たこと自体軽率だという意見もありました。僭越《せんえつ》ながら申し上げますが、ここは無視する一手だと存じます」

石井はいっそう声を荒らげた。

「わしを軽率だと言ったのは誰だ」

ひとこと多かった、と相沢は後悔した。

「おまえがそう思ってるのか」

「いいえ。決してそんなふうには思っておりません」

ノックの音が聞こえ、河原洋子があらわれた。

茶はありがたいが、様子を見にきたことは明らかだ。

いやな女だ――。相沢は洋子に憎しみを覚えた。

河原洋子はことさらにゆっくりと、湯呑《ゆの》みを二人の前に置いた。

会長室のセンターテーブルは楕円《だえんけい》形で大きい。ソファは八脚。

会議、用談のときは石井はデスクを背にして中央に坐るのがならわしだが、いまはデスクを左手に、相沢と向かい合っている。

洋子は中央の花瓶の切り花に手を入れたり、デスクの湯呑みを片づけたりしていたが、その間、石井と相沢は口をきかなかった。

石井のひきつった顔から、険悪な空気は察しがつく。

やっと洋子が退出した。

緑茶をすすりながら石井が言った。

「この雑誌を河原君が持ってきたことは内緒だぞ。あれはあれなりに一所懸命やってるんだからな」

「よく存じております」

相沢はいくぶんホッとした。

そこまで気が回るのは、石井の気持ちが落ち着いてきた証拠である。

「藤木はなにか要求してきたんじゃないのか。広告かなにか」

相沢はなおも躊躇《ちゅうちょ》した。時間をかせぐために湯呑みを口へ運んだが、石井にたたみかけられて意を決した。

「おい、どうなんだ」

「はい。先月号のカバー写真を広告扱いで三百万円出してもらいたいと広報のほうへ言ってきたようです」

「三百万円か。それで断ったわけだな」

「足立室長は広報として対応できる限度は五十万円ぐらいではないかと。それと事前になんの話もなく、掲載したあとで三百万円要求されてカチンときたようです」

「相沢も反対したのか」

「いいえ。同業他社のトップで『東京財界』のカバー写真に出てる方もいらっしゃいますから、そのへんを確認してみてはどうかと進言したのですが、広報室長にわかっていただけませんでした」

「たかが三百万円をケチったために、こんな恥をかかされてたら世話はないな。なんでわしに相談してくれんのだ。おまえは考えが浅いぞ」

「申し訳ありません。いまにして思いますと、もう少しねばるべきでした。ただ、藤木氏の言いなりになっていますと、どんどんつけ込まれるのではないかと心配したことも事実です」

「わしと会社の名誉はどうなるんだ。三百万円に替えられるのか」

「申し訳ありません」

相沢は頭を下げっ放しだった。

石井が吐き捨てるように言った。

「もとはと言えば、わしに個展なんかやらせたおまえが蒔《ま》いた種じゃないか。藤木なんかにつけ込まれるような真似《まね》をしといて、まったく困ったやつだ」

一千万円の商品券は受け取るべきではない、と必死の思いで進言したことを思い出してもらいたい――。相沢は唇を嚙《か》みながらうなじを垂れていた。

「藤木はもっと厭《いや》がらせを書くかもしれんぞ」

「それはないと思いますが、一応広報室長に接触してもらうのがよろしいでしょうか」

「いまさら三百万円包んで持って行くわけにもいかんだろうが」

「そ、それはそうですが……」

相沢は口ごもった。

「藤木からなにか言ってきたら、広告をケチるような真似はするな。足立によく言っとけ。カバー写真が三百万円とは知らなかったが、案外そこらが相場なのかもしれん」

相沢はわずかに首をかしげた。

藤木は栄和火災の出方をうかがっているのではないのか。こっちが何も反応しなかったら、石井の言うように再び厭がらせ記事を書かれると考えたほうがいいのだろうか。

ここは、広報室長に接触してもらうほうがいい。

しかし、果たしてそうだろうか。やはり、無視するか、抗議するかのいずれかで、他の選択肢はない。カネを出せば、弱味があると思われるだけのことだ。

だが、相沢は石井に何も言い返さず、会長室を出た。

3

相沢が仏頂面《ぶっちょうづら》で自席に戻ると、田中が室長席から声をかけてきた。

「なにごとだ」

「会長は『東京財界』読んでましたよ。まさか自分で買うわけはないから、誰かがご注進に及んだのでしょうねえ」

相沢は、河原洋子に聞こえるように声高に返した。

念のため右袖の抽出しをあけてみるとファイルの中から『東京財界』新年号が出てきた。

「ちょっと、ここじゃまずいな。応接室に行こうか」

田中が近づいてきて、耳もとでささやいた。

二人は役員応接室に入った。

「犯人は河原女史ですよ。会長は怒り心頭に発してて、すぐタネあかしをしました。もっとも、あとで本人に言うなとクギを刺されましたけど」

「まずかったなあ。われわれの立場はないじゃないの」

「室長、広報室長、総務部長と相談したことは言いましたよ」

田中が厭な顔をしたので、相沢は急いで言葉をつなげた。

「ただし、無視しようと主張したのはわたしですし、会長に厭な思いをさせたくないから見せるまでもないとわたしが強調したことも正確に伝えたつもりです」

「まいったなあ。たった一日でケツが割れるとは思わなかった」

田中はため息をついた。

「河原女史はわたしに含むところがあるとしか思えませんよ。理由はなんなんでしょう」

「俺にそんなことがわかるか。思い当たるふしはないのかねえ」

田中は脚をセンターテーブルの下に投げ出して、天井を仰いだ。

「大野総務部長との引き継ぎのときに、河原女史にとって会長は生き甲斐《がい》みたいな存在だと言われた覚えがありますけど、それだったら、会長が不愉快になることがわかってて、『東京財界』を届ける手はないですよねえ。それもわざわざ身銭を切って買ってきたわけでしょ」

「きみと河原女史の呼吸が合ってないのはまずいなあ」

「これでも気を遣ってるつもりなんですけどねえ。女史を他の部署に動かすことは不可能なんでしょうか」

「会長が生きてる限りできない相談だな。相談役に退いても、彼女は動かせないよ」

「わたしがクビになるしかないわけですか」

相沢は冗談のつもりだったが、田中は返事をしなかった。

秘書室次長に就いてまだ九カ月しか経《た》っていない。最低二年は勤めあげなければならないかと思うと、憂鬱《ゆううつ》になってくる。

田中が上体を起こした。

「河原君がなにを考えてるのかは、俺からそれとなく聞いておくが、会長の反応はどんなふうだった。怒り心頭は当然として、具体的になにか指示があったのか」

「藤木氏からふたたびなにか要求してくるようなら、なるべく応じるようにと言ってました。三百万円ぽっちケチったために恥をかかされてたら世話はないとも……」

「足立が聞いたら、ぶんむくれるな。会長はもう少し泰然自若と構えてくれないと」

「しかし、あんな当てこすりを書かれたらたまったもんじゃないですよ。わたしが広報室長だったら三百万円出したと思います」

「立場立場ってものがあるからなあ。そうも言えんよ。無視すべきだと言い張ったきみにしては、首尾一貫しないじゃないか」

「ううーん。それを言われると弱いですねえ。『東京財界』が会長の眼に止まらないだろうと考えたことが前提ですから。その判断が甘かったわけです。河原女史に裏をかかれるとは夢にも思いませんでした」

「きみは、会長にバレたときは責任を取るようなことを言わなかったか」

「言いました」

「それだったら、四人で相談したと会長に明かす必要はなかっただろう」

なるほど、と相沢は思った。田中がそのことに拘泥《こうでい》するのは、サラリーマン根性を出したまでで、ゆるしがたいことではない、と思わなければいけないのだ。

自分が田中の立場に立てばやはり気にしたに違いない。

「その点は迂闊《うかつ》でした。わたしも狼狽《ろうばい》してて……。ただ責任を不明確にした覚えはないんですけど」

「広報から『東京財界』に抗議する手はないのか。きのうきみはそんなふうなことも言ってたが」

田中は尻《しり》をずらして、斜交《はすか》いに相沢を見上げた。

相沢は視線を外して、考える顔になった。

「ことを荒立てたくないという会長の意向がはっきりしてますから、そのシナリオはどうでしょうか」

「会長もえらく弱気になったもんだよなあ。服地と二百万円の商品券ぐらいで、どうしてそんなにおたおたするんだろう」

「きっと藤木氏の柄の悪さ、下品さ加減に呆《あき》れてるんでしょう。あんな低劣な記事をよく書きますよ」

「『東京財界』はそれでもってるんだからしょうがないよ。とにかく会長が『東京財界』の新年号を読んでしまったことを足立と大野の耳に入れといてくれ」

田中はぶっきらぼうに言って、ソファから腰をあげた。

「河原女史の名前を出していいですか」

「それはやめとけ。会長がどうやって『東京財界』を手に入れたかなんて余計なことを言う必要はないよ」

田中も洋子を庇《かば》った。

たしかに余計なことかもしれない。相沢は洋子に対する意趣を出したことが少し気恥ずかしかった。

それにしても、洋子の行動は理解に苦しむ。石井を思えばこその行動とはどうにも取れない。相沢には商品券絡《がら》みの洋子の心象風景など夢にも考えられなかった。

役員応接室の前でも、田中と相沢の立ち話がつづいた。

相沢の気持ちは揺れていたのである。

「総務部長と広報室長に、会長が『東京財界』の新年号を読んだといちいち報告する必要がありますかねえ。会長に見せる見せないは秘書にまかされたわけですから、放っといてもいいんじゃないですか」

小柄な田中がきつい眼で相沢を見上げた。

「足立君にクレームを付けさせていいのか。会長の意向はことを荒立てたくないってことなんだろう」

相沢はあいまいにうなずいたが、田中の指摘は間違っていない。

「足立にそれを止《や》めさせるのがきみの役目じゃないか」

そんなこともわからんのか、と言いたげに田中は首をかしげた。

「しかし、広報室長も内容証明までは考えていないと思うんです。あれは言葉の綾《あや》というか、あのときの勢いで出た話だと思うんです。会長の意向がどうあれ、藤木氏に対して広報室長が〝ちょっとひどいじゃないですか〟ぐらいのことは言っておいてもいいと思います」

「無視すべしと言ってみたり、きみも混乱してるねえ」

ずけっと言われたが、相沢は笑顔で返した。

「おっしゃるとおりです。どういう選択がベストなのか悩みますよ」

「いいから大野と足立に話してこいよ。足立は頭に血をのぼらせてたから、内容証明を送り付けかねないんじゃないのか。会長が弱気なんだから最低それは押さえなけりゃあしょうがないだろう」

「わかりました」

田中に一本とられたかたちである。

相沢はその足で広報室へ向かった。

足立は在席していた。

「五分ほど時間をください」

「いいよ。俺も相沢に会いたかったんだ」

応接室で足立が言った。

「きのうの夕方、藤木がつかまったので電話でクレームをつけといたからな」

「ええっ！　もう話したんですか」

「当たりまえだ。あんなゲス野郎に舐《な》められてたまるかって言うんだ」

「藤木氏、どんな様子でした」

4

足立と藤木の電話のやりとりはこうだ。

「藤木先生、ひどいじゃないですか。増資のシェア変更で石井が強引にリードしたなどという事実はありませんし、N証券には貸しこそあれ、借りはありません。それが石井の立場であり、栄和火災の立場です」

「要するにゲスの勘繰りと言いたいわけだな。タイトルにもそう書いてあるじゃねえか。俺はゲスなんだよ」

藤木はべらんめえ調で返して、ゲラゲラ笑ったあとで、急に濁った声を改めた。

「どうしろって言うの。訂正記事を書けってことか。それとも出るところへ出るとでも言うのか」

「石井および当社の名誉が傷つけられたことは確かなんですから、顧問弁護士の意見も聞いてみたいとは思ってます」

「いいよ。やるならやってみろよ。名誉毀損《きそん》で訴えてくれてけっこうだ。内容証明でも送り付けてくるか。恥をかくのは石井さんのほうだぞ」

「どうして石井が恥をかくことになるんですか」

「石井さんに訊いてみたら、わかるよ」

「先生は石井を誤解してます」

「とにかく広報室長から抗議のあったことはテークノートしておくよ。カバー写真の件で三百万円お願いしたことは、当然石井さんに伝わってるんだろうな」

「伝えてません」

「俺も舐められたもんだな。そんな気がしたんだ。石井さんがノーって言うはずがない」

「それはどうでしょうか」

「あんたが俺との約束を破ったことは、石井さんの家に電話を入れて、本人に直接話していいな」

「どうぞ」

「要するにケツをまくるってわけだな」

「すべては顧問弁護士および関係部門の意見を聞いてから対応を決めさせていただきます。とりあえず電話で当方の立場を申し伝えさせていただいた次第です」

「どかんともう一発やらんとわからんらしいなあ」

藤木は捨てぜりふを吐いて電話を切った。

足立が藤木と話した電話の内容をニュアンスも含めて聞かされた相沢は、なんとも名状しがたい気持ちになった。

「会長はあの記事を読んでました。秘書室では雑誌を回さなかったのですが、誰かご注進に及んだ人がいるんでしょうねえ。そのことを広報室長に伝えようと思いまして……」

河原洋子の名前が喉まで出かかったが、ここはこらえるしかない。

「へーえ。もう読んだのか。あんな澄ました顔してて、けっこうはしっこいなあ。会長怒ってたろう」

「ええ。ただ、ことを荒立てたくないとも言ってました。三百万円の話をしましたら、応じなかったことが不服そうでした」

「それは会長のほうがおかしいよ。見識を疑うな。藤木なんかの言いなりになってたら、ろくなことはない。何度も言うが、あんな経済ゴロとめしなんか食うから、こんなことになるんだ。こうなったら断固闘おうじゃないか」

足立はいきり立った。

いらだたしげに煙草《たばこ》をふかしていた足立が煙草を消して、言い放った。

「広報にまかせてくれ。この際、藤木をこらしめておくべきだな。一般紙が乗ってくるかどうかまではわからんが、週刊誌に応援させる手はあるぞ。親しい記者もけっこういるし、一丁やってやろうじゃないの」

「広報室長、ちょっと落ち着いてくださいよ。会長の意向を大切に考えていただけませんか」

「あんなこと書かれて、泣き寝入りはないだろう」

「いや。泣き寝入りとは違います。低次元で取るに足らない問題だから無視してかかったほうが利口だということです」

「総務部長はなんて言ってるんだい」

「これから話します。いずれにしても室長が熱くなるような問題じゃないですよ」

「『東京財界』にカネを出さなかったらまた叩《たた》かれるかもしれないぞ」

「会長は脛《すね》に傷を持つような人じゃありません。秘書室長も言ってましたが潔癖な人です。文字どおりゲスの勘繰りですよ」

相沢は自分でも無理していると思った。石井は決してきれいごとばかりの人間ではない。

「藤木がカネを取らずに引き下がるだろうか。そんな甘くないような気がするなあ。いつかみたいに、まず直接、会長の自宅へ電話をかけてくるかもしれない」

「そこまでやるでしょうか。仮にそうだとしたら〝広報室長にまかせてある〟で押し通すように会長によく言っておきます」

自信はなかった。石井のことだから腰が砕けてしまう恐れがある。むしろその可能性のほうが強い。なんせ一千万円の商品券が重しになっているのだ。

しかし、足立の気持ちを鎮めるためにも相沢は強弁するしかないと思った。

「社長の意見も聞いてみようか」

「そんな、やめてくださいよ。『東京財界』なんか誰もまともに相手にしてません。社長に読ませる必要なんてないでしょう」

「まあな。社長が会長にとくに反感を持ってるわけでもないし、内紛みたいなことになっても困るよなあ」

「藤木氏に電話で抗議しといた、と会長に伝えてそれで幕引きにしましょう」

幕が引けるとは思えないが、相沢はそうとしか言えなかった。

足立が煙草を咥《くわ》えながら言った。

「藤木はそんなに甘くねえぞ。しつこく絡んでくるんじゃないかな」

「そのときはそのときです。いまから心配してもしょうがないでしょう」

相沢は不安感を募らせながらも強く出た。

「総務部長にも抗議電話のことは話しといてくれな」

「ええ」

足立が戦闘的なことを口にしながら弱気になっている気持ちの揺れはわからぬでもない。

しかし、〝商品券〟に足立は関与していないのだ。広報室長の立場が気持ちを揺れ動かしていると理解するしかないのだろう。

5

総務部長の大野は会議中で席を外していたが、四十分後に相沢は電話で呼び出された。

石井が『東京財界』を読んでいたことと、足立が藤木に抗議の電話をかけたことまでの経緯を相沢は大野に話した。

「きのうも言ったが、足立の対応がなってなかったんだよ。三百万円ぐらい出したってどうってことないのに。変にスジ論を振り回すから、厄介なことになるんだ」

ここまであしざまに言われると、足立に同情したくなるが、これも総務部長の立場が言わせるのだろうか、と相沢は思った。

「内容証明とか顧問弁護士とか、おどろおどろしいことを持ち出せば藤木が意地になるのは当たりまえだ。先月号のカバー写真をパブリシティと割り切るしかないと思うな」

「そのタイミングは逸したわけです。会長も言ってましたが、いまさら三百万円包んで持って行くわけにもいかんでしょう」

「『東京財界』に広告を出すようにしたらいいじゃないの。俺のほうで問題を処理してやってもいいけど、それじゃあ足立の立場がなくなるから、その線でやるように相沢から勧めたらいいな」

総務部は、総会屋対策などダーティーな問題には慣れている部門だ。その上に太っ腹な大野の性格が加味されているかもしれない。

しかし、大野の話を足立にぶつけたら、それこそ意地になって逆にこじれてしまう恐れもある。

その日、相沢は田中秘書室長を昼食に誘った。社員食堂でカレーライスを食べながら、足立と大野の話を伝えて、田中に判断を求めたのである。

「大野の言ってる線でまとめるのが、いちばん波風立てずに済むし、会長の意向にも添うわけだが、足立がそんな調子で藤木に電話をしているとなると、話の持っていき方は難しいなあ」

田中は腰が引けている。いまに始まったことではない。初めからそうだった。

「五十万円が限度」だと『東京財界』の白石営業部長に押し返した足立の判断を是認し、「足立にまかせよう」とまで言った。

その田中がいまは大野の主張に傾いているのだから、主体性のないことおびただしい、と相沢は言ってやりたくなったが、そうもいかない。

「しかし、藤木氏が会長のお宅に電話をかけてくる可能性を考えますと、その前に手を打ちたいところですねえ。それに広報室長も強気のようでいて、気持ちが揺れてます。室長から因果を含めて話していただけませんか」

「いや、きみから話したほうがいい。俺が話すとカドが立つ。きみなら大野の意見もトーンダウンしてうまく伝えられるだろう」

「水谷副社長の耳に入れて、副社長から足立広報室長に話してもらう手はありませんかねえ」

水谷泰彦は人事・総務部門を担当している。

石井三郎会長、山本卓也社長に次ぐナンバー3だが、温厚で公平な人物とみられていた。石井や山本のように押しも強くなければアクもない。悪く言えば毒にも薬にもならない存在だが、当人は山本の女房役に徹しているつもりらしい。

「それはないだろう。だったら、社長にも話さなければおかしくなる。これ以上ひろげるほどの問題じゃないよ」

「しかし『東京財界』のあの記事が損保業界で話題にならないという保証はありませんよ。つまり社長に限らず、読む機会は誰にでもあるわけです。河原女史以外の女性秘書に出し抜かれる可能性だってゼロではないでしょう」

田中がライスを三分の一ほど皿に残して、紙ナプキンで口のまわりを拭《ぬぐ》った。

「うちあけたところ石井会長だけには読ませたくないと考えたからこそ、大の男が四人も集まって、すべったのころんだのとやってきたんじゃないか。あんなものが業界の話題になるとは思えないが、なったところで、どうってことはないよ。社長が読もうが副社長が読もうがどうだっていいんだ」

相沢はスプーンを投げ出して、コップの水をひと口飲んで言い返した。

「いま、これ以上ひろげたくないと言いませんでしたか」

「言ったさ。それは、ことさらにそうする必要はないという意味だよ。極端に言えば事後処理をどうするか、藤木との関係にどう決着をつけるか、問題はそれだけだ」

わかったようでわからなかったが、相沢は話を元へ戻した。

「広報室長が変に依怙地《いこじ》になったらどうしましょうか」

「必ず折れるさ。立場上、突っ張ってはみたが、落としどころを間違えるほど馬鹿じゃないよ。会長の気持ちがわかってて、内容証明でもないだろう」

「そうですね」

相沢もそんな気がしていた。

6

田中と相沢が社員食堂で話していた同時刻、秘書室の河原洋子は同僚の浜野《はまの》美枝《みえ》、沢田《さわだ》真理《まり》の二人と小会議室で弁当を食べていた。女性秘書は二班に分かれて昼食を摂《と》る習慣になっている。

会長や社長の食事の面倒を見る必要があるからだ。

洋子はとうが立つ年齢だが、美枝は二十七歳、真理は二十五歳。

美枝は社長付。真理は木村専務と宮本常務付。

あと四人女性秘書がいる。専任は副社長付の富田《とみた》典子《のりこ》を含めた三人だけで、真理たち四人は複数の役職役員を担当させられていた。常務や取締役は部長を委嘱されているケースが多い関係で、秘書室以外に専任秘書が付いている。

七人の女性秘書で制服を着ていないのは洋子一人だ。洋子のわがままにほかならないが、黙認されていた。

私服で押し通すことによって、格の違いを誇示しているつもりらしい。職務柄地味なスーツであることがほとんどだが、赤いマニキュアも洋子だけだ。

食事を摂りながら三人のおしゃべりはつづいた。

「『東京財界』の新年号にまた会長が出てたのよ」

「また写真ですか」

洋子は軽く美枝を睨《にら》んだ。

「それならいいんだけど、会長を中傷しているひどい記事なの。田中さんも相沢さんも、会長に読ませたくなかったらしいけど、わたしはわざと見せてあげたわ」

「まさか」

「すごーい」

美枝と真理は眼をまるくして、同時に感嘆の言葉を発した。

秘書室長と次長を差し置いて、そんなはねあがった行動が取れるのは洋子しかいない。

「だって、どうせ本人にもわかることでしょう。不愉快な思いをするのが後になるか先になるかの問題だし、早めに知り得たほうが手の打ちようもあると思ったの。相沢さんと広報室長の対応がなってないから、あんな変な記事を書かれるのよ。会長が可《か》哀想《わいそう》だわ」

美枝がフェノール樹脂製の弁当箱をテーブルに置いて訊いた。

「そんなひどい記事なんですか」

「気になるんなら買って読んでごらんなさいよ。大きな本屋なら売ってるわ」

「あとで買いますけど、どんなことが書かれてるんですか」

洋子は〝ゲスの勘繰り〟の内容を話した。美枝も真理も食事を忘れて聞いていた。

「とにかく悪意に満ちたデタラメな記事よ。会長に反感を持ってる役員の誰かがリークしたかもよ」

洋子は意味ありげに二人に眼を流した。

「いくらなんでもそんな……」

美枝は山本社長を特定して非難されてるような気がした。

石井と山本の関係が微妙に変化してきていることは美枝にも察しがつく。

副社長時代の山本は、石井のご機嫌伺いでひんぱんに社長室に出入りしていた。後継者に指名されてから山本に経営執行権は移行したが、石井は人事権まで手放していなかった。

しかし、役員人事でもそろそろ山本色を出したい、と当人は考え始めている。社内の求心力がまだ石井にあることは、社長としておもしろくないのは当然だ。

石井会長と山本社長の対話不足は、山本がデイリーワークに追われているためでもあるが、山本が石井との対話に心を砕いているとは思えない。週一回の経営会議で顔を合わせるぐらいでは両者に意思の疎通《そつう》を欠くのもやむを得ないところだ。

いわば、山本社長にとって石井会長は煙たい存在になりつつあり、石井にしてみれば話しにこない山本を可愛《かわい》くないやつと思いがちである。

頭の回転も速く、気働きもする浜野美枝の眼に両者の関係がそんなふうに映るのもゆえなしとしない。

沢田真理も同様で、そんな感触は受けていた。このことは秘書室のムードを暗くしているが、誰も口にしないし、口の端《は》にのせられることでもなかった。

河原洋子だけが突出して石井びいきである。

7

相沢は田中と昼食にカレーライスを食べたあとで自席から足立広報室長に電話をかけた。

一時前だったが足立は在席していた。

「ちょっとお時間いただけませんか」

「いいよ。俺もきみに会いたかったんだ。二時に来てもらえるか」

「けっこうです。では二時に伺います」

相沢が顔を出すと、足立が席を立って来た。

「長尾を同席させていいか」

「どうぞ」

足立が部下の長尾調査役を同席させた意味はすぐにわかった。

足立が応接室で長尾と顔を見合わせながら照れ臭そうに言った。

「さっき長尾に『東京財界』の白石営業部長と会ってもらったんだ。広告の件で話したいと言ったら飛んできたよ。要するにすべてはカネ次第っていうわけだ。会長の家に電話をかけるなんて藤木に威《おど》かされたから、俺もちょっとびびったけど、ま、しょうがないよな」

けさ足立は『東京財界』と徹底抗戦するようなことを言っていたが、あれから気持ちを変えたらしい。読み筋どおり足立の気持ちは揺れていたのだ。

大野総務部長から「広告でケリをつけろ」と知恵をつけられたが、それを持ち出すまでもなかった。

「相沢に話してやれよ」

足立に促されて、長尾はメタルフレームの眼鏡を両手でかけ直す仕ぐさをして細い眼をしばたたかせた。

「敵もしたたかで、三百万円の最低ラインは崩せないと言い張るんです。ディスカウントすると、必ずそれが業界に伝わってしまうので前例をつくりたくないってことなんでしょう。それに主幹の藤木氏が〝ゲスの勘繰り〟を書いてますから、カバー写真の広告扱いがこじれてることは、その道のプロなら察しがつくとも白石氏は話していました。ですからカバー写真の広告扱いはなかったことにしよう。そのかわり年間五十万円の広告枠を百万円に引き上げてもらえないか、と言うんです。それで〝ゲスの勘繰り〟は水に流しましょうっていうんですから盗人猛々《ぬすっとたけだけ》しいと言いたくなりますけど、藤木氏にまた変なことを書かれるのはかないませんから、室長と相談してOKの返事をすることにしました」

「三百万円は五、六年でチャラになるが、ま、藤木や白石にしてみれば大幅に譲歩したつもりなんだろうな。会長の気持ちを考えるとしょうがねえよ。活字の暴力には勝てない。会長にあんな弱味があるとは思わなかったし」

足立はしかめっ面で言って煙草を咥えた。足立も、服地一着だけではない、と疑ってかかっているのだろうか。

「相沢に貸しができたな。会長や社長が二流以下の経済誌に顔を出すことのコストがどれほど高くつくかわかったろう」

「恩に着ます。この結果を会長に話していいですか」

「ああ。会長の意向も汲《く》んで広報は対応したんだから、文句を言われる筋合いはないだろう。ついでに秘書室長にも総務部長にも一件落着を報告しといてくれ。ところで相沢の用件はなんなの」

「総務部長が広告で処理するのがいいだろうという意見でしたので、それを広報室長に伝えたかったのですが、その必要もなくなったわけです」

「ふうーん。相沢にも言われたが、藤木なんていう財界ゴロと喧嘩《けんか》するのも阿呆《あほ》らしいけど、これであいつらはまた増長するんだろうなあ」

足立は歯ぎしりしたい心境なのだろう。その気持ちは相沢にもよくわかる。

8

浜野美枝は河原洋子に焚《た》きつけられて翌朝、山本に『東京財界』の新年号を届けた。

「室長と次長に内緒ですが、ちょっと気になりましたので……」

「『東京財界』か。今度はなにがでてるの」

「会長のことです」

「ここだな。エッセイでも載ってるのかね」

山本は老眼鏡をかけてからインデックスで示された82ページを開いた。

左手の湯呑みを時折り口へ運びながら、山本は〝ゲスの勘繰り〟を目読した。

山本は老眼鏡を外しながら、デスクの脇《わき》に控えている美枝を見上げた。

「会長はこれを読んだのかね」

「はい。河原さんがお見せになったそうです」

「怒ってたろう」

「そのようです」

「ひどいことを書くねえ。カバー写真との整合性はどうなってるのか。わけがわからん」

「その雑誌はお返しいただいたほうがよろしいでしょうか」

「そうだな。わたしは知らなかったことにする。秘書室長か広報室長からなにか言ってくれればそのとき考えるよ。ありがとう。よく気がついてくれた」

山本は『東京財界』を美枝に返した。

美枝が退出したあとで、山本は思案顔で残りの煎茶《せんちゃ》をすすった。

N証券の田端社長と石井との間でどんなヤミ取引があったのだろうか。素人《しろうと》とはいえ十二号の絵に服地だけでは済まないと考える方が常識的かもしれない。ましてN証券は栄和火災の増資で三パーセントのシェア・アップを果たしたのである。

石井は一〇パーセントに固執したが、宮本常務の調停で三パーセントに縮小されたことを山本は思い出していた。

山本はブザーで秘書室を呼び出し、木村専務が在席してたら社長室へ来るように命じた。

木村は会議中だったが中座して三分後に顔を出した。二人はソファで向かい合った。

「『東京財界』の新年号におかしな記事が出てたが、読んだかね」

「ほう。社長もお読みになったんですか」

「うん。ということはきみも読んだわけだな」

「ええ。きのうY証券の松本君が大井君に電話で教えてくれたそうです。あんなこと書かれたら、会社のイメージダウンですよ」

「会長に田端社長が強力にアプローチしてきたことは察しがついてたが、経営会議や常務会で話題にするようなことではないな。武士の情けということもある」

「しかし、社長から会長に不快感を表明するぐらいはよろしいんじゃないですか」

「それも違うねえ。お互い厭な思いをするだけだよ」

「まさか会長は読んでないでしょうね」

「それが読んだらしい」

木村がにやにやしながら言った。

「そうなんですか。会長は読んでるんですか。胸中察して余りありますねえ」

「不愉快千万だろう」

「身から出た錆《さび》とも言えますよ」

木村は重心を山本に移しつつあったが、石井批判をしたことで、いまや態度を明確にしたつもりらしい。〝ゲスの勘繰り〟は図らずも石井のかげりを示すきっかけになるのではないか——。山本もそう考えているはずだ。

「宮本君にコピーを見せておきましょうか。かれは会長命令でN証券の三パーセントアップの調整案を出した張本人ですからねえ。わたしはシェア変更はいまでも重大に受けとめてます」

「やめとけ。まだ根に持ってるのか。きみもしつこいねえ」

山本から笑顔が消えた。

「会長はN証券の一〇パーセントアップに固執したらしいよ。宮本はそれを三パーセントに押えたんだから、よくやったと褒めてやっていい。宮本は冷静かつ慎重な男だ。きみも知らなかったことにしたらいいな。会長に一点貸しをつくっておくのも悪くないよ」

「それでしたら、社長が『東京財界』を読んだことぐらい会長に知らしめたほうがわかりやすくてよろしいんじゃないですか」

「それはわたしの判断にまかせてもらおう。とにかく軽挙妄動しないでくれ。まして鬼の首でも取ったように言いふらすのはよくないぞ。その点できみにクギを刺しておきたかったんだ。大井にもそういうことでよく話しといてもらいたい」

山本に真顔で言われたら、言い返せない。

ドアの前で、木村がこっちをふり返った。

「社長にはどこから情報が入ったんですか」

山本は返事をしなかった。

「わたしも社長のお耳に入れていいものかどうか迷ってたんですが、まさか社長に先を越されるとは思いませんでした」

木村は追従《ついしょう》笑いを眼もとに滲《にじ》ませながら退出した。

沢田真理は前夜『東京財界』を本屋で立ち読みしたが、買わなかった。

しかし、浜野美枝がコピーをそっと手渡してくれたので、木村専務と宮本常務にそれを見せるべきなのかどうか悩んだ。

「浜野さんは社長に見せたんですか」

「ええ。見せたわよ。だって河原さんから止められなかったし、室長や次長からとくに指示があったわけでもないから、わたしの判断でそうしたの」

「増資のときごちゃごちゃしていたようなので、木村専務と宮本常務に見せたほうがいいのかどうか、わからなくて、悩んでしまって……」

「見せてあげなさいよ。そのためにコピーを二枚あげたんじゃない」

先輩の美枝に言われて、真理もその気になった。

美枝にしてみれば、真理とイーブンの関係にしておきたい、という思いがあった。

代表権を持つ木村専務には十六階に個室が与えられているので、コピーを渡すのは容易だった。

「ご参考までに……」

真理がおずおずとコピーを差し出すと木村はちらっと眼を走らせただけで、うるさそうに手を振った。

「もう読んだよ」

真理は十四階にある経営企画室に足を運び、室長付の岡田《おかだ》昭子《あきこ》に封筒に入ったコピーを渡した。昭子は真理より二つ齢下《としした》で二十三歳。

「宮本常務は多分お読みになってると思いますけど、念のためお渡しして。雑誌のコピーよ」

「宮本常務のことが出てるんですか」

昭子は細い眼を見開いた。左頰の吹き出ものを気にして、左手の中指でさわりながら、昭子がつづけた。

「まさかねえ」

「ええ。石井会長のことよ」

「わたしも読んでいいですか」

真理はちょっと考える顔になった。

「かまわないと思うけど、でもオフレコみたいよ」

「オフレコ？」

「雑誌の記事がオフレコってことはないわね。ただ、あんまり言いふらさないで。会長がお気の毒だから」

宮本が〝ゲスの勘繰り〟を話題にしたのは翌週水曜日の経営会議後の昼食で雑談しているときだ。

経営会議のメンバーは代表権を持つ五人で、事務局代表の宮本に発言権はないが、昼食時の雑談まで遠慮するいわれはない。六人全員がハコベンにつきあうことはめったにないが、この日に限って全員円卓を囲んでいた。

「『東京財界』に変な記事が出てましたねえ」

山本社長と木村専務が顔を見合わせたのを宮本は気づかなかった。

先月号の『東京財界』も経営会議で話題になったが、「ひやかさないでくれ」などと言いながら、石井会長はまんざらでもなさそうだった。しかし、いまはしかめっ面《つら》をあらぬほうへ向けている。

「変な記事ってなんなの」

林専務が宮本に訊《き》いた。水谷副社長も箸《はし》を湯呑《ゆの》みに持ち替えて、宮本に視線を向けた。

「林専務はまだ読んでないんですか。わたしには秘書室からコピーが回ってきましたけど」

「知らんなあ」

「わたしも読んでない」

こんどは林と水谷が顔を見合わせた。

「会長はお読みになりましたか」

宮本の質問に石井の顔がひきつった。

「読んだよ」

「社長はどうですか」

「読んだが、あんな三流経済誌の記事は気にせんほうがいいな」

山本はとりなしたつもりらしいが、その三流誌の表紙に石井が登場したことに頭がめぐったとみえ、バツが悪そうに口をつぐんだ。

「要するになにが書いてあったの」

いらだたしげに言って、ふたたび林が宮本のほうへ首をねじった。

「〝ゲスの勘繰り〟というタイトルで、石井会長を中傷してるんですよ。増資でシェアを変更したことをさもN証券となにか癒着があるかのように、あてこすって書いてるんです。不愉快千万です」

「なんだって。そんなバカな……」

林も、先月号のカバー写真を眼に浮かべたらしい。

「どうしてあんな記事が出たんですかねえ。社長はそのへんの事実関係をご存じなんですか」

山本は眉《まゆ》をひそめ返事をしなかった。

宮本らしくもない。石井の気持ちをなぜ汲んでやらないのか、と山本は思った。

白々とした空気が流れ、みんな黙々と食事にかかった。

沈黙を破ったのは石井である。

「宮本君はなにを言いたいか知らんが、わたしの不徳の致すところということにしておこう。しかし、痛くもない腹をさぐられる覚えはないぞ。きみたちがどう思ってるか察しはつくが、田端君に絵を一枚プレゼントして、お返しにスーツの服地をもらった。それ以上のことはなんにもない。秘書の対応がなってないんだ。それと広報室長も気がきかんな」

石井は言いざま音を立てて円卓から離れ、役員会議室から出て行った。

宮本が憂鬱そうな顔を山本に向けた。

「わたしはひとこと多かったんでしょうか。秘書室がわざわざコピーを回してきたので、雑談で話題にするくらいはゆるされると思ったんですが」

「会長は気にしてるんだよ」

「『東京財界』に痛いところを突かれて、内心忸怩《じくじ》たるものがあるんでしょう」

「木村君、それこそひとこと多いぞ」

山本にたしなめられて、木村は首をすくめた。

水谷が間伸びした顔を懸命にひきしめて口を挟んだ。

「わたしのところへはコピーは回ってこなかったのはどういうわけなんですか」

「わたしも同様です」

林が仏頂面で水谷につづいた。

山本が苦り切った顔でしめくくった。

「水谷君と林君の秘書は、会長に気を遣ったんだろう。どっちにしても取るに足らんことだ。宮本君もあまり気にしないようにな」

9

相沢が社員食堂から席に戻ったのは一時十分前だが、デスクにメモが置いてあった。

「会長がお呼びです。沢田」とある。河原洋子が席を外している間に呼び出しがかかったらしい。室長席も不在で沢田真理も席にいなかった。

相沢はネクタイのゆるみを直しながら会長室に向かった。

「会長、なにか」

「経営会議で赤っ恥をかかされたよ」

石井は声をふるわせている。

「きみは『東京財界』のコピーを山本たちに配ったのか」

「いいえ。とんでもないことです」

「宮本は秘書からコピーが回ってきたと言ってたぞ。山本にも木村にもコピーが回ったようだ。おまえじゃなければ田中が命令したのか」

「そんなはずはありません。秘書室長もわたしも『東京財界』を会長にさえお見せすべきではないと思ったくらいですから……」

「女どもが勝手にやったわけだな」

「よくわかりませんが、そうとしか考えられません」

「おまえも田中も見下げ果てたやつだ。そんなことでよく秘書がつとまるな。女の子もコントロールできんのか。振り回されっぱなしじゃないか」

「申し訳ございません」

「もういい」

石井は顔をそむけて、手を振った。

秘書室に戻ると、河原洋子が在席していた。相沢は泡立つ気持ちを抑えかねて洋子を役員応接室に誘い出した。

「いま、会長にこっぴどく叱《しか》られたとこだよ」

「どうなさったんですか」

しらっと返されて、相沢は躰中《からだじゅう》の血液が逆流し、頭がカッと熱くなった。

「例の記事をコピーして、社長、木村専務、宮本常務に回したのは、あなたじゃないの」

「わたしがお見せしたのは会長だけです。変な言いがかりはよしてください」

「あの記事が経営会議で問題になったそうだ」

洋子は視線を外して、伏眼になった。

そこまでは考えなかった。石井はワンマン会長である。石井に刃向かう者がいるなんて信じられない——。

「浜野さんと沢田さんが自分の判断でコピーを回したってことになるわけだね」

「そう思いますけど。二人に訊いてくださいよ」

「僕はてっきり河原さんが指図したのかと思ってた。会長思いの河原さんにしては、どういうことなんだろうって、いくら考えてもわからなかった」

「指図なんてひどいこと言いますねえ。会長がこんな侮辱を受けているのも、元はと言えば相沢さんがいけないんじゃありませんか」

「どういう意味」

「個展はいいとしても、N証券にスキを見せるように仕向けたのは、結果的に相沢さんの対応が悪かったからでしょ。わたしだったら、死んでも会長に商品券なんか受け取らせなかったと思うわ」

相沢は口をつぐんだ。

言いたいことは山ほどあるが、いまさら何を言っても始まらない。

第七章　人事異動

1

石井会長の側近でありながら、うとまれている身としてはなんとも憂鬱《ゆううつ》で居心地が悪いが、相沢靖夫は自然体でいくしかないと心に決めた。

河原洋子の厭味《いやみ》なよそよそしさは気にしだしたらきりがないので無視した。

年が改まり、あっという間に立春も過ぎた二月下旬の某日午後、石井が河原洋子に取締役人事部長の大久保《おおくぼ》貞男《さだお》を呼ぶように命じた。

石井はソファをすすめながら、にこやかに言った。

「書き入れどきで忙しいんだろう」

「四月の異動期を控えてますんで仕方がありません。今年は関西総合本部の強化が目玉ですが、人のやりくりが大変です」

「その点はわたしも気になってるよ。とくにSCには実力のあるのを当てるようにせないかんだろう。SCの業務部の部長、副部長はどうなってる」

大久保は面高な顔を歪《ゆが》めた。

石井が関西総合本部サービスセンター（SC）業務部の人事に関心を持つとは意外である。四月一日付の組織改正で従来の損害調査部をサービスセンターに改称することが、すでに経営会議、常務会で決定していた。

損害保険会社の損害調査部は「損調」と称され、左遷《させん》の代名詞のように言われているが、栄和火災海上では「損調」で苦労した者を登用する慣習があり、必ずしも、イコール左遷とは受けとられていなかった。

しかし、進んで「損調」を志願する社員は一人もいない。「損調」がサービスセンターに改称されても査定部門であることに変わりはなく、契約者との接点にあって、最も切実で苦労を強いられるセクションである。

〝自動車事故査定担当者の七二パーセントが身の危険を感じた事件に巻き込まれた経験を持つ〟というレポートがあるほどだから推して知るべしだ。

関東と関西では損保の支払い額に格差があり、〝西高東低〟が通り相場になっているのは、関西では暴力団が介在するケースが多いためと考えてさしつかえあるまい。

栄和火災海上は、大阪市西区に関西総合本部ビルを建設中だが、関西総合本部は大阪本社的機能を付与され、大阪支店を母体に格上げされた。関西総合本部は管理部、営業推進部、損害調査業務部からなり、地域の支店とサービスセンターを統轄《とうかつ》している。

「副部長はそろそろ替えてやらないかんのじゃないか。なんなら相沢を出してもいいぞ。相沢は実によくやってくれてるし、もっと秘書におってもらいたいが、関西総合本部のSCにエースクラスを出すのは、社内にインセンティブを与える意味で、いいんじゃないのか」

石井はこともなげに言ったが、大久保は息を呑《の》んだ。

「相沢は秘書室次長になってまだ一年になりませんが」

「一年だから動かせないという法でもあるのか」

石井の強い口調に大久保は、その胸中が読めた。

「相沢はSCの経験はあったかねえ」

「いいえ」

「それなら、いいチャンスじゃないか。二、三年SCで苦労させるのは本人のためになる」

「当人の意向を打診する必要はありませんかねえ。一年でポストを替えられたとなると、腐るかもしれませんが」

「それで腐るようじゃ、見込みはないな。コンビを組む部長から声がかかったとか、ものは言いようだろう。断っておくが、わたしは相沢を買ってるんだ。M大出にしてはよくやってるじゃないか」

「念のために伺いますが、相沢の後任について、会長の意向はございますか」

大久保は皮肉を込めたつもりだった。

不自然な人事をやらせようとしているのだから、この程度は言ってもゆるされるだろう。部長クラスならともかく副部長、次長クラスの人事に会長、社長が口を挟むことなど、通常はあり得ない。

「いや。誰でもいい。まかせるよ」

石井は眉《まゆ》をひそめた。

大久保は会長室を出て、総務部に立ち寄った。

総務部長の大野は、相沢の前任者で相沢を後任に推した男だ。

大野は在席していた。

「ちょっといいか」

「ええ」

「部屋はあいてないかねえ」

大野は部長付の女性を手招きした。

「応接室あいてるか」

「はい」

二人はソファで向かい合った。

「いま会長に呼ばれて、妙なことを言われたんだが……」

大久保は煙草《たばこ》に火をつけてから、話をつづけた。

「出し抜けに相沢を動かせときた。相沢は会長の個展で点数を上げたんじゃなかったのかね。会長の覚えめでたいと思ってたんだが、どういうことなんだ。わけがわからんよ」

大野は辛《つら》い気持ちになった。相沢が石井にうとまれていることはわかっている。しかし、石井はもっと大人物だと思っていた。

仮にも栄和火災海上のトップではないか。そこまで感情的になるものなのか。

「広報室長の足立君はお咎《とが》めなしですか」

「足立がどうしたって」

「『東京財界』の新年号をお読みになりましたか」

「読んだよ。〝ゲスの勘繰り〟だったっけか。副社長からコピーがまわってきた。文字どおりゲスの勘繰りなんだろう」

　大野は『東京財界』に対する広報の対応を大久保に話した。

　昨年十二月中旬の経営会議後の昼食会で宮本が〝ゲスの勘繰り〟を話題にしたことは大久保も大野も承知している。

「相沢はチョンボしたわけじゃありませんよ。ただ、河原女史と呼吸が合ってないふしはあります。その点を会長が気にしてることはあるかもしれませんけど、会長ほどの人がそんなにエキセントリックになるなんて信じられませんよ」

「会長は、相沢の次のポストに関西総合本部SC業務部の副部長でどうか、とまで指図してきたよ」

「SCですって。損調ですか。相沢がそんなに憎いんですかねえ」

「SCに相沢クラスのエースを出すのはインセンティブになるとか、相沢はよくやってるとか、いろいろきれいごとは並べてたが、タテマエはともかくホンネは相沢の顔も見たくないってことなんだろうな」

「相沢を後任に推したわたしも減点なんでしょうねえ」

「きみが相沢を推したなんて、そんなこと会長は知らんよ。心配するな」

大久保は苦笑しながら、煙草を灰皿に捨てた。

「近畿《きんき》圏を強化することは当社の最大の経営課題なんだ。だからこそ関西総合本部にしたんだ。本部長は便宜的に大阪支店長が横すべりしたが今年から代表権を持った専務を当てることも決まってる。SC業務部に力のあるやつを出すのも会長のお説のとおりなんだが、だからって相沢っていうのもなんだよなあ」

「ほかの誰かに内示を出してるぐらいのハッタリをかますことはできなかったんですか」

「会長の気持ちがわかってて、それはないだろう」

「つまり相沢の大阪転勤はもう決まりなんですね」

「河原洋子を押さえられない相沢もだらしなさすぎるよ」

「あの女には、わたしも泣かされましたけど、相沢ほどのやつがなんでもっとうまくやれなかったのか不思議ですよ」

大野は、商品券のことを失念していた。

思い出したとしても大久保に話せるわけがないし、そのことで河原洋子が根に持っているなど知る由《よし》もなかった。

「関総本部の損調業務部長の高橋博《たかはしひろし》さんは相沢と大阪支店で一緒に仕事したことがありますねえ」

「高橋を東京に戻すつもりだったが、相沢とコンビを組ませなければならんとなると、そうもいかんなあ。少なくとも相沢に〝ぜひもらい〟がかかったことにしないと、相沢の立つ瀬がないものねえ」

「なるほど。高橋さんが相沢にご執心ってことにするわけですか。相沢とはウマが合うかもしれませんねえ」

「白々しいが、それでいくしかないだろう。きみをSCへ持っていく手もあるな」

「ご冗談を。わたしもまだ一年しか経《た》ってません」

「もちろん冗談だよ」

「しかし、相沢は傷つくでしょうねえ」

「会長に嫌われてることを察してるとしたら、逆に針の筵《むしろ》かもしれない」

「ただ、どうして損調じゃなければいけないんですかねえ。あんまり相沢が可哀想《かわいそう》じゃないですか」

「損調で苦労すれば、上にいけるチャンスが大きいとも考えられる。これも会長のきれいごとかもしれないが……」

「内示を出すのはいつですか」

「四月一日付で発令するとすれば、三月十八日までに出す」

「あと三週間ほどですねえ。相沢には秘書室長から話すんですか」

「当然そうなるが、田中に話すのは内示の直前でいいだろう。相沢に恨まれるかもしれないな。厭な役回りだが職掌上仕方がない。人事部長は恨まれ役でもあるんだ」

「切ない話ですねえ」

大野が吐息を洩《も》らした。

2

栄和火災海上保険は四日一日付で組織改正と人事異動を発令したが、秘書室次長の相沢が上司の田中室長から内示を受けたのは二週間前である。

発表は三月二十二日だから、わずか四日前に知らされたことになる。

田中は新橋の割烹《かっぽう》店に小部屋を取って相沢と差しで話した。

ビールの大瓶を一本あけたあとで、田中はさりげなく切り出した。

「今度の人事異動のこと、なにか聞いてるか」

「大幅な異動になるとは聞いてますが、室長ご自身のことですか」

「いやあ。わたしも四年近くになるから、そろそろ替えてもらえるかと当てにしてたんだが、ダメだった」

「そうなると六月の役員改選に間に合いませんねえ」

取締役で秘書室長を委嘱されたケースは過去にない。

「もともとボードに入れるなんて思ってもいないよ」

田中は心にもないことを言った。今年は無理でも一、二年のうちに、と内心期しているはずだ。

「なにをおっしゃいますか」

「わたしのことじゃない。きょうきみと飲もうと思ったのは、きみのことで話したかったからだ」

「わたしのこと」

「うん。残念至極だけど、ポストが替わることになった。関西総合本部から〝ぜひもらい〟がかかっちゃったんだよ。わたしは抵抗したけど、関総本部の強化は、わが社の命題だから、こっちの都合ばかりも言ってられないからねえ」

相沢は詰めていた息を洩らして、乱暴にグラスを呷《あお》った。

「会長に嫌われたんですね」

「違う違う。決してそんなことはない」

田中は激しく首と手を振った。

「だって、一年で異動なんてことがあるんですか」

相沢は、田中が返事をしないのにいら立って、たたみかけた。

「次のポストは関総本部のどこですか」

田中は、時間をかせぐようにビール瓶を二つのグラスに傾けて、おもむろにグラスを口へ運んだ。

田中が口もとに苦笑をにじませた。

「そういうひがんだ言い方はよくないなあ。SC業務部副部長。左遷なんてことはない。真横で昇進とは言えないからご不満かもしれないが、本部長と業務部長から相沢を指名してきた。人事部長の話では会長は首をかしげたらしいけど、大阪で苦労するのも悪くないだろうってOKを出したらしいよ」

「真横とは思えませんからねえ。誰が見ても左遷ですよ」

「絶対そんなことはない。関総本部じゃなければ、わたしも断固反対した。サービスセンターの所長や次長とはわけが違う。直接、査定部門を担当するんじゃない。SC部門の統括部門だから、相沢がヤーさんと切り結ぶ場面なんてないから安心しろよ。〝損調〟とは、全然違うだろう」

田中は懸命になだめたが、相沢の耳には空々しく響くだけだった。

関西総合本部サービスセンター業務部副部長のポストが左遷ではないと言う田中の強弁を是認したとしても、一年で秘書室次長を辞めさせられる事実はどう解釈したらいいのだろうか。

石井会長からうとんじられていることは、相沢自身がいちばんよくわかっている。石井にとって相沢は目障《めざわ》りな存在でもあった。

石井がN証券から一千万円の商品券を受け取り、八百万円をポケットに入れたことを知っているのは、相沢しかいない。石井が相沢を遠ざけたい、と思うのはごく自然である。

『東京財界』に〝ゲスの勘繰り〟を書かれなかったら、石井の気持ちは変わっていたとも考えられるが、それを相沢のエラーと石井は取った。

「いつでしたか、室長に河原女史を動かすのは不可能だと言われたとき、わたしがクビになるしかないわけですね、と申し上げたことがありますけれど、あのときは冗談のつもりだったのですが、ほんとうにそうなったわけですねえ」

「相沢はいつからそんなに僻《ひが》みっぽくなったんだ。会長も河原女史も、まったく関係ない。逆恨みなんて相沢らしくないぞ」

「引かれ者の小唄《こうた》と思われるかもしれませんけど、秘書室から抜け出せて、清々したと思わぬでもありません。しかしいくらなんでも〝損調〟はひどいって言いたいですよ」

田中は居ずまいを正した。

「もうひとことだけ言わせてもらう。それは今度の異動を前向きに受け止めてもらいたいってことだ。相沢はまだまだ上に行けるよ」

白々しいことを、と言いたかったが、相沢は表情をゆがめただけで口をつぐんだ。

辞令が出た日の挨拶《あいさつ》回りで相沢は真っ先に会長室へ行った。

田中から内示を受けて四日経つがその間、何度か顔を合わせているのに、石井は異動のことには一切触れなかった。

水臭いと言うのか白々しいと言うべきなのかわからないが、石井は相沢に不機嫌な表情を見せなかった。むしろ気持ちが悪くなるほど愛想がよく、取り入られてるようなちぐはぐな感じだった。

「四月一日付で大阪に転勤します。関西総合本部サービスセンター業務部ですが、この一年間なんのお役にも立てず、申し訳ありませんでした」

「そうだってねえ。わしも驚いてるんだ。一年で替えるなんて人事はなにを考えてるんだって言いたいが、いいポストだから頑張ってもらいたいな。きみにはよくしてもらって感謝してるよ」

石井はにこやかに返した。

「おまえの顔など見たくもない」と罵倒《ばとう》されたことを思い出しながらも、相沢は無理に笑顔をつくった。

「恐れ入ります。わずか一年とは言え、会長にお仕えできたことは望外の幸せでした。会長に目をかけていただいたことは生涯忘れません」

「うむ」

なんとも白々しいやりとりだ。ホンネを胸に収めて、タテマエだけのやりとりである。

「家族の方はどうするの」

「子供の学校の問題がありますので、単身赴任になります」

「それも悪くないな。わしは本社から離れたことが一度もなかった。カミさんと毎日顔を合わせてるのもうっとうしいもんだ。月に一、二度会うのも新鮮な感じがして、いいじゃないか」

石井は軽口をたたくほど機嫌がよかった。

目障りな俺を放逐できて、よかったですね、と相沢は肚《はら》の中で毒づいた。

ホンネを洩らしたのは大野総務部長だけだ。

「相沢一人が割りを食って、気の毒したなあ。秘書室に推した俺としては寝覚めが悪くてねえ。商品券も貰《もら》ってるし、相沢にはたくさん借りができたな」

「とんでもない。やっと肉声に接したような気がします。率直に腹蔵なく話していただけて、うれしいですよ」

「あんまり無責任なことも言えないが、察するに相沢は会長から敬遠されたんだろうねえ。ただ、人事部長も言ってたが減点でも罰点でもないんだから、腐らないでくれよな。先は永いんだから。先の短い人のことなんて気にする必要はないよ」

「お気を遣っていただいて……」

相沢は目頭が熱くなって絶句した。

石井はソファに腰をおろした。

「なにかめしあがりますか」

「レモンティーをお願いする」

山本はインターホンを押して秘書の浜野美枝に「レモンティーを二つ頼む」と命じてから、石井の前に坐《すわ》った。

「ゴルフの調子はどう」

「相変わらず一〇〇が切れなくて。会長はいかがですか」

「わたしはきみみたいに熱心じゃないからな。月に一度か二度で腕が上がるはずはない」

「会長は羨《うらや》ましいような趣味をお持ちですから」

石井はわずかに眉をひそめた。皮肉を言われたような気がしたのである。

山本もしまった、と思った。絵の話は禁句である。

石井が用件を切り出したのは、レモンティーが運ばれてきてからだ。

「関西総合本部長を宮本にやらせたらどうかねえ」

山本はわが耳を疑った。

宮本は石井の秘蔵っ子で、次期社長の最有力候補である。宮本こそ石井の意中の人ではなかったのか。

山本自身、次は宮本が適任かと思っていた。

会長、社長の定年制は設定されていないが、石井がどう頑張っても会長職にとどまれるのはあと二期四年が限度で、取締役相談役に退くと山本は踏んでいた。

宮本は四年後に六十歳になるが、宮本を社長にするためには順送りで石井が退くのが常識というものだ。

いくら権力欲の強い石井でも死ぬまで会長の椅子《いす》にしがみついているとは思えない。それにけっこう世間体を気にするところもある。

山本は副会長にタナ上げして、会長を譲らないことも考えられなくはないが、その可能性は少ない。

それにしても、宮本をボードの中枢《ちゅうすう》から外すとはどういうことなのだろう。神ならぬ生身の人間だから気持ちが変わるのはよくあることだが、手塩にかけて育ててきた宮本を本社から放逐するつもりになっているとは、思いもよらなかった。

「宮本は本社に置いておきたいですねえ。筆頭常務の山崎《やまざき》を専務に昇進させ、当然代表権を持たせて関総本部長に送り込むのはどうかと考えていたんですが……」

山崎弘《ひろし》は営業本部長を委嘱されている。

「宮本を専務に昇進させるのは来年でよろしいんじゃないですか。年次は山崎が先輩ですし、宮本は温存したいですねえ。ゆくゆくは当社の顔になる男ですから」

石井は辛辣《しんらつ》だった。

「そんなに宮本がいいか。宮本のどこがいいのかね。頭は切れるが、社長候補としては小粒だよ。きみが宮本を後継者と考えているとは意外だった」

「わたしは逆に会長は宮本を買っているとばかり思ってました。というよりわたし自身、宮本なら後事を託せると思ってます。例えばの話、宮本以外に誰がいますか」

「宮本程度の男はいくらでもいるじゃないか。当社は人材にこと欠かない。掃いて捨てるほどおるよ」

山本は小首をかしげた。

「常務陣の中で宮本より上の点数をつけられる者はいないと思いますが」

「それは買いかぶりだよ。それにきみはあと何年やるつもりなんだ。二年や三年ってことはないだろう。六、七年腰を据えてやったらいいんだよ。後継者はじっくり育てたらいい」

なるほど、と山本は思った。

石井は長期間居坐る心算なのだ。

「そんなに長くやるつもりはありません」

石井が突き放すように語調を強めた。

「それならそれでいい。しかし、関総本部長は宮本にやらせたらいいな」

「宮本を専務に昇進させることは必ずしも反対しませんが、関総本部長をやらせるのはちょっと……」

石井にここまで盾突くとはわれながらいい度胸をしている、と山本は思った。これまで役員人事について石井の意見に従ってきたが、山本が異を唱えたのは初めてである。人事権を奪取するなどと大それたことを目論《もくろ》んでいるわけではないが、宮本の芽を摘むことだけは回避したかった。

代表権を持たせて専務に昇進させるのだから、外目には抜擢《ばってき》だが、宮本を社長候補から外すことは明々白々である。

「宮本はちょっとお高く止まったところがあるから、関総本部長で現場の苦労をさせるのも悪くないんじゃないか。きみの次は取締役クラスから見つけたらいいよ」

「お言葉ですが、わたしの次を宮本に決める必要はないと思いますが、関総本部長は山崎にやらせてください」

石井はじろっとした眼をくれて、ティーカップを口へ運んだ。ティーカップの戻し方が乱暴で、ソーサーとぶつかり、カタカタ音をたてた。

「きみとの間で合意が得られんとは思わなかったよ。お互いひと晩、もう一度考えるとしよう。きみがあんまり宮本に固執するようだと、困ったことになるなあ」

「どういう意味ですか」

「どういう意味もこういう意味もないだろう。とにかくあいつはダメだとわたしが思ってることを忘れんでくれ」

石井は人事権をちらつかせて凄《すご》んだことになる。あくまで抵抗するなら、おまえのクビを飛ばすとほのめかされて、山本は鼻白んだ。

石井が退出したあと山本はソファにふて寝でもするように、横になった。

クーデターで、石井を追放したいくらいだが、そんなことが頭をかすめるだけでもどうかしている。宮本と心中するほど俺はお人よしではないが、なぜ石井は宮本に対する気持ちを変えたのだろうか。

思いあたるふしもないではない。増資に伴うN証券のシェア・アップ問題で、宮本は石井の意に反して中立を通し、厳正な調整案を出した。N証券から〝毒まんじゅう〟を食わされたと察せられる石井は顔を潰《つぶ》されたかもしれない。

経営会議後の昼食会での発言がそれに輪をかけたとも思える。

宮本の運命を変えたひとことだったのだろうか。石井がそれほどエモーショナルな男だったとは……。

しかし、ここは踏ん張りどころではないのか、と山本は思う。木村専務ではないが、石井に対する社内の求心力にかげりが出始めている、ととれないこともない。

宮本問題で石井の言いなりになることは石井に自信を持たせるだけで、いつまで待っても自分なりの人事はできず、石井の操り人形で終わってしまう。宮本問題で、そう弱い社長ではないことを示しておくべきかもしれない。

石井が逆上して俺のクビを馘《き》ろうとしたときに対抗する術《すべ》はあるだろうか。いくら石井でもそこまで短絡した行動に出るとは思えないが。

心の中でせめぎ合いが続いたが、最低明朝あっさり自説を撤回することだけはやめよう。もう少し考えさせてほしい、ぐらいのことでお茶を濁し、時間をかせいでいるうちに、石井の気持ちが鎮静する可能性もないとは言えない。

石井はたかをくくっているとも考えられるが、とにかくあすの返事はノーでいこう、と山本は肚をくくった。

翌朝、一番に山本は会長室に出向いた。

石井は笑顔で山本を迎えた。

折れてくる、と思い込んでいるに相違なかった。

「宮本の件ですが、なかなか考えがまとまらなくて……」

「そう」

石井は厭な顔をしたが、山本は眼を逸《そ》らさずやわらかなまなざしを注いだ。

「もう少し時間をいただけませんか」

「イエスかノーの問題だろう。考えるまでもないじゃないか」

「簡単に割り切れる問題でもありません。後継人事にかかわることですから」

「気が早いねえ。まだずっと先のことだろうに。だいいち、きみの後を誰にするかはわたしが考えることだよ」

石井は冷笑を浮かべてつづけた。

「いずれにしても宮本は絶対にない。これだけははっきりさせておく」

「そう言い切ってよろしいんでしょうか」

山本は、石井が人事権を手放す気など毛頭ないことがわかっただけに、穏やかではいられなかった。

「実は、山崎にそれとなく打診してしまった手前もあるんです」

咄嗟《とっさ》に口をついて出たが、事実ではなかった。山本の気持ちはそれだけささくれだっていたのである。

「なんだって。わしに相談もなく、そんな出過ぎたことを。きみ、冗談じゃないぞ」

石井の表情が険しく尖《とが》った。

「仮にも社長ですから、その程度はおゆるしいただけるんじゃありませんか」

沈黙が続いた。

「きみといつまでも睨《にら》めっこをしていてもしょうがないな。宮本の件はそういうことで頼む」

中腰になった石井を山本が押しとどめた。

「まだ考える時間はたっぷりあるんですから、結論を急がないで、ペンディングということにしていただけませんか」

「いくら考えても、何時間話してもムダなんじゃないのか。足して二で割れるものでもないからねえ。どっちかが譲歩しなければ結論は出んのだ。宮本には失望した」

「念のために経営会議のメンバーの意見を聞いてもよろしいですか」

「そんな必要がどこにあるんだ。わしと……」

石井は自分の胸を指した右手の指を山本に突きつけて言い放った。

「きみで決めればいいんだ。経営会議に諮《はか》るのはけっこうだが、論議すべき問題ではないだろう」

もっともな意見だが、山本はなおもくいさがった。

「しかし、せめて水谷君だけにでも相談させてください」

「余計なことだ。両者が合意するためにどっちかが譲るしかなかろう」

石井が譲歩するつもりはないと言っている以上、山本が引くしかない。石井の口吻《こうふん》になみなみならぬ決意が汲《く》み取れたが、山本は微笑を消さずに、言い返した。

「この場で結論を出すのは無理かと思います。決算役員会までまだ時間がありますから、会長もどうかいま少しお考えになってください」

「きみも往生際《おうじょうぎわ》が悪いっていうのか、煮え切らん男だなあ。このわたしがここまで言ってるんだよ」

石井はきびしい顔で浴びせかけて、ソファから腰をあげた。

会長室と社長室は役員応接室を挟んで十七階フロアの南側にあるが、山本は社長室に戻るまでには、巻き返すことは困難だと思わざるを得なかった。三月期の決算役員会は五月中旬だが、この問題でそこまでペンディングしておくことはできない。形式に過ぎないとしても経営会議にも常務会にも諮る必要がある。

それ以前の問題として、宮本本人に伝えなければならない。

3

山本は社長室に戻って水谷副社長を呼んだ。

「会長が宮本を関西総合本部の本部長に出せってきかないんだ。きのうとけさ、二回差しで話したが、頑固でねえ。きみ、どう思う」

水谷は深刻に表情をゆがめた。

「そんな話が出てるんですか」

「わたしは宮本を温存したいと思ってるが、会長は宮本を排除しようとしてるわけだ」

「関総本部長といいますと、代表権を持った専務っていうことになりますねえ」

「そう。いわば〝上がり〟ってわけだ。二度と本社に呼び戻されることはないだろう。専務の定年は六十二歳だから宮本に関総本部長を六年やらせて、お引き取り願おうっていうことだろうな」

「おっしゃるとおり宮本君を出すのは勿体《もったい》ないですねえ。かれはエース中のエースですよ」

「まったく同感だ。経営会議のメンバーで会長以外に宮本放出に賛成するのは木村ぐらいだろう。あの男はそうと知れば欲が出るほうだ。わたしを立ててるようでいて、会長の顔色も窺《うかが》うようなところがある。忌憚《きたん》なく言わせてもらうと、きみにしても林にしてもわたしの次は宮本がいいと思ってるんじゃないのかね。わたしはそう信じてるんだが」

「それにしても会長が宮本を嫌ってるなんてことがあるんでしょうか」

水谷は信じられないと言わんばかりに顔を斜めに倒した。

山本が嘆息を洩らした。

「気持ちが変わったんだろう。増資の件で会長の意にそまなかったことやらなにやら、いろいろあったからなあ。木村に因果を含めて、経営会議で四対一で押し切る手はないかね」

水谷は啞然《あぜん》として、返事をするのに手間取った。

「クーデターですか。それはいけませんよ。お家騒動になりかねません」

「オーバーなことを言うねえ。会長を追放しようってわけじゃないよ」

そう言いながらも山本は、クーデターには違いないと思わぬでもなかった。

「しこりが残りますよ。会長が宮本君を関総本部長に出したいと決断したとなりますと、押し返すのは難しいと思います」

山本が皮肉っぽく返した。

「きみはリスクを冒さないのが信条だからなあ。なにごとも円く収めようっていう人だから」

水谷は下を向いて後頭部を撫《な》でた。

「近頃の会長はちょっとおかしいと思わないかね。エキセントリックって言うのか、ヒステリックって言うのか知らんが、相沢の飛ばし方なんか常軌を逸してるよ」

水谷が真顔で言った。

「それはわたくしも感じてます。なにかいらいらしてて、近寄りがたい雰囲気なんですよねえ。体調でも悪いんでしょうか」

「悩みごとでもあるんだろう。心に屈託があるんだよ。ま、ここは自重するとするか」

「ええ。宮本君が〝上がり〟だと決めてかかる必要はないかもしれませんよ。世の中なにが起こるかわかりません」

「穿《うが》ったことを言うねえ。しかし、宮本の目はもう無いよ」

山本は投げやりに言って、ソファから起《た》ち上がった。

誘われるように水谷も腰を上げた。

「会長に早めに話されたらどうですか」

「うん、そうするよ。もう少しお互い考えようと言っておいたが、あすにでもわかったと伝えるよ」

山本は無性に腹立たしかったが、水谷に厭な顔を見せなかった。

4

山本が、宮本を呼んだのは、その日の午後四時過ぎである。山本は浜野美枝に緑茶を運ばせてから、言いにくそうに切り出した。

「きみに専務になってもらう。正式には六月末の総会後の取締役会ということになるが、代表権も持ってもらう」

宮本は怪訝《けげん》そうに眉をひそめた。

「ここまではいいんだが、これから先を言うのが辛くてねえ」

山本は湯呑みの蓋《ふた》をセンターテーブルにころがした。しかし湯呑みを口へ運んで、ひと口すすり、茶托《ちゃたく》に戻す挙措《きょそ》はひどく緩慢だった。

「関総本部の本部長になってもらう」

「なるほど。それならわかります。体よく追い出されるわけですね」

宮本はがぶっと茶を飲んで、眼を瞑《つぶ》った。湯呑みを持つ宮本の両手がふるえていた。

「わたしも断腸の思いなんだ。二日間抵抗したが抵抗し切れなかった。無力感にとらわれて、世をはかなんでいるところだよ」

宮本が眼をあけて、湯呑みをテーブルに戻した。

「社長に、そんなにまで気を遣っていただいて恐縮です。わたしはなんの野心も未練もありません。捨石になるつもりで関総本部で頑張ります」

宮本はわれながら無理をしているな、と思った。野心もたっぷり、未練もたっぷりだった。

しかし、そうとしか言いようがなかったのだ。

「徹底抗戦も考えたが、わたしもサラリーマン根性が染《し》みついてるほうだから。水谷に事を構えるなと諫《いさ》められて、あっさり降参してしまった。あす、会長に伝える前にきみに話しておきたいと思って」

「恐れ入ります」

「いや、きみにはほんとうに申し訳ないと思ってるよ」

「とんでもないことです」

「会長が何故《なぜ》、きみを嫌いになったのか、思いあたるふしはあるのか」

「ええ、いろいろと」

宮本が初めて笑った。

「N証券三パーセントのシェア・アップ案を出したとき、会長は深夜自宅に電話でクレームをつけてきました。それに対して、これが容《い》れられないようならわたしをクビにしてくださいと言い返したんです。そのへんから、会長との間にわだかまりができたような気がします」

「そんなことがあったの。ちっとも知らなかった。会長は、きみが頭《ず》が高いような言い方をしてたが、そのことを指してるのかねえ」

「思いあがっていると取られても仕方がありませんかねえ。あの人には逆らえません。束になってもかないませんよ。相沢と同病あいあわれんで、ま、ゆっくりやらせてもらいます。考えてみますと、近畿圏の統轄機構として関西総合本部を設置すべきだと提案したのはわたしですから、言い出しっ屁《ぺ》でわたしが本部長になるのも悪くないかもしれませんよ」

「きみは気持ちの切り替えが早いねえ」

「いやあ、いまのは負け惜しみですけれど。いつだったか忘れたが、相沢に〝人間到《いた》る処《ところ》青山あり〟なんて偉そうなことを言った手前もありますから、腐らずにやりますので、ご安心ください」

「それを聞いて安心した。きみにはこれからもなにかと知恵を貸してもらうことが多いと思うが、ひとつお見限りなきようお願いするよ」

「なにをおっしゃいます。それはわたしが言うせりふですよ」

5

五月中旬の経営会議で、宮本は最後の事務局代表を務めたが、それは宮本にとって屈辱的な場面でもあった。

予定どおり議案が消化されたあとで、議長席から石井会長がつくり笑いを浮かべて発言したのである。

「宮本君、長い間ご苦労をおかけした。事務局代表として実によくやってくれた。心から感謝している。きみには関西総合本部長の大役をお願いすることになったが、経営会議に出席する必要はない。林君との連絡は密にしてもらうが、経営会議と常務会に出るのは時間的にも大変だから常務会に出てくれれば充分だ。そういうことでお願いします」

宮本は泡立つ気持ちを必死に抑え、うつむいていたが、山本が異議を唱えた。

「会長、お言葉を返すようですが、経営会議は代表取締役で構成されているのですから、当然宮本君もメンバーということになります。出席してもらったほうがよろしいんじゃないですか」

「いや、いいだろう。関西総合本部長はここにおる誰よりも忙しいポストだ。全力投球してもらうためにも、毎週水曜日を経営会議で犠牲にするのは勿体ないよ。林君が宮本君の分まで代行すれば済むことじゃないの。経営会議は意思決定機関でもないのだから、無理して出席する必要はないね」

「そうでしょうか。無理をしてでも、出席してもらったほうが、むしろ関総本部のモラールアップのためにもなるんじゃないですか。代表権を持った専務が経営会議に出ないのは、経営会議の本質をゆがめることになりませんか」

山本は、水谷、林、木村に順ぐりに視線を送ったが、三人とも下を向いて、フォローしてこなかった。

「山本君、そんな形式論にこだわるのはくだらんよ。宮本君、関西総合本部関係で特別なテーマがあったときには、出てもらうということでお願いする。きみの出欠席についての判断はケースバイケースで事務局にまかせよう。じゃあ、きょうはこれで閉会します。わたしは外で昼食の約束があるので、失礼するよ」

石井はそそくさと議長席を離れ、退出した。

白けた空気が円卓にただよった。こんなことなら、昼食会を抜け出すべきだった、と五人が五人とも考えたかもしれない。

とくに宮本は屈辱感とバツの悪さで、居たたまれない心地だった。

そんな宮本の胸中を思いやって、山本が声をかけた。

「会長はああ言ってるが、なるべく経営会議に出てもらうようにしよう。当然のことだが、きみは経営会議のメンバーなんだ。そのことは誰にも異議はないと思う。会長はなにか勘違いをしてるんだよ。あとで意見をすり合わせるが、きみもそう認識してくれなければおかしなことになってしまう」

木村がしたり顔で口を挟んだ。

「会長はなにを考えてるんですかねえ。代表取締役専務になる人に出席しなくていいなんて、自家撞着《じかどうちゃく》もきわまれりじゃないですか」

「木村君、そういう発言は会長がおるときにしてくれよ。いまごろ言っても、なんの足しにもならん」

　山本に皮肉を言われて、木村は頰をさすりながら横を向いた。

　宮本が苦笑いしいしい言った。

「会長じゃありませんが、経営会議に出るよりは、大阪で仕事をしてたほうがなんぼましかしれません。会長の独演会で終わってしまうような低調な経営会議に出るのは時間のムダというものです」

「気持ちはわかるが、誰がなんと言おうときみはメンバーなんだから、なるべく経営会議に出るようにしてくれよ。きみの後任の腕の見せどころでもあるが、その点はわたしにまかせてもらいたい」

「社長のお気持ちはありがたくいただいておきます。しかし、会長がわたしをボードから遠ざけようとしている以上、悪あがきしても、しょうがないんじゃないでしょうか」

　こんどは山本が苦笑する番だった。

「宮本君の一件で会長の求心力が強まったことになるのかねえ。社長のわたしがだらしないから、こういうことになるんだろうな」

　水谷がとりなすように言った。

「損保会社なんてどこも同じようなものでしょう。常務会で侃々諤々《かんかんがくがく》の議論をたたかわしている会社なんてあるわけがない。ウチなんか、けっこうみんな言いたいことを言ってるほうですよ」

「石井会長のパワーが強過ぎることは事実だよ。わたし自身、会長に遠慮し過ぎてるかもしれない。反省材料として肝に銘じておくよ」

ハコベンが運ばれてきた。宮本は機械的に箸《はし》を取ったが、何を食べているのかわからなかった。

三月期決算と役員人事が発表された翌朝の全国紙で、一紙だけが宮本の代表取締役専務就任について触れていた。一段のベタ記事だが〝次期社長含みか〟の見出しは目を引く。

宮本氏が代表権を持った専務に抜擢されたのは、次期社長の有力候補に浮上したことを意味していると受け取れよう。同氏は人事、経営企画部門などの要職をこなし、幅広い人脈と実行力にも定評があるが、営業部門は初めての経験。これも石井会長と山本社長が後継者と見込んで打った布石とみてさしつかえあるまい。

栄和火災海上の若い社員はいざ知らず、管理職なら事情を知らない記者が思い込みで書いたヨタ記事だと察したはずだ。

西宮市甲子園口の社宅で、この記事を読んだ相沢靖夫も、その一人だった。

相沢に宮本の関西総合本部長就任内定を知らせてくれたのは大野総務部長だ。四月下旬のことだが、そのとき相沢は「まさか」と受話器を握り締めながら絶句したのを憶《おぼ》えている。

「事実だよ。きのう経営会議で内定した。会長の強い意向で決まったらしい。宮本常務は会長のブレーンのはずなのに会長はなにを血迷ったのかねえ。副社長の話だと、増資のシェア調整で、不満だったらしく、そのことが根にあるんじゃないかって言うんだが、説得力が弱いようにも思えるなあ。俺にはぴんとこんよ」

「あり得るかもしれませんよ。会長はN証券にご執心でしたから」

相沢は苦いものが込みあげてきた。

春秋の筆法で言えば、石井の個展が宮本の運命までをも変えてしまったのである。宮本の次期社長は動かない、と社内でみられていた。その宮本が候補から降ろされたのだ。

「そんなものかねえ。ちょっと信じられんけど。宮本常務は抜きん出た存在だったかしら、これで次期トップ人事は混沌《こんとん》としてきたなあ。いまの常務陣に大したのはおらんものねえ」

大野は夜の遅い時間に自宅から電話をかけている気安さと、一杯きこしめしているせいか、歯に衣《きぬ》着せず言いたいことを言った。

「石井会長はまさしく人事マフィアのボスだよ。やたら人事権を振り回して人事を壟《ろう》断《だん》している」

「宮本常務が本部長になってくれれば、関総本部の士気は上がるでしょうから、喜ばしいことでもあるんですけど、栄和火災トータルで考えると、マイナスのほうが大きいでしょうねえ」

「もちろんだ。しかし石井会長の求心力がぜんぜん低下してなくて、むしろ会長にすり寄る人たちが多くなると考えるといささか憂鬱《ゆううつ》になるよなあ。相沢は宮本常務と一緒に仕事ができてハッピーだろうけど」

「ええ。宮本常務にはいろいろ借りがありますから、命がけでバックアップしますよ」

「命がけとは大袈裟《おおげさ》なんじゃないか。いったいどんな借りがあるんだ」

「増資のときの調整案にしても、無理を聞いてもらってますし……」

相沢は言葉をにごした。俺の気持ちは大野にはわかってもらえまい。また胸のうちを吐露するわけにもいかなかった。

相沢にしてみれば、宮本のためなら水火も辞さないというべき気持ちだった。

「損調の仕事はどう」

「まだ無我夢中で、なにをやってるのかわかりませんけど、思ってたよりもやり甲斐《がい》のある仕事みたいですよ」

「それを聞いて安心した。二、三年辛抱してくれや」

大野とのやりとりを思い出しながら、相沢は的外れな新聞記事を何度読み返したかわからない。

しかし、宮本の目はほんとうになくなってしまったのだろうか。

石井が代表取締役会長に君臨している限り、宮本の目はないかもしれない。

巨大総合化学会社で八十歳をとうに過ぎた会長が人事権を放さず老醜を晒《さら》している例もあるが、そんなのは例外中の例外だろう。

石井があと十年も人事権を握っているなんてことが考えられるだろうか。

だが、六十二歳の専務の定年を考えると石井が退任するよりも宮本が栄和火災を去るほうが早いと見るほうがより可能性は高いと言えるだろう。

ふと一枚の絵が眼に浮かんだ。

〝ベニスの赤い家〟。

相沢は息苦しさを覚え、しばらく身内のふるえが止まらなかった。

第八章　単身赴任

1

　前後するが、相沢靖夫が妻の佳子に大阪転勤の話をしたのは、辞令が出た三月二十二日の夜である。

「四月一日付で大阪に転勤することに決まったよ」

　佳子は顔色を変えた。

「やっぱり商品券のことがいけなかったのね。パパが二百万円を独り占めしたわけじゃなかったから、商品券のことはすっかり終わったと思ってたんだけど、そんなに甘くないのねえ。悪いことはできないわ」

　佳子の恨めしそうな声を聞いて、相沢は気色ばんだ。

「僕がいつ悪いことをした。おまえ、変なことを言うんじゃない」

「でもたった一年でポストが替わるなんていままでなかったことでしょ」

「左遷《させん》なんかじゃない。変に気を回さないでくれ」

「大きな声を出さないで。子供たちに聞こえるわ」

　佳子は夫から五十万円のキャッシュを受け取った。

　二百万円が四分の一に減額され、ちょっとがっかりしたが、それでも予期せぬ臨時ボーナスはありがたかった。

「なにに使おうかしら」

「きみにまかせるよ」

「欲しい物はたくさんあるんだけど……」

　結局、佳子は五十万円をそっくり定期預金にして、まだ使っていなかった。

　相沢は商品券を神田のチケットショップで換金したことと、会社で世話になっている人たちに百万円をプレゼントしたことは佳子に話したが、相手の名前までは特定していなかった。

　四十四万円を小遣いに使わせてもらったことも明かしてある。

　休日に家族で二度外食した以外は、若い女性秘書たちとの食事代などに消えてしまった。

「わたしはあなたにもらった五十万円手をつけてないから、返してもいいのよ」

「阿呆なこと言うな。サラリーマンに転勤はつきもので、すべてはめぐりあわせだよ。五十万円を返して転勤がなくなるんなら世話はないけど、ほんと関係ないんだ。五十万円ぽっちさっさと使ったらいいよ」

「大阪で部長になれるんですか」

「サービスセンター業務部の副部長は昇格じゃないが、余人を以《もっ》て代えられないって言うんだから、仕方がないよ。三年は覚悟しないとな」

「ほんとに左遷じゃないのね」

「心配するな」

「そう。少し安心したわ。でも三年も別れて暮らすなんて厭《いや》だわ」

「三年なんてあっという間だよ」

相沢は強がりを言った。

女房にぐらい本音や泣きごとを言いたい気もしたが、佳子が商品券のことを気にしているので、心配かけたくなかったのである。

「わたしもあなたと一緒に大阪へ行こうかなあ」

「心にもないことを言うな。受験生を二人も残して、行けるわけないだろう」

「そうかなあ。太も洋も、あなたが考えてる以上にしっかりしてるわよ。あなたよりよっぽど自立してるんじゃないかしら」

「冗談よせよ。あいつら二人だけにしたら、なにをされるかわかったもんじゃない。食事の仕度ひとつやらんだろう」

「あなたはどうなの」

「僕は昔取った杵柄《きねづか》で、学生時代のアパート暮らしで鍛えてるからな」

「わたしはあなたを一人にしておくほうが心配だわ」

佳子はいたずらっぽい眼で、相沢を見上げた。半ば本気、半ば冗談のつもりらしい。

「きみが心配なのは僕が羽を伸ばすんじゃないかってことだろう」

「それは大いにあるわね」

「笑わせるなよ。カネもなければヒマもない。無茶苦茶忙しいポストだからな」

「いちど子供たちと相談してみよう。案外わたしがいないほうが勉強に身が入るなんて言い出すかもしれないわよ」

「よせよ。僕は月一度は出張で本社へ来られるし、週末に一度は帰って来る。たまにはきみが大阪へ来るのもいいだろう。上が女の子だったら僕もその話に乗ったかもしれないけど、あいつらじゃ、それはあり得ないよ」

佳子が太と洋に転勤の話をして、「ママがパパと一緒に大阪で暮らすと言ったらどうする」と気を引いてみたところ、二人ともけろっと返した。

「いいよ。親父《おやじ》は一人でやっていけるはずないもの。おふくろが付いてなかったらどうしようもないんじゃないの」

「俺も賛成。お兄ちゃんと二人で暮らすのもいいよねえ」

「ご飯つくれるの。洗濯はどうする」

「そんなのわけねえよ。二人で当番制でやればいいんだろう。親父の仏頂面《ぶっちょうづら》を見ないで済むだけ精神衛生上もいいんじゃねえか」

佳子は相沢に太の言葉をそのまま伝えたわけではないが、相沢はなんとも言えない顔をした。

「子供たちにそんな話をしたのか」

「ええ」

「莫迦《ばか》なやつだ」

「どうして。子供と言っても高三と中三よ。子供たちはとっくに親離れしてるわよ。太なんて親父は一人じゃやっていけないだろうって言ってたわ。あなたのこと心配してるのよ」

「なに言ってんだ。ガキのくせに」

「わたしはせっかく子供たちがそう言ってくれてるんだから、二人に賭《か》けてみようと思うの」

佳子は大阪へ行く気になっていた。

「そんなに思い詰めてどうするんだ」

「思い詰めてなんかいないわ。子供たちの成長ぶりを改めて認識したって感じよ。外国へ行くわけじゃないんだから、あんまり大袈裟《おおげさ》に考えないで、とにかくやってみましょうよ」

「反対だ。絶対いかん。太がせめて大学生なら、子供たちでやらせてみようっていう気になるかもしれないけど、やっと高三だぜ。きみはおおらかって言うのか、莫迦って言うのか、普通の主婦なら眼の色変えてるところだろう。受験生を放っぽり出す親がどこにいる。そんなことをしてみろ。それこそ親の顔を見たいなんて、周りから言われるのが落ちだぞ」

佳子はふくれっ面で、しばらく口をきかなかった。

相沢は取り入る口調になった。

「きみや子供たちが心配してくれるのはうれしいが、たしかにひとり暮らしは楽じゃないけど辛抱できないっていうほどのことではないよ。僕ときみが東京と大阪を行ったり来たりするのも、いいんじゃないのか。石井会長に言われたが、単身赴任も女房が新鮮に見えて悪くないいんじゃないかって」

「パパ、会長さんに睨《にら》まれてたんじゃなかったんですか」

相沢は考える顔になった。

佳子に対して、石井との関係でなにかこぼしたことがあったのだろうか。

「別に恨みを買うような覚えはないと思うけどな」

「そうなの。会長さんの悪口を聞かされたような気がするけど、手前勝手な人だとかなんとか」

「そんなこと言ったとしたらよくないなあ。反省しなくちゃあ」

「あなたは会社のことをあんまり話すほうじゃないから、ずいぶん過激なことを言うなあって思ったわ」

佳子が話を蒸し返した。

「ほんとにダメなの。わたし大阪に行きたいなあ。あなたと二人だけで暮らせると考えたら、気持ちが浮き立ってくるのに」

「いい齢《とし》して、なに言ってんだ」

相沢は照れ隠しに顔をしかめた。

「そうかなあ。あなたもわたしもまだ老化《ふけ》込む齢じゃないと思うけど」

「太が首尾よく現役で入学できたら、来年改めて考えたらいいよ。少なくとも初めの一年は単身赴任でやってみる。この話はこれで終わりだ」

「なんだ、つまんないの」

佳子はわざとらしく頰を膨らませたが、むろん相沢の意見を容《い》れるつもりになっていた。

相沢は気分転換の早い佳子のさっぱりした性格を好ましく思う一方で、たった一年でポストを替えられる点にこだわりつづけている自分がうとましかった。

もっとも、気心の通じた同期入社組の何人かから夜自宅に電話がかかるたびに、佳子も多少はナーバスになった。

「会長となにかあったのか」

「秘書室には変なお局《つぼね》さんがいるが、相沢はその女に嫌われたって説もあるけど、ほんとの話なにがあったんだ」

「大阪で〝損調〟の親分みたいなことをやらされるらしいが、おまえにはぴったりだよ。相沢が秘書っていうのもなあ」

「女房と別れて暮らせるなんて、おまえついてるよなあ」

ほとんどはそんなひやかしの電話だったが、相沢の受け答えは決まっていた。

「秘書なんて俺の柄じゃない。辛気臭いところから出られて清々してるんだ。俺は栄転だと思ってるよ」

負け惜しみもいいところだが、佳子の手前を取りつくろう気持ちもあった。

「みんな僕をやっかんでるんだよ。関総本部のSC業務部はエリートコースだからな」

佳子が本気にするとは思えないが、相沢は見栄《みえ》を張り通した。

2

相沢靖夫が大阪の関西総合本部に赴任する前日の夜、家族四人が食卓を囲んだ。

佳子はきのうから下ごしらえを始め、久しぶりに手のかかったちらし寿司《ずし》をこしらえた。

尾頭付き、かつおのたたき、若竹煮などが食卓に並び、豪勢な夕餉《ゆうげ》になった。

太も洋も日頃、相沢との対話は皆無に近い。夜もほとんど口をきかなかった。しかもなにがおもしろくないのか、二人ともむすっとした顔で食事を摂《と》っている。

「ちらし寿司どう。少しお酢が強過ぎたかしら」

佳子が太に訊《き》いたが、返事がなかった。

相沢は堪忍袋《かんにんぶくろ》の緒を切らして、大きな声を出した。

「おい。返事くらいしたらどうなんだ」

「これ、うまいよ」

「それならもっと美味《おい》しそうに食べたらいいだろう」

「別に不味《まず》そうに食べてるつもりはないけどな」

「おまえらとめしを食ってると、せっかくのご馳走《ちそう》が不味くなる」

「パパと一緒に食べたいなんて思ってないよ。ママに頼まれたから、しょうがなくて……」

「なんだと！」

相沢はグラスを投げつけたくなったが、辛うじてこらえた。

「パパ、さあどうぞ」

佳子はとりなすように缶ビールを相沢のグラスに傾けた。

「おまえが甘やかすから子供たちの態度が悪くなるんだぞ。食事のマナーぐらい教えてやれよ」

「子供たちは照れてるだけですよ。パパと一緒に食事をすることなんて、めったにないから」

「こんなことじゃ、先が思いやられるよ」

「太は推薦でK大の経済に行くように頑張るって言ってますよ。洋だってお兄ちゃんと同じ高校へ行けそうだし、二人ともよく頑張ってますよ」

「勉強が少しばかりできたって、こいつらなんにもわかってないじゃないか」

洋が頬張ったちらし寿司を嚥下《えんか》して、口を挟んだ。

「パパ、左遷されて気がたってるんじゃないの」

佳子が洋の袖《そで》をそっと引いたのを相沢は見逃さなかった。

「誰にそんなこと聞いたんだ。ママか」

「ううん。パパの様子をみてれば察しがつくよ。パパは僕たちのことをいろいろ言うけど、ここんとこずっと不機嫌な顔してたじゃん。会社で厭なことがあったに違いないっていってお兄ちゃんと話してたんだ。そしたら転勤って言うんだもの。それっきゃ考えられないじゃん」

相沢は名状しがたい思いで、グラスを口へ運んだ。

子供たちは見ていないようで見ている。父親の冴《さ》えない表情を観察していたのだ。

「だから、パパを一人で大阪に転勤させるのは可哀想《かわいそう》だって、お兄ちゃんが言ったんだよう。パパのほうが全然わかってないじゃんよう」

「会社でおもしろくないことがあったのは事実だ。会社なんてそんなもので、おもしろくないことのほうが多い。しかしなあ、大阪へ転勤するのは左遷なんかじゃないから、心配しないでもらいたい。この点はママにも話したんだけどな。おまえたちに心配かけて悪かった。あやまるよ」

相沢は笑顔をつくったが、心では哭《な》いていたかもしれない。

太がむすっとした顔で言った。

「ママ、やっぱり大阪に行けばいいよ。ほんとのこと言うと俺なんとなく洋と二人だけで暮らすのを当てにしてたんだ。家事で苦労すればママのありがたみもわかるだろうし、そのほうが俺たちにとってためになるんじゃないかと思って」

「ママもパパに付いて行きたいのはやまやまなんだけど、パパがゆるしてくれないんだもの」

佳子はわざとらしく鼻にかかった声で返した。

「ありがとう。お気持ちだけいただいておく。ただし、おまえたちが首尾よく進学できたら、ママに大阪に来てもらおう。パパだって、ママと離れて暮らすのは辛《つら》いからな」

相沢は子供たちと対話できて、しみじみと一家団欒《だんらん》のありがたさをかみしめた。

3

五月の連休に京都を家族で旅行したい、と佳子が電話で言ってきたのは四月中旬である。太と洋の小学生、幼稚園時代は年に一度は家族旅行をしていたが、太が中学生になってから行きたがらなくなり、いつしかその習慣がなくなった。

「太も行くのか」

「ええ。だって太が言い出したのよ」

「ふうーん」

「二泊三日で、ホテルの予約やスケジュールは太と洋が相談してやってくれるそうよ」

「子供たちにまかせて大丈夫かね」

「むしろ安上がりにできるんじゃないかしら」

「わかった。三、四、五の三日間だな」

相沢が三日の午後二時に京都駅の新幹線ホームへ出迎えに行くと、ショルダーバッグと旅行カバンを下げたスーツ姿の佳子がひとりで佇《たたず》んでいた。

「子供たちは」

「それがきのうの夜になって、急に行かないって言い出したの」

「ホテルはキャンセルできたのかね」

「それがよくわからないんだけど、初めから一部屋しか予約してなかったふしもあるのよ」

「どういうことだ」

「あなたとわたしの二人だけで旅行させてあげようってことなのかしら」

「その解釈は甘いんじゃないのか。あいつらなにをたくらんでるんだ」

「こんなところで立ち話しててもしょうがないわ。とにかくホテルにチェックインしましょうよ」

二条城のホテルまでタクシーで五分もかからなかった。

ダブルベッドのルームが相沢靖夫名で予約されていた。

「部屋は一つだけですか」

相沢は念のためにフロントで訊いてみた。

「はい。ご予約いただいたのはひと部屋です。満室でちょっと……」

「いや、いいんです」

ベッドルームで、緑茶を飲みながら相沢が言った。

「やっぱり子供たちに一杯食わされたんだな」

「わたしは、わたしたちに対する優しさだと思うわ。子供たちに三日間プレゼントしてもらったと思って、のんびりしましょうよ」

相沢はブレザーを脱いでベッドに放り投げた。

「太はガールフレンドはいるのか」

「電話はかかってくるけど、家に連れて来たことは一度もないわ」

「いまごろ、ガールフレンドを家に引っ張り込んでるんじゃないのか」

「洋だっているのに、そんなことはしないでしょう」

「洋を友達のところへでも遊びにやればいいわけだろう」

佳子がソファから起《た》ってベッドのブレザーをドアに近いハンガーに掛けながら言った。

「あなた、太のガールフレンドが気になるの」

「あいつも色気づいてきたからな」

「ゲスの勘繰りよ。太はわたしに内緒でガールフレンドとデートするような子じゃないわ」

「ゲスの勘繰りねえ」

相沢は図らずも厭なことを思い出させられて、顔をしかめた。

『東京財界』に〝ゲスの勘繰り〟が書かれなかったら、大阪転勤はなかったろう。

佳子がソファに戻ってきた。

「ごめんなさい。ゲスの勘繰りは言い過ぎよねえ。でも取り越し苦労よ。ただガールフレンドを家に連れてきちゃいけないなんてこともないんじゃないかしら。男女共学なんだし、ガールフレンドの一人や二人いないほうが不自然かもしれないわよ」

「まあな。ま、僕の考え過ぎだろう」

「あなた、シャワー浴びませんか。けっこう気温が高くて、汗ばんでるわ」

「そうしようか。きみ、先に入れよ」

「お先にどうぞ」

佳子はチェーンのロックを確かめて、相沢のボストンバッグから下着を取り出した。

相沢がシャワーを浴びているとき、佳子がバスルームへ入って来た。

下腹部に脂肪が付いているが、四十四歳にしては躰《からだ》の線が崩れていない。

「なんだよ。はしたないぞ」

口とは裏腹に相沢は勃然《ぼつぜん》とした気持ちになった。

四月初めに甲子園口の借り上げ社宅に佳子が泊りがけでやって来たときに交歓して以来、相沢は佳子と接していなかった。

「だってパパに一秒でも早くくっつきたかったんだもの」

「酒も飲んでないのに、よくそんなことが言えるな」

佳子は湯が溜《た》まっていない浴槽に入って、相沢に躰を密着させてきた。

弾力のある乳房を背中に押しつけられて、相沢の気持ちは高揚した。

夕食までだいぶ時間があったので、相沢夫婦は洛中《らくちゅう》の二条城と京都御所付近を散歩した。

丸太町通りを京都御所へ向かって歩いているとき、佳子が相沢の左腕を抱えるようにして、両手を絡《から》めてきた。

「よせよ。人が見てるじゃないか」

「いいじゃない。仲のいい夫婦なら、腕ぐらい組んで歩くわ」

相沢は照れ臭くてかなわなかった。腕を外しにかかったが、佳子は離されまいとして両手に力を込めてくる。

「もう少し、このままにさせて。幸せな気持ちになってるんですから。きのう興奮して眠れなかった」

「なんで」

「あなたと久しぶりに二人っきりで逢《あ》えるとおもったからに決まってるでしょ。離れて暮らしてると、あなたが恋しくなるのよ」

「そんなもんかねえ」

「あなたは違うの。わたしのことなんて全然思ってくれないわけ」

「そんなことはないけど、転勤早々で仕事が忙しいからなあ」

「わたしは四六時中あなたのことを考えてたような気がするわ」

「ふうーん」

「ほんとよ」

「だって子供がいるだろう。世話の焼けるのが二人も」

「でもパパがいないとなんだか張り合いがなくて。洋に言われたわ。ママこのごろ手抜きのご飯が多いって」

夕食はホテルで会席料理を張り込んだ。

ビールのせいで眼を潤《うる》ませ、頰を染めた佳子は色気がある。古女房に色気を感じるのは、単身赴任の功徳《くどく》かもしれないと相沢は思った。

「パパ、食事ちゃんと食べてるんでしょうね」

「ああ」

相沢はおざなりに答えたが、このひと月ほどの間、自炊らしい自炊は一度もしていなかった。炊飯器も買ったが、まだ使っていない。

朝は牛乳一杯で出勤することがほとんどだ。昼食は会社の食堂でカレーライスか日替わりランチを食べている。夜は外食で、休みの日もめんどくさくて食事をつくる気が起こらないから、店屋ものを取るか近くの店に行く。旨《うま》いラーメンを食べさせる店と鮨《すし》屋を見つけ、すっかり顔馴染《なじ》みになった。

同じマンションに栄和火災の社員が三人も住んでいて、一人は相沢と同じ単身赴任だが、二人は妻子持ちなので時折り夕食に呼んでくれる。

関西総合本部大阪サービスセンター第一課長の花岡久《はなおかひさし》は、相沢の部下に当たる。気のいい女房なので、相沢は花岡家の好意に甘えて、三度も夕食を馳走になった。

佳子がグラスを呷《あお》って、恨みがましく言った。

「パパ、月一度は本社に出張してくるようなこと言ってたわよねえ」

「うん」

「四月は一度も帰って来なかったけど、日帰りだったの」

「いや、四月は例外だよ。引継ぎやら挨拶《あいさつ》回りやら、仕事を呑《の》み込まなければならんし、出張どころではなかったんだ。五月から通常ベースに戻るから、中旬に帰るよ」

「お休みの日は食事つくってるんでしょう」

「なかなかそうもいかないな。僕がそんなふうだから、太や洋が自分でめしをつくるなんて考えられんよ。あいつらえらそうなこと言ってたけど」

佳子は手酌でグラスを満たした。

「パパだってえらそうに言ってたわよ。昔取った杵柄とかなんとか。それに太も洋もパパみたいにずぼらじゃないわ。あなた、ほんとに一人で大丈夫。病気になったって知らないから」

「栄養失調なんかにならんから安心しろよ」

「やっぱりパパにはわたしが必要なのよ。母に話したら、子供たちの面倒をみるから大阪に行きなさいって言ってくれたの。母も兄のところが気づまりなんじゃないかしら。むしろ渡りに船っていう感じだったわ」

佳子の実母、山口三枝子は千葉の市川に実兄家族と住んでいた。

「お母さんのご好意はありがたいけど、ともかく一年間は一人でやるよ。母親が受験生の傍にいないなんて話、聞いたことないぞ。もし、お母さんがわが家に来たいって言うんなら、そうしてあげたらいいじゃないか」

「母に居つかれちゃっても、あなた平気なの」

「いいよ。だけど市川の実家は広いし、紀子さんは気だてのいい人だから、案外のんびりやってるんじゃないかねえ」

「母は兄嫁とうまくやってるほうだけど、それでも嫁姑《しゅうとめ》って、言うに言われぬことがいろいろあるんじゃないかなあ」

鰆《さわら》の西京焼を箸《はし》でつつきながら相沢が返した。

「それなら、きみがお母さんの話相手になってあげればいいよ」

4

翌朝、相沢と佳子はタクシーを奮発して嵐山《あらしやま》、嵯峨野《さがの》巡りをした。

新緑は眼に染《し》みるように鮮やかだったが、法輪寺も大覚寺も凄《すご》い人出で、観光気分に浸れる余裕はなかった。

嵯峨野で昼食の湯豆腐定食にありつくのに四十分も待たされる始末だ。

「連休後半は混むって聞いてたけど、こんなに人が出るとは思わなかったわ」

「子供たちが来ないことがわかってたら四月下旬にするんだったな」

「会社お休み取れたんですか」

「一日ぐらいなんとかなったと思うけど」

「当てにならないわ」

湯豆腐を食べながら二人はそんなやりとりをした。

夜、ホテルで佳子が出し抜けに言った。

「あしたは観光はパスして、パパのマンションに行くわ」

「いいよ。〝こどもの日〟なんだからなるべく早く帰ってやれよ」

「新大阪発で遅い時間のキップを取ってあるの。時間はたっぷりあるわ」

「だったら、もう少し京都を見たほうがいいだろう」

甲子園口のマンションに佳子が来たのは転勤早々の四月の初めである。このところ掃除もろくにしていないし、布団《ふとん》も敷き放しになっている。

掃除をしてもらいたい気はするが、すさんだ部屋を見れば、佳子のことだから、とても一人にしておけないと言い張るに違いない。

子供にベタベタせず、亭主を大事に扱ってくれるのはうれしいが、太と洋を放り出して来させるわけにはいかないと相沢は思っていた。

「マンションどうせ散らかってるんでしょ。初めから一日は大掃除に当てるつもりで来たのよ」

「掃除くらい自分でやるから、あしたはゆっくりしていけよ」

佳子が真顔で言った。

「マンションにわたしが行くとまずいことでもあるの」

「変なこと言うなよ」

「だったら、わたしの言うこと聞いて」

ここまで言われたら、押し返せない。

五日は早起きして京都を発《た》ち、十時前には甲子園口のマンションに着いた。

「ひどい。こんなことだろうと思った」

畳の部屋は綿ぼこりがふわっと舞い、台所とバスルームはカビ臭くて鼻をつまみたくなるほどだ。

「絨毯《じゅうたん》は汚れが目立たないけど、これは相当なもんだわ」

佳子は窓を開け放ってから、スーツをスポーツシャツとジーンズに着替えた。

相沢がやったことと言えば、ベランダに布団を干したのと、ゴミを捨てに行っただけだ。

佳子は二時間ほどかけて見違えるほど部屋の中をきれいにした。

「子供たちの世話は母に頼むことにするわ」

果たして佳子はのたまった。

「四月は異常に忙しかったんだ。こんどきみが来るときは、きれいになってるから安心してくれ」

「蛆《うじ》がわいても知らないから」

「心配するなって」

「食事のことも心配だわ」

「きみに話してなかったけど、会社の同僚が三世帯もこのマンションに住んでるんだ。一人は単身赴任だけど、二人は奥さんと一緒でねえ。食事に何度か呼んでくれた」

「ひと様のお世話になるなんて恥ずかしいじゃない」

「ウイスキーやら菓子折り持って行ってるから、借りはないよ」

「母も乗り気なんだから、いいでしょう。そうさせて」

「いけない。子供に対して、親の責任を果たす義務があるよ。一年間、いまのままでやってみよう。汚くしてる部屋をみせたくなかったが、これからは心して掃除するから、きょうのことは忘れてくれ。お母さんに余計なこと言うんじゃないぞ」

「どうしてもダメ」

「だめだ」

「じゃあ、なるべく週末に来るようにするわ」

「行ったり来たりでいいじゃないか。中旬に帰るから、月末に来てくれよ」

「うん」

佳子は不承不承うなずいた。

第九章　保険金詐欺《さぎ》事件

1

　六月上旬の某日昼過ぎに、大阪サービスセンター第一課主任の岩間繁《いわましげる》が関西総合本部サービスセンター業務部に相沢靖夫を訪ねて来た。関西総合本部は西区に自社ビルを建設中で、いまは近くの雑居ビルにオフィスがある。業務部は部長の高橋以下十七名の陣容だが昼休みで、フロアはがらんとしていた。

　岩間は二十九歳で独身だ。眼の優しい童顔に似合わず、向こう気が強い。

「副部長、ちょっと込み入った話があるんですけど、時間ありますか」

「いいよ。ここでいいか」

「ええ」

岩間は、相沢のデスクに空いている椅子《いす》を寄せて座った。

「この報告書はあとで読んでいただくとして結論から言いますと、明らかに保険金の不正請求、つまり保険金詐欺《さぎ》だと思います。ところがウチの課長は、警察が状況証拠だけでは立件できないとしていることと、医師の診断書も添付されているため、八百四十万円の自動車賠償保険の支払いに応じざるを得ないのではないか、と弱気なんです。示談屋の金融業者に連日押しかけられて音をあげてるんでしょうが、わたしは断固闘うべきだと思うんですけど」

「交通事故の発生はいつなんだ」

「五月二十五日の夜七時二十分です。報告書に詳しく書いてありますが、難波駅前で運転者を含めて五人が乗車して停車中のレンタカーに、加害者が運転する自家用車が追突したというわけです。加害者が自動車保険を契約してからわずか二週間しか経《た》ってません。対人賠償保険と対物賠償保険の二つに入ってました」

いずれも自動車損害賠償責任保険の金額を超えた部分の支払いを目的とする保険である。

「接近事故だねえ」

「ええ」

接近事故とは自動車保険の契約後、日数の経過が短い期間に発生した事故のことだ。

「レンタカー同乗者の五人は翌日、近くの外科病院で診察を受けたところ全員ムチ打ち症と診断され、四十日前後の入院と退院後三十日前後の通院が必要という診断書が出されました」

「医者の診断書が添付されているとなると、保険金詐欺と決めつけるには無理があるんじゃないのか」

「医師がグルだとしたらどうなりますか。それにアジャスターがレンタカーの破損状況を調べたら、案の定、ごく軽微で、同乗者全員がムチ打ち症になるほどの事故とは到底考えられないと報告しています」

アジャスターとは調査、査定を担当とする専門職で、対物部門は警察のＯＢや元自動車整備工が中途採用されるケースが多い。いわば、〝損調〟のプロである。

「しかし、警察も立件できないとしている以上、花岡君の判断が間違っているとも言えんのじゃないのか」

「でも、限りなく黒に近い灰色なんですよ。治療費を出せの、休業補償しろのという主張に対して、言いなりになる必要はないと思います」

「それで、きみはどうするつもりなんだ」

「徹底的に調べたいんです。状況証拠を確実な証拠にすれば文句はないわけですから」

岩間は両手をデスクに乗せて、上体をぐっと相沢のほうへ寄せてきた。

「要するに副部長からウチの課長を説得してもらいたいんです」

相沢は両手で後頭部を支えるようにして、天井を見上げ、考える顔になった。

「花岡に話すのはいいとして、きみの名前は伏せなければいかんのだろう」

「いいえ。副部長が課長に話すっていうことは、わたしの意見に同調してくださったことになりますよねえ」

相沢は机上の報告書を手に取ってパラパラめくりながら言った。

「まだ決めたわけじゃない。まずこれを読ませてもらう。判断はそのあとでするが、たとえばの話、わたしが本件に介入したとしてきみと花岡の間が気まずくなることはないのか。花岡は厭味《いやみ》な性格じゃないとは思うけど」

「人柄のよさが取り柄ですよ。人がよすぎるんです。失礼ながらSCの課長には向いてないんじゃないですか」

相沢は苦笑した。

「手きびしいねえ。きみはその反対っていうわけか」

「わたしは中庸で、とくに人柄が悪いとは思ってませんけど」

岩間はにこりともせず返した。

相沢も真顔で言った。

「わかった。きみから直訴があったと花岡に正直に話すとしよう」

相沢は報告書を読んで、岩間の主張はもっともだと納得した。

その日の夕刻、相沢は花岡を業務部の会議室に呼び出した。二人ともワイシャツ姿で花岡は腕まくりしている。太り肉《じし》の花岡は多汗症とみえ、ハンカチでしきりに汗を拭《ふ》いた。

「これ読ませてもらったよ。さっき岩間が届けてきたんだ」

「岩間君から聞きましたよ。副部長に判断を仰いだので、副部長が保険金の支払いに応じるべきだと判断したら諦《あきら》めるって言ってました」

「岩間にまかせたらどうかねえ。ベテランのアジャスターにも手伝わせて、洗い直してみる価値はあると思うよ。保険契約者の加害者とムチ打ち症の被害者の関係ぐらいは調べられるだろう。接近事故については疑ってかかる必要があるかもしれないし、とりあえず強く出てみたらいいよ」

花岡は二重にくびれた顎《あご》と首筋の汗をぬぐった。

「骨折り損のくたびれ儲《もう》けみたいなことになるような気がするんですけどねえ。警察が応援してくれるんならいざ知らず目下のところその可能性はないわけですから」

「そう決めてかかるのもいかがなものかな。警察を動かすに足る証拠固めをウチでやればいいわけだろう」

「相手はかなりしたたかですよ。示談屋みたいなのが入ってますし、書類もそろってますからねえ」

「手強《てごわ》い相手ならいっそう闘い甲斐《がい》があるよ。とにかく岩間があんなに張り切ってるんだから、やらせてみたらいい。なんなら業務部長の意見を聞いてみようか」

「わかりました。副部長がそこまでおっしゃるんでしたら、とりあえず保険金支払いの要求を拒否することにします」

　花岡は自席に戻って、岩間を手招きした。

「例の保険契約者に電話をかけてくれないか。あしたでもあさってでもいいから来てもらおうか。きみから話してくれ」

「課長もやっとその気になってくれたわけですね」

「きみのしつこさには負けたよ。相沢さんまで動員するとは思わなかった。気が重いが、チャレンジしてみるか」

花岡にしては皮肉っぽい口調だったが、岩間はまるで意に介さなかった。

「課長はわたしの炯眼《けいがん》にきっと脱帽することになると思いますよ。さっそく電話をかけます」

2

翌日の午後二時過ぎに加害者の保険契約者がSC一課にあらわれた。氏名は三沢志郎、四十二歳。職業は会社員。

ひとくせありげな顔で眼に険があった。

岩間はさすがに緊張して硬い顔で切り出した。

「五月二十五日の交通事故に関する保険金請求の件ですが、この程度の交通事故では人身事故は起こり得ないと判断されます。従って保険金の支払いは致しかねますので、あしからずご了承ください」

「なんでや。五人とも入院してるんやで。医者の診断書もあるやないか」

「あくまで保険金の支払いを要求するということですと、裁判で決着をつけなければなりませんよ」

「出るとこ出る言うわけやな。これが裁判沙汰《ざた》にせななららん問題かよう考えてみい。どうしても言うなら受けたるがな」

三沢は虚勢を張ったが、訴訟に及び腰なことが見てとれた。

「実は事故発生の三日後に当社のアジャスターが入院中の五人の方々にお会いして、事故当日のドライブ目的等についてお尋ねしたのですが、答えがまちまちで、きわめてあいまいなのです。はっきり申し上げますが、ムチ打ち症の症状も四十日の入院と三十日の通院を要するほどの重症とは考えられません」

三沢はこぶしでセンターテーブルをドンと叩《たた》いた。

「医者でもあらへんのになんでわかるんや」

「もちろん担当医からも事情聴取しました。最大限安全を見た上での診断との証言を得ております」

岩間は、誤診の疑いが濃厚だと言いたいのを我慢した。

「保険金詐欺言うわけやな」

「まことに残念ながらその可能性を否定できません」

「ええやろ。出るとこへ出たるで。恥をかくことになっても知らんで」

三沢はひらき直って、捨てぜりふを吐いた。

岩間は三沢の眼をまっすぐにとらえて、言い返した。

「保険金請求を取り下げることをおすすめします。ぜひそうなさってください。三沢さんにとりまして、ぜひそうされることが賢明な選択だと思います」

三沢は猛《たけ》り立った。

「しゃらくさいことをぐだぐだ抜かすな。あほんだら!」

凄《すご》んだつもりらしいが、動揺を隠し切れず、視線がさまよっている。

岩間はこの段階で請求取り下げを予感した。

だが、岩間の予想に反して三沢は簡単には引き下がらず、弁護士に対する委任状に押印《おういん》した。

岩間はベテランのアジャスター二人とチームを組んで、ムチ打ち症と診断された被害者に休業損害証明書を発行した会社の調査に取りかかった。

五人の被害者が勤務している会社は存在していないことが判明した。××企画も××物産も××プロモーションもすべて幽霊会社だったのである。

保険金詐欺事件は明白となった。

栄和火災は直ちに大阪地裁に対し債務不存在訴訟を起こした。

追い詰められた三沢は、保険金請求の取り下げと弁護士の解任を通知し、栄和火災との訴訟を回避して、自動車損害賠償責任保険の契約会社に被害者請求を行なった。

3

七月上旬の日曜日の昼下がりに、花岡から相沢に電話がかかった。

「おやすみのところ恐縮です。ちょっと相談したいことがあるんですが、いまからそちらへお伺いしてよろしいですか」

「かまわないが、三十分後にしてもらおうか。いま昼めしを食べてるところなんだ」

先週の土曜日に佳子が泊りがけでやって来た。二人で近くのスーパーへ買い出しに出かけたので、冷蔵庫はハム、チーズ、牛乳、ジュース、卵、コーンの缶詰、食パンなどで満杯になった。相変わらずの外食続きで、冷蔵庫はいっこうに減らない。今度佳子があらわれるまでに冷蔵庫の中を少しでも片づけておこうと相沢は考えたのである。

相沢はハムエッグとトーストを大急ぎで食べ、牛乳を飲んだ。そしてリビングルームに掃除機をかけ、新聞や雑誌を片づけてから、花岡を迎えた。花岡は三階、相沢は五階で部屋は同じ二十坪ほどの２ＤＫだ。

ソファを置いていないので、食卓で二人は向かい合った。

「暑いからジュースでいいか」

「ええ」

相沢はグレープフルーツジュースを大ぶりのグラスに注いで、食卓に並べた。

「ずいぶん遅い昼食ですねえ。もう三時ですよ」

「昼近くまで寝てたからな。朝昼兼用のブランチを食べてたんだ」

花岡が相沢を直視した。

「あしたの幹部連絡会で正式に報告しますが、その前に副部長のお耳に入れておこうと思いまして」

「岩間が摘発した詐欺事件か」

「ええ。問題は事件として追及するかどうかです。岩間は、自社分の任意保険の支払い拒否のみで終わらせるべきではない、という意見です。詐欺集団をこのまま見逃してしまったら、損害保険業界全体の名折れだと息まいてました」

「岩間らしいなあ。ガッツがあるっていうか、いい根性してるじゃないの」

「同業他社のことなんてどうでもいいじゃないか、という意見もSCの中にないでもないんです。事件にするとなればそれだけエネルギーも費します」

「たしかにそういう考え方もあるだろうが、ここは岩間の意見を容《い》れたらどうかねえ。なんならあしたの幹部連絡会に岩間を出席させて、事件の経過と今後のあり方について説明させたらどうかな。岩間はよくやった。いくら褒めても褒め過ぎにはならんと思うよ」

「わかりました。ほんと岩間には助けられました。わたしの判断ミスで、会社が損失を被《こうむ》るところを未然に防いでくれたんですから、頭が上がりません」

「最終的に岩間の意見に従ったきみは判断ミスをしたわけじゃないよ」

関西総合本部の幹部連絡会は課長以上が出席して毎週月曜日の九時半から始まるが、九時二十分に花岡が業務部を覗《のぞ》いて、眼が合った相沢を廊下に誘い出した。

「岩間は幹部連絡会に出るのは厭だと言うんです。課長命令に従ったまでで、自分の手柄なんかじゃないって言い張るんですから参りました。詐欺事件として追及することを課長から提案してくれとも言ってます」

花岡はひたいと首筋の汗を拭きながら眼を潤《うる》ませた。

「そう。あいつがそんなにシャイな男とはねえ。自己顕示欲は強いほうだと思ってたんだが、人は見かけによらんねえ」

相沢は冗談めかして返しながらも、さわやかな気持ちになった。

「岩間が課長のきみに花を持たせようと気を遣ってるんなら、それはそれでいいじゃないか。当節の若いサラリーマンに岩間みたいなやつがいるとはうれしくなるなあ」

「いやあ、参りましたよ。岩間ってそういうやつなんですが、改めて見直しました」

幹部連絡会で、花岡はきのう相沢に話したとおりに報告して、相沢を驚かせた。

「すべては岩間君の的確な判断によるもので、わたしはあやうく重大なミスを犯すところでした。それと適切な助言をしてくださった相沢副部長にも感謝申し上げます」

最後に自分の名前を出されて、相沢は麦茶でむせかえりそうになった。

この日の連絡会から、宮本専務が議長席に座っていたが、相沢は宮本からやわらかい眼差《まなざ》しを注がれて、照れ臭くてかなわなかった。

「保険金詐欺事件として追及すべきとする意見はもっともだと思います。府警本部に捜査を依頼すると同時に、損害保険協会の調査事務所にも報告して、協力を要請するようにしたらどうですか」

宮本が最後にしめくくった。むろん誰一人反対する者はいなかった。

保険金詐欺事件問題は最後の議案だった。会議が終了したのは十一時二十分過ぎだ。

宮本が会議室から退出しようとする相沢を呼び止めた。

「時間はないのか」

「いいえ」

「じゃあ、ちょっとわたしの部屋に来てくれ」

本部長室は会議室と同じ五階フロアの南側の奥にある。ビルの四階、五階を栄和火災海上の関西総合本部が占めていた。

五階は管理部と営業推進部、社員食堂などがあり、四階はサービスセンター業務部、大阪サービスセンターなどがある。

本部長室はソファと会議用のデスクが据えてあった。

宮本は秘書の川西幸子《かわにしさちこ》にコーヒーを淹《い》れるように命じて部屋へ入り、背広を脱ぎながら、手で相沢にソファをすすめた。

「大阪の水は合うかい」

「ええ。なんとか」

「わたしはどうも合いそうもないねえ。だいたい関西弁が好きになれない。関西弁でまくしたてられると、怒られてるような錯覚がするよ。管理部長の鈴木も副部長の細川もきつい大阪弁でねえ」

「問題は慣れですよ。わたしも赴任してきた当座は耳に馴染《なじ》まなくて閉口しました。独身時代に大阪勤務の経験はあるんですけれど」

「わたしがここへ来ると予想してたか」

「びっくりしました。大野総務部長から電話で知らせてもらったのですが、わが耳を疑いました」

「この会社で石井会長に嫌われたらおしまいだよ。わたしは代表権を持たされたが、経営会議には出ないでいいとまで言われたからねえ」

宮本は微笑を浮かべて話しているが、思いだすだにはらわたが煮えくり返る。

「そんな……」

「社長がなるべく出席してくれととりなしてくれたが、意地でも出ないよ。会長の顔を見ると胸がむかついてくるから、出ないで済めばこんなありがたいことはないものな」

「ただ総務部長にも話したんですが、専務に来ていただいて、関総本部の士気が上がったことは確かです。みんなやる気になってますよ」

「そうだとしたらうれしいねえ。あんまりひがんだようなことばかり言ってちゃいかんな。現場の指揮官がユルフンじゃ話にならん」

宮本はベルトを締め直してつづけた。

「久しぶりに相沢と会って、愚痴をこぼしたくなったが、こんな話ができるのは相沢だけだよ。きみでもおってくれなかったら、ひとり敵陣に乗り込むような心細い思いをしてたかもしれない」

相沢は宮本の胸中がわかるだけに、返す言葉に詰まった。

コーヒーが運ばれてきた。

宮本はミルクもシュガーも入れずに、コーヒーを飲んだ。

相沢がミルクをたらしてスプーンでかきまぜているとき、宮本が話題を変えた。

「幹部連絡会に初めて出たが、最後の話はおもしろかったねえ。花岡といったかねえ。SCの課長」

「ええ。花岡久です」

「部下を立てて自分の判断ミスを率直に認めるあたりなかなかいいじゃないか」

「花岡は同じマンションなので、よく話しますが、実にあったかい男です」

「そう言えば、相沢に助言してもらったようなことも話してたねえ」

4

相沢は花岡が幹部連絡会で話さなかった点を詳細に補足した。とくに岩間が幹部連絡会の出席を拒んだことと、課長の命令に従ったまでだと花岡に花を持たせようとしたことは、宮本に聞いてもらいたいと思ったのである。

宮本がコーヒーカップをセンターテーブルに戻した。

「岩間という男は幾つになるの」

「二十八か九だと思います。K大の経済を出てます。まだ独身のはずです。けっこう鼻っぱしらの強い男なんですけど、自分のことになるとシャイって言うのか妙に遠慮するところがあるんですよ」

「関西の出身なの」

「いいえ、東京です」

「栄和火災も捨てたもんじゃないねえ。若い層にそういう立派な人材がおったとは、うれしいじゃないか。しかも関総本部のSCにねえ」

「SCは岩間以外にも骨のある若いのがけっこういますよ」

「SCを左遷《させん》の代名詞にしなかったことは誇っていいかもしれないねえ」

「ええ。損害保険会社では損調イコール左遷と受けとめられているところが多いようですが、その点当社は違います。サービスセンターと呼称を変えたこともよかったと思います」

宮本がわずかに眉《まゆ》をひそめたのは、照れ隠しかもしれない。損害調査部をサービスセンター（ＳＣ）に変えるべきだと初めに主張したのは宮本である。

「しかし、ＳＣの仕事は楽じゃないだろう」

「損害保険会社にとって、経営の生命線が保険金支払いの適正化だとはよく言われることですが、ＳＣの気持ちを支えているものがあるとすれば、使命感以外にないと思います。土曜も日曜も返上なんてことはしょっちゅうですから」

会話が途切れ、二人はコーヒーをすすったが、宮本が伏眼がちに言った。

「岩間が席にいたら呼んでもらおうか。わたしからもねぎらいの言葉をかけてやりたい」

「それはいいですねえ。岩間も喜ぶと思います」

相沢はソファを離れ、デスクの受話器を取った。

岩間は在席していた。

「すぐ本部長室に来てくれないか。お手間はとらせない。五分か十分で済むから」

「なにか」

「宮本専務がきみにちょっと用があるらしい」

「承知しました」

岩間が緊張し切った顔で本部長室にあらわれたのは三分後である。

「忙しいんだろう。無理を言って悪かったなあ。まあ座りたまえ」

岩間は相沢の隣に腰をおろした。

「失礼します」

「花岡君から聞いたと思うが、幹部連絡会できみの話が出てねえ。専務がきみに会いたいとおっしゃったんで、来てもらったんだ」

「花岡課長からなにも聞いてませんが……」

相沢が怪訝《けげん》な顔で訊《き》いた。

「会ってないのか」

「外出してまして、いま戻ったところなんです。課長は席におりませんでした」

「そうか。実は例の詐欺事件摘発のことなんだが、課長は、きみのことを殊勲甲だと褒めていた」

「ご苦労さん。よくやってくれた。わたしからもひとこと言いたかったんだ」

「そんな。専務、わたしはたいしたことはしてません。初めにこの保険金請求がおかしいと指摘したのはアジャスターの三田《みた》さんです。殊勲甲は三田さんですよ」

岩間は童顔を赤く染めた。

「そう照れなくてもいいよ。花岡は自分の重大なミスをきみに救ってもらったとまで話してたぞ」

「それも違います。課長はなにを勘違いしてるんでしょうか」

岩間はなんとも言えない顔でひたいのあたりを右手の甲でこすった。

「わかった。しかし、とにかくありがとう」

宮本は微笑を浮かべて、つづけた。

「大阪へ来てどのくらい経つんだ」

「二年半です」

「SCの仕事は大変だろう」

「楽ではありませんが、やり甲斐のある仕事です。気力、体力ともに充実してませんと……。中途半端《はんぱ》な気持ちではできません」

「ところで岩間君とは初めてかねえ」

「いいえ、専務が人事部長のときに入社させていただきましたので、面接で一度だけお目にかかってます」

「やっぱりそうか。わたしもきみの年齢を聞いてそんな気がしたんだ」

宮本がソファから起《た》ち上がって、岩間に握手を求めた。

岩間は気恥ずかしそうにおずおずと手を伸ばした。

「これからも頑張ってくれ。よろしく頼むぞ」

「はい」

岩間が退出したあとで、宮本がうれしそうに言った。

「あの顔は覚えてるよ。面接で好青年だという印象を持った覚えがあるが、そのとおりだったわけだな」

「専務に覚えてもらえていたなんて、岩間も幸せな男ですねえ」

「とくに印象深いというほどではなかったけど、けっこうはっきりものを言ってた記憶があるなあ」

「わかりますよ。顔に似合わず直截《ちょくせつ》にものを言うやつです。生意気とは違うんですが、わたしも含めて岩間にやり込められた管理職はたくさんいます」

「若い連中の評判はどうなんだ」

「花岡の話では面倒みがいいので、人気は抜群です」

「女の子にもてるんだろうなあ」

「そう思います」

「恋人はいるんだろうか」

「さあ、どうなんでしょう」

ノックの音が聞こえたので、相沢はソファから腰をあげて、ドアをあけた。

秘書の川西幸子だ。

「お食事、どうなさいますか」

「相沢はどうなの」

「予定はありません」

「じゃあ、ここで弁当をつきあってもらおうか。外へ出るのも億劫《おっくう》だしなあ」

「お相伴にあずかってよろしいんですか」

「いいよ。わたしもきょうはあいてるんだ」

二人のやりとりを聞いて、幸子が宮本に訊いた。

「幕の内でよろしいでしょうか」

「うん。お願いする」

幸子が出て行った。齢《とし》は三十路《みそじ》を出たか出ないかで、容貌《ようぼう》も十人並みだが、さっぱりした性格の女だ。

「万一、岩間にフィアンセがいないようなら、ウチの娘をどうかと、ちらっと思ったんだが、不心得かねえ」

相沢は笑顔で返した。

「そんなことはありませんよ。お嬢さんお幾つですか」

「二十六だ。九月で七になる。T女子大の英文科を出て、商社に勤めてるが何度か見合いをさせたけど、気に入ったのにめぐりあえなかった。英検一級の資格を持ってて、仕事がおもしろいってことが結婚の邪魔をしてるかもしれん」

「才媛《さいえん》なんですねえ」

「家内は厳しく仕付けたから、だらしのない娘ではないと思うがね。親バカかもしらんが、一人娘にしては甘えん坊ではないと思うよ」

「そうなると養子を迎えるってことになるんですか」

「そんな考えはわたしにも家内にもまったくないなあ。すべては娘次第で、相手はサラリーマンでもサラリーマンじゃなくてもいい。わたしは、栄和火災の社員を娘の婿《むこ》に迎えるなんて気はぜんぜんなかったが、それは野心があったからなんだ。ウチの会社にも役員の子弟を何人か入社させてるが、感心せん。一般論として一部上場企業にあるまじきことだとわたしは思っていた。わたしの気が変わったのは一期二年でリタイアするつもりになったからだ」

相沢は固唾《かたず》を呑《の》んだ。

「専務は次期社長の有力候補であると思いますが」

「きみ、そんなお上手を言ってもダメだよ。もうわたしの目はない。わたしは若いころ公認会計士の資格を取ってるから、つぶしは利《き》くほうなんだ。転職先はいくらでもあるよ」

「それにしても一期二年と決めてかかる必要があるんでしょうか。失礼ながらなにか投げやりな感じがします」

「投げやりと言われるのは心外だな。一期二年全力投球する気でいるし、きれいごとに聞こえるかもしれないが、後進に道を譲るのも悪くないと思っている。わが社は中堅の損保にしては人材の層も厚いからねえ」

「……」

「そんなことはともかく、岩間君のこと調べてくれよ。わたしの勘では、あの男なら娘も気に入ってくれるんじゃないかなあ。ほんの思いつきで言ったことだが瓢箪《ひょうたん》から駒《こま》ということもあるだろう」

「岩間から取材するのはやぶさかではありませんけど、専務の出処進退とは別問題だと思います」

「ま、そのことは忘れてくれていい。わたしは岩間が好きになった。岩間のような男を娘婿にできたら、こんなうれしいことはないよ」

相沢は狐《きつね》につままれたような気がしていた。

5

相沢が本部長室から自席に戻ったのは午後一時二十分過ぎである。さっそく岩間に電話をかけたが、外出していた。

岩間から相沢に電話がかかったのは五時近かった。

「連絡が遅れて申し訳ありません」

「仕事の話じゃないんだ。きみと一杯やりたいんだが、今夜はあいてないのか」

「ちょっと残業して片づけてしまいたいことがあるんですが」

「何時ごろ終わるの」

「八時過ぎるかもしれません」

「俺のほうは構わんよ。終わったら電話をくれないか」

「わかりました。でも副部長をお待たせしてよろしいんですか」

「俺にだって仕事は山ほどあるよ」

「失礼しました」

相沢は、関西総合本部傘下《さんか》のサービスセンターや支店から回ってくる書類に眼を通すだけで二時間ほど費やした。

ＳＣ業務部で残業している者が相沢を含めて八人もいた。

相沢は手洗いから戻って、袖《そで》の引き出しから小冊子を取り出して、読み始めた。全日本損害保険労働組合がまとめた「損保労働者五千人の証言」である。

▽私の職場は自動車査定部門であるが、暴力団等の威圧的要求に屈して保険金支払いをさせられたことがしばしばある。例えば右翼団体の大物と称する人物が支店に乗り込んで来て、支店長室に支店長を缶詰めにして、支払い基準からすれば数十万円の賠償を数百万円も取っていった。弱者には厳しく、強者には常識を外れた高額な保険金支払いをしている。不正な査定業務運営がまかり通っているといわざるを得ない。

（男子三十歳）

▽アジャスターと二人で相手先に出かけたところ、部屋に入ったとたんにドアを閉められ軟禁状態にされた。課長と電話で連絡をとりながら、ようやく示談額をまとめたが、それでも帰してもらえなかった。保険金が指定の口座に振り込まれたことが銀行

で確認されてから、やっと解放された。査定担当者の研修でこの話をしたら、ほとんどの職場で同じような経験をしていることがわかった。(男子三十六歳)

▽二年前のことだが、課長を含めて三人で相手方の自宅に行って示談交渉をしたときのことだ。当方の提示額と大きな差があり、業を煮やした相手にいきなり包丁を突きつけられ、「カネはいらん。指を詰めろ」と言われ、徹夜の交渉で疲れ果てていた私は、どうなってもいい、この事態から解放されるのならと、包丁を手にして指に当てた。しかし、ふと俺が事故を起こした訳ではないと考え直して、思いとどまった。そのあと早朝五時まで交渉して、提示額の倍くらいの保険金支払い額で決着したが、あのときは生きたソラがなかった。(男子三十歳)

相沢が「損保労働者五千人の証言」を読んでいたとき電話が鳴った。岩間だった。

「わたしは出られますが、副部長はよろしいですか」

「いいよ」

「それでは五分後に正面玄関の前で待ってます」

「わかった。じゃああとで」

時計を見ると七時四十分過ぎだった。

二人は近くの飲み屋のカウンターに並んで座った。客が多く、満席に近かった。

「いつもこんなに遅いのか」

「きょうは早いほうです。先週の木曜と金曜日は十時を過ぎてました」

「頑張るなあ。生ビールでいいか」

「ええ」

生ビールの大ジョッキを触れ合わせて、ぐっとやってから、岩間が言った。

「こうして副部長にご馳走《ちそう》になれるってことは、やっぱり殊勲甲の口ですか」

「ちょっと違うな」

「本部長にまで褒められて光栄の至りですけれど、わたしはそんな大それたことをしたわけじゃないんですよねえ。一番褒められなければならない人は三田さんです」

三田英雄《ひでお》は五十二歳のベテランアジャスターである。

「きみの謙虚な態度に宮本専務はいたく感激してたようだぜ」

「いよいよ穴があったら入らなければならなくなってきました」

「立ち入ったことを訊いて悪いが、岩間はもちろん恋人はいるんだろう」

「いません。二年半ほど前に振られました。高校時代からつきあってたんですが、大阪の転勤がお気にめさなかったみたいです。去年、T大出の大蔵省の役人と結婚しました。二股《ふたまた》かけてたみたいです。大蔵省のキャリアじゃ、初めから勝ち目はなかったかもしれませんねえ。僕一人がのぼせあがってたんじゃないですか。けっこう美形でしたから」

「岩間を振るなんてバカな女だねえ」

おもしろいことになってきた、と相沢は思った。

「瓢簞から駒ねえ」

相沢は思わずつぶやいたが、岩間に聞こえたらしい。

「瓢簞から駒ってなんですか」

「うん。こうなったら全部話しちゃおう。いい話なんだし、隠すことでもないからな」

相沢は、宮本と話したことを誇張しないで話してきかせた。むろん一期二年の話は割愛したが。

「この話どう思う。男冥利《みょうり》に尽きるとは思わないか」

「多分そうなんでしょうけど、聞かなかったことにします。宮本専務のお嬢さんなら、美人で頭もいいんでしょう。僕なんかじゃつりあいが取れませんよ」

「美人で頭がいい女は嫌いなのか」

「そんなことはないですけど、〝逆玉〟なんて僕の趣味じゃありません。僕にだってプライドってものがありますよ。会社のエライさんのお嬢さんじゃなければ、少しは考えたかもしれませんけど」

相沢はビールを乾《ほ》して、仲居に水割りの用意を頼んだ。買い置きのウイスキーボトルにまだ半分以上残っている。

二つのグラスにボトルを傾け、氷を落として、ミネラルウォーターで薄めて、マドラーでかきまぜながら、相沢はにやついていた。自然、頬がゆるんでしまうのだ。

「宮本専務がこの話を聞いたら、いっそう岩間が好きになることうけあいだな」

岩間がグラスをつかんで、ぐっと呷《あお》った。

「冗談じゃありませんよ。この話はほんとうになかったことにしてください。絶対困りますからね」

「参考までに訊くが、宮本専務が会社を辞めたらどうなるんだ」

「そんな仮定の話に乗れません」

岩間はにべもなかった。

「実を言うと必ずしも仮定の話でもないんだ。いまから話すことは、ここだけの話にしてもらわなければ困るが、宮本専務が石井会長に嫌われて、関西総合本部の本部長に出されたことは聞いてるんだろう」

「ええ。なんとなくそんな感じはわかります」

相沢が真顔になったので、岩間も居ずまいを正すように背筋を伸ばした。

相沢はあたりに眼を遣《や》りながら声量を落とした。

「専務は一期二年でリタイアするつもりらしい。そうじゃなければ、栄和火災の社員を娘の婿にしようなどと夢にも考えないと言っていた。きみに対する思い入れはそれだけ深いってことだよ。わたしはきみの身上調査を頼まれたってわけだ」

岩間は十秒ほど間を取って、うつむいたまま返した。

「光栄ですが、どこか不自然ですよ。やっぱりなかったことにしてください」

「そうか。残念だがあきらめるとするか」

相沢はことさら快活に言ったが、なんだかひどく勿体《もったい》ないような気持ちがしていた。

翌日、午後三時に宮本の時間が取れたので、相沢は岩間の件を報告した。

果たせるかな宮本は岩間に執心した。

「綾子《あやこ》に会うだけでも会ってくれんかなあ。娘の名前は綾子というんだが見合いなんて大袈裟《おおげさ》なことにしないで、なんとかならんだろうか」

「岩間の断固とした態度からしますと、ちょっと難しいかなっていう気がしますが」

「そう冷たいことを言うな。考えといてくれよ」

そこまで言われたら、もうひと押ししてみようという気になってくる。


ところで大阪府警本部が栄和火災の告発を受けて、五人の被害者と保険契約者の身辺調査を開始したのは八月に入ってからだ。捜査が進展する過程で、六人ともサラリーマン金融から多額の借金を抱えた多重債務者であることが明らかになった。金融業者の示談屋が偽装交通事故の黒幕であることもわかった。

かれらは追突事故を起こす前に同じ難波駅前で二度もリハーサルを行うなど計画的犯行であることも判明した。

ムチ打ち症と診断した医師にも事情聴取が行われ、医師の虚偽私文書作成も立証された。大阪府警が金融業者を含む七人を保険金詐欺容疑で逮捕したのは、三カ月ほどのちのことである。

今度の事件は、暴力団が絡《から》んでいない点でラッキーであった。マル暴絡みだとこうはいかなかったかもしれない。

第十章　義理見合い

1

翌年、三月上旬の寒い日の夕刻、相沢靖夫は本部長室に呼ばれた。

早いもので、大阪に単身赴任して一年近く経《た》つ。

宮本が手でソファをすすめながら言った。

「下の息子さん、どうだったの。たしかきょうが都立高校入試の発表じゃなかったのか」

「恐れ入ります。息子のことまでお心をかけていただきまして。お陰さまで志望校へ入れたようです。昼過ぎに家内から電話で知らせてきました」

「そう。おめでとう。よかったねえ。名門私立高校へ草木もなびくような時勢に初めから都立の進学高校一本にしぼって受験するなんて、見上げた根性だ。きみはできのいい息子に恵まれて果報者だよ。長男は推薦でK大の経済に入った秀才だっていうんだから、羨《うらや》ましいよ」

「ほんとうは専務の後輩になれるチャンスもあったようですが、せっかくの推薦を蹴《け》りますと、高校の体面にかかわるらしくて……」

「役人になりたいんならいざ知らずいまどきT大もK大もW大もないよ。サラリーマンになるんならむしろK大のほうがベターだよ。K大出の財界人は結束力も強いようだし、K大の経済ならケチのつけようがない。トンビがタカを生んだと言ったら言い過ぎになるかな」

「そう言われても仕方がありません」

相沢が真顔で返すと、宮本はあわて気味に手を振った。

「冗談だよ。きみは一選抜できている。必ず本社に戻すようにするから安心しろ」

相沢は、宮本に気づかれない程度にかすかに首をかしげた。

宮本はかつて一期二年で辞任すると話したことがある。しかも実力会長の石井から嫌われた宮本にさほどの影響力が温存されているとは考えにくい。リップサービスは百も承知と言いたいところだ。

「岩間はその後、元気にやってるか」

宮本が唐突に話題を変えた。

本部長付秘書の川西幸子から電話で「専務がお呼びです」と言われたとき、用件が岩間繁のことだとは思わなかった。

「はい。お嬢さんのことではお役に立てなくて申し訳ありませんでした」

「きみが謝る筋合いの話ではないが、諦《あきら》め切れなくてねえ。生涯独身を通すっていうのなら諦めもするが、結婚する気があるんなら、会うくらい会ってくれたってバチは当たらんだろう。娘にそれとなく岩間のことを話したら、結婚なんかまだまだ早いって言ってたやつが、めずらしく乗り気になってねえ」

しかし、これぱかりはどうしようもない、と相沢は思った。

相沢は、岩間を三度かきくどいたが、乗ってこなかった。

三度目には岩間とこんなやりとりになった。

「副部長もしつこいですねえ。ダメなものはダメです。厭《いや》なものは厭です」

「僕がしつこいんじゃないよ。宮本専務が諦め切れないって言ってるんだ」

「でしたら、宮本専務が会社をお辞めになったときに、改めて考えさせてください」

「仮に専務が一期二年で辞めるとしたらお嬢さんは二十八、いやその年の九月には九になってしまうんだよ。きみの言いぐさは言いがかりに近い。ノーと言ってると同じじゃないか。だいいち、二年の間に、きみに恋人があらわれたらどうなるんだ」

「言いがかりと言われますと、ちょっと待ってくださいと言いたくなりますけど、ほんとに勘弁してください。どうしてもそんな気になれないんです」

「きみは見合い結婚に、変なこだわりでもあるのか」

「いいえ。そんなことはありませんけど、とにかく会社のエライさんのお嬢さんなんて、まっぴらごめんですよ」

「なんか依怙地《いこじ》になってるみたいだなあ。素直じゃないねえ。岩間は性格が明るくて偏屈な男ではないと信じてたんだが、裏切られたみたいな気がするよ」

「副部長にそんなふうにみられているとしたら残念ですけど。何度も言いますが、この話はなかったことにしてください」

　相沢は宮本に、岩間との対話のすべてを話したわけではないが、ニュアンスは正確に伝えたつもりである。

　あれから半年以上も経つのに、また蒸し返してくるとは夢想だにしなかった。

「家内もちょっと変なところがあってねえ。わたしが辞任したら考える、と岩間が言ってることを話したら、ますます気に入ったなんて言い出してねえ。断る口実だと言ったんだけど、こないだ東京に帰ったとき無理矢理、娘の写真を押しつけられちゃったんだ。ダメモトでもいいから、写真だけでも岩間に見てもらえるとありがたいんだが」

「かしこまりました。おあずかりします」

相沢は笑顔で返した。

ダメモトと言ったときの宮本の切なそうな顔に、微笑を誘われたのである。

二人は同時に時計を見た。時刻は五時四十分。

「なにを食べようか。美味《おい》しいものを食べようよ。なんでも好きなものを言ってくれ」

「専務におまかせします」

「〝やまもと〟は行ったことがあるか」

「いいえ」

「キタの割烹《かっぽう》だがいい店だよ。管理部長に連れてってもらったんだ。じゃあ〝やまもと〟にしよう。ちょっと待っててくれ。部屋があいてるかどうか聞いてみるから」

宮本はブザーを押して川西幸子を呼んだ。

「今夜〝やまもと〟があいてるかどうか聞いてください。二人か三人だから、小さな部屋でいいですよ」

「はい」

幸子は相沢にも目礼して退出した。

「専務、お嬢さまのお写真、見せていただいてよろしいですか」

「どうぞどうぞ。ぜひきみにも見てもらいたい」

「岩間より先に見ちゃ悪いですかねえ」

「そんなことはないよ」

宮本は封筒を手にして、サービスサイズのスナップ写真を取り出した。

全部で十一枚あった。見合い用の構えた写真じゃないところがいい、と相沢は思った。

「正月休みに撮ったんだが、素人《しろうと》写真だから、たいそうなものじゃない。いいのを選《よ》ってきたつもりだけど」

「拝見します。おきれいですねえ」

「美人とは思わんけど、十人並みよりちょっとましかな」

宮本は照れ臭そうにまばたきした。

「なにをおっしゃいますか。相当な美人ですよ。眼鼻立ちがはっきりしてて、とくに眼がチャーミングです。それこそトンビがタカを生んだっていいたいくらいです。岩間なんかには勿体《もったい》ないですよ」

「ありがとう。ちょっと気の強いところはあるけど、性格の明るい子だよ」

ノックの音が聞こえたので、相沢は写真を封筒に仕舞った。

2

相沢と宮本が〝やまもと〟の小部屋で向かい合ったのは六時四十分過ぎだ。

代表権を持った専務で関西総合本部長を委嘱されている宮本の交際費は潤沢である。遠慮する必要はないと思いながらも、接待客もなしに会社のカネで高級割烹店で飲み食いするのは気が咎《とが》めるが、公私を峻別《しゅんべつ》できるサラリーマンは少ないし、上に行くほど感覚は麻痺《まひ》してくる。

宮本は良心的なほうだろう。

SC業務部の交際費など知れたものだから、社員同士で飲むときはワリカンがほとんどだ。そんなとき部長、副部長、課長の管理職が割を食うのは仕方がない。

岩間はアジャスターと自動車損害保険の査定問題で外出していた。

遅くなりそうだ、と担当課長の花岡に連絡してきたという。

このことは、すでに社内電話で宮本に伝えてある。

いかにもがっかりしたような宮本の声を聞いて、相沢は「日を改めましょうか」と水を向けてみたが、宮本は「趣旨は相沢と一杯やることなんだから、つきあってくれ」と答えた。

料理は材料と板前の腕で決まる。

京都風懐石料理は、大阪へ転勤後、初めてこんな旨《うま》いものを食べた、という気にさせられた。

「岩間君、惜しいことをしましたねえ。こんな美味しい料理にありつけることがわかっていたら、残業を繰り合わせたんじゃないですか」

「もっと早く決めておけばよかったな。しかし、どっちにしても岩間は同席を拒んだろう。変な話、まだ利害が一致しておらんというか、わたしとめしを食う気になれんのじゃないか」

「そうかもしれません」

中瓶のビールを二本あけたあと、熱燗《あつかん》になり、すでに銚子《ちょうし》が三本ヨコになっていた。

中年の仲居が料理を運んでくるたびに酌をしてくれる以外は、手酌である。

宮本と差しで飲むのはこれで三度目だが、初めてのとき「差しつ差されつは、めんどうだし、ペースが乱れるからやめよう」と宣言された。癖になっているので、つい酌をしたくなるが、宮本は初めの一杯以外は手を振ってそれを拒んだ。それでも仲居の酌は受けている。気を遣っているのだろう。

宮本が酒に強いことは過去二度で相沢は思い知らされていた。

「専務はさっき、栄和火災には未練がないようなことを言いましたが、本音とは思えないんですけど」

酔った勢いで、相沢は直截《ちょくせつ》に訊《き》いた。

宮本は眼もとと口もとに苦笑をにじませて、しばらくは返事をしなかった。

「岩間にそれほど惚《ほ》れ込んでいるということを強調するための、いわば比喩《ひゆ》だと理解しましたが」

宮本は首を振った。

「ちょっと違うな。この会社で仕事に情熱を持てなくなったことは事実だ。トップを目指したいという野心もあったし、わたしを措《お》いてほかに誰がいるか、という思い上がりもあった。しかし、権力者の石井会長にすり寄るような愚かな真似《まね》はしたくなかった。増資のときに石井会長寄りの裁定をしていたら、わたしの運命は変わっていたかもしれないが、それはわたしのプライドがゆるさなかったし、あの裁定は厳正にして中立なものだといまでも確信している。わたしの調整案に反対ならクビを馘《き》ってくれとまで会長に言ったのも、過信だったんだろうな。ま、わたしにツキがなかったということで所詮《しょせん》、人生とはそうしたものなんだよ」

相沢は名状しがたい思いで言葉もなかった。

〝ベニスの赤い家〟が眼に浮かんだ。あの一枚の絵が、宮本の人生も相沢の運命も変えてしまったのである。

会長の個展など余計な進言をしたことが悔やまれてならない。

「きみや岩間を含めて若い層に人材が育っていることを現場で身を以《もっ》て知ることができた。それが大阪へ来たことの収穫かな」

「きみ」はリップサービスだろう。岩間は誰がみても栄和火災のホープだが、岩間に娘を通じてなにもかも託したくなっているとしたら、感傷的過ぎるようにも思える。

だが、課長時代から次代を担《にな》うエース中のエースとみられてきただけに、宮本の挫《ざ》折感《せっかん》、無念さは痛いほどわかる。

相沢は熱いなにかが胸から喉《のど》もとへ突き上げてきた。

話してしまおう、告白せずにはいられない、と思ったのは、このときである。

相沢は居ずまいを正した。

「専務に聞いていただきたいことがあります」

「改まってどうしたんだ。正座されるとこっちも座り直さなければならなくなる。膝《ひざ》をくずしてくれよ」

「失礼します」

相沢は言われたとおりにした。

「いつぞや二百万円の商品券のことを専務のお耳に入れましたが、事実はかなり違います……」

N証券の田端社長から石井会長に贈られた商品券は一千万円だった、と聞いたとき、宮本はさして表情を変えなかった。

「そんなことだろうと思っていた。『東京財界』のコラム、〝ゲスの勘繰り〟だったかなあ。あれを書いた藤木という男は、その事実を握っていたんだろうか」

「それはないと思います」

「勘繰られてもしょうがないっていうわけだな」

相沢は黙ってうなずいた。

宮本は続けた。

「相沢が犠牲者だとは察しがついていた。石井会長にしてみれば、相沢は煙ったい存在だったんだよ」

「わたしの場合は身から出た錆《さび》ですから我慢もできますが、専務の場合はとばっちりです。そう考えますと断腸の思いになります。慚愧《ざんき》に堪えません」

「大袈裟《おおげさ》なことを言うやつだ。どっちみち、わたしは会長から袖《そで》にされる運命にあったんだよ。もともと可愛《かわい》げのないやつと思われていたからねえ。草履取りまがいのことをやらなければ天下は取れないんだ。天下はオーバーだな。トップにはなれないと言い直そう」

宮本が明るく話している分、相沢は逆に辛《つら》くなり、不覚にも涙がこぼれた。

「会長の個展なんて余計なことをしたばっかりに……」

あとは声にならなかった。

「泣くやつがあるか。相沢は立派だった。よくぞ会長を庇《かば》ってくれた。武士の情けだ。お互いこの話は忘れよう。わたしも聞かなかったことにする。会長は魔が差したんだろう。わたしが会長の立場だったら、どうしたかなあ。神ならぬ人間、弱いものだからねえ。やっぱりポケットに入れてたかもしれない」

石井にうとまれた宮本が石井を庇っている。宮本という人物の大きさだろうか。

さりげなくおしぼりのタオルで顔を拭《ふ》いてから、相沢は時計に眼を遣《や》った。

「専務、もう九時を過ぎましたが」

「うん。わたしも時計が気になっていた。岩間が駆けつけてくることを期待したんだが、仕事が忙しくて飲んでる場合じゃないんだろうな」

相沢は岩間のデスクの上にメモを置いてきた。〝九時まで「やまもと」(TEL231−84××)にいます。連絡乞《こ》う。相沢〟

「岩間はあきらめよう。わたしが直接岩間に話すのはやっぱりよしたほうがいいな。きみからよろしく話してくれ。もう一軒だけつきあってもらおうか」

宮本はそんなふうに言いながらも、仲居に「岩間という男から、相沢に電話がかかったら、ここにいると伝えてください」と、二次会の行先を書き置くことを忘れなかった。〝やまもと〟から歩いて五分足らずでビルの四階にある〝クラブめぐみ〟に着いた。三十坪はあろうか。けっこう大きな店だ。

ここは二回目である。三月ほど前、宮本に連れてきてもらった。

顔見知りのホステスが奥のボックスへ二人を案内すると、すぐにママがあらわれた。女の年齢はわかりにくいが、ママの岡林恵子《おかばやしけいこ》は四十一、二と思える。なかなかの美形で、着物姿の襟足に色気がある。

「おこしやす。専務はん、よく来てくれはりました。ウチ、なんやそんな気してましてん。テレパシー言うんですやろか」

京都の女で、もどかしいほどゆったり話す。

「関西弁でも京都弁は悪くないな。ただし女が話しているときに限るがね」

宮本は、恵子の手が自分の膝の上に置かれているのを気にしながら、つづけた。

「だいぶ慣れたが、大阪弁はなかなかなじまんねえ」

「ええ。しかし、大阪の人に言わせると東京弁でぽんぽんやられると、逆にきつい感じがするらしいですよ」

「ふーん。そんなもんかねえ」

「専務もひいき強いですねえ。こんな高級店に入りびたりですか。それとも美人のママに惚れたんですか」

「高級店やあらしまへん。リーズナブルなお店どす。そうでっしゃろ、専務はん」

「ほんまや。安いからよけい来られるんや」

宮本はおどけた口調で恵子に返して、相沢のほうへ眼を流した。

「さっき泣いたカラスがもう笑ってるのか。相沢も口の減らないやつだ」

相沢は肩をすくめた。

相沢がタクシーを飛ばして甲子園口のマンションに帰ったのは午前零時近かった。タクシーの中でも思ったことだが、宮本専務は荒れている。ヤル気をなくしていると思わざるを得ない。

酔った頭でそんなことを考えて、なかなか寝つかれなかった。一千万円の商品券に関する淡泊な受けとめ方もヤル気をなくした証左と思える。闘争心のかけらでもあれば、石井会長を揺さぶるぐらい考えても、それこそバチが当らないというものだ。

むろん、それを期待して告白したわけではない。激情に駆られて、は言い過ぎとしても、切迫した気持ちになって、言わずもがなのことを口走ってしまったが、宮本の反応は拍子抜けするほど鈍かった。

田中秘書室長と大野総務部長の名前を出す気は、相沢には初めからなかった。河原洋子の名前はあやうく口をついて出そうになったが、喉もとで押し戻した。

それにしても岩間にまだ執心しているとは驚きであった。そのためには任期途中の退任も辞さないとは、ちょっとどうかと思う。なるほど岩間はナイスガイで娘の婿《むこ》にしたくなるような男には違いない。

しかし、親が決められるものでもないし、二人が見合いをしたとしても気持ちがかよわないケースも充分考えられるのに、会社を辞めてもいいとまで言い出すなんて、どうかしている。

岩間の側に立ってみれば、男冥利《みょうり》に尽きる話だが……。いくら強情な岩間でも宮本の気持ちを聞けば、綾子の写真ぐらい見てくれるだろうし、見合いに応じてくれるかもしれない。こんどこそかきくどいてやろう。そうでなければ、宮本に顔向けできない——。

3

翌朝、相沢は九時十分前に出社した。

デスクの上で電話が鳴っている。岩間だな、と思いながら受話器を取った。

「相沢です」

「お早うございます。岩間ですが、昨夜寮に帰ったのが十一時過ぎてましたので電話するのを遠慮しました。なにか……」

「そんな大層なことでもないんだが、昼食をつきあってもらえると、ありがたいな」

「はい。〝ルミネ〟なんかいかがでしょう。サンドイッチとスパゲティしかありませんけど、喫茶店ですから早い時間ならすいてますよ」

「いいだろう。正午になるべく近い時間に〝ルミネ〟に行く。じゃあなあ」

〝ルミネ〟は同じ雑居ビルの地下一階にある。

相沢は正午が待ち遠しくて、何度時計を見たかわからなかった。仕事のペースが狂わされるほどだから、われながら入れ込んでいると苦笑せざるを得ない。

相沢が〝ルミネ〟に行ったのは正午五分前だが、岩間はすでに二人用のテーブルを確保して待っていた。

「一分前に来ました」

岩間は人なつっこそうに白い歯を見せた。

「ということは十分ほどサボったことになるな」

「えっ！　仕事の話じゃないんですか」

「うん」

「相沢副部長に呼び出されたって、課長に断ってきたんですけど」

「ま、仕事のうちと考えて考えられないこともないか」

相沢はトマトジュースとミックスサンド、岩間はナポリタンとアメリカンをオーダーした。

「岩間にこれを見てもらいたくてな」

相沢はスナップ写真の束を封筒から出して、小さなテーブルに置いた。

「べっぴんさんですねえ。しかし、まだ終わってなかったんですか」

「そうなんだ。きのう宮本専務に泣かれちゃってねえ。写真だけでも見てもらってくれと言われたら、断れないものなあ。専務は一度でいいから差しできみと話したいと言っていた。ほんとは、ゆうべ岩間とも一緒に飲みたかったらしいが……」

「とんでもない。雲の上の人ですよ」

岩間はむすっとした顔ながらも、写真の束を手に取って、めくり始めた。

相当なスピードだ。おざなりな感じは否《いな》めない。

ボブヘアで付け下げ姿の綾子は、誰が見ても美形だし、母親もふくよかな美人である。

宮本も大島の着物姿で写っていた。

「わたしには勿体ないような人なんでしょうけど、敗者復活戦はないと思います」

「敗者って誰のこと」

「もちろんわたしのほうです」

「意味不明だねえ。一度も逢《あ》ってもいないのに、敗者復活戦ってことがあるか」

「ニュアンスの問題ですよ。たとえばの話、万一、専務のお嬢さんに気に入られたとして、岳父が自分の会社の専務なんて考えただけでも、ぞっとしますよ」

「まったく同感だ。プライドがゆるさんよな」

「でしたら、どうかご放念ください」

岩間はにこりともせずに言って、写真を相沢のほうへ押しやった。

「専務は、会社を辞めてもいいとまで言っている。そこまで思い詰めるほどの問題とは思えないが、それほど岩間に惚れちゃったんだよ。任期途中の退任は、厄介だと思うが、お嬢さんも二十七だからねえ。焦《あせ》るのかなあ。僕の顔を立ててくれよ。逢って断られるんだったら、専務も納得するだろう」

「その逆でしょう。だけど、わたしなんかのどこがいいんですかねえ。もの好きと言うのか専務の気が知れませんよ」

「いや、岩間なら、娘がいたら僕だってその気になってたかもしれない」

「二、三日考えさせてください」

「ありがとう。この場でノーと言われないだけでも、少しは顔が立つからな」

サンドイッチとスパゲティが運ばれてきた。

岩間は眉間《みけん》にしわを寄せて、黙々とスパゲティを食べている。せめぎあうものがあるのだろう、と相沢は岩間の胸中を思い遣った。

その夜、相沢は十時過ぎに岩間からの電話をマンションで受けた。

「宮本綾子さんと逢わせていただきます。ただし、それ以上はやっぱり困ります。それで断られればめっけものですし、そうでなければわたしのほうが断るようにします。そこまで宮本専務に伝える必要はないと思いますけど」

「ありがとう」

それなら見合いを断ったほうが筋が通ると相沢は言いたかったが、綾子に逢った結果、岩間の気持ちが変わらないとも限らないし、宮本の気も済むのだから、余計なことだと思い直した。

「それで、めんどうな手続きは省きたいと思うんですけど」

「どういうこと」

「わたしが綾子さんの会社なりお宅に電話をかけて、場所と日時を決めます。長いことおふくろの顔を見てないので、来週か再来週、東京へ帰ってこようと思ってますんで」

「出張扱いにしなくていいのか」

「冗談でしょう。僕は独身貴族ですよ」

アルコールが入っているのか。岩間はからからと笑った。

「綾子さんの勤務先に電話をかけたほうがいいのか、お宅にかけたほうがいいのか、専務に聞いて、あした中に連絡するよ」

「よろしくお願いします」

「こちらこそ、よろしくお願いする。じゃあ、おやすみ」

「おやすみなさい」

相沢は、西宮にある宮本専務の役宅に電話をかけた。役宅と言っても借り上げマンションの一室である。呼び出し音を十度聞いたが宮本は出てこなかった。風呂《ふろ》にでも入っているのだろうか。昨夜痛飲しているのだから、取引先との宴席があったにしても、もう帰っていい時刻だ。

相沢は三十分後、一時間後と二度電話をかけたが、宮本は留守だった。一刻を争うことではないが、なんだかはぐらかされたような気がしてくる。せっかく人がこんなに心配しているのに、と思いがちだ。

宮本がつかまったのは、翌朝十時過ぎだ。

朝マンションを出る前に役宅に電話をかけたが、宮本はいなかった。出社後直ちに秘書の川西幸子に電話をかけたところ、立ち寄りで十時過ぎになると言われた。

　昨夜宮本が帰宅していないことはもはや明瞭《めいりょう》だったが、そこまで踏み込むわけにもいかないので、相沢は努めてたんたんと岩間のことを報告するにとどめた。

「きのう岩間と昼食を一緒にしまして、お嬢さんのお写真、見てもらいました」

「そう。見てくれたのか」

「ええ」

「岩間、なんて言ってた」

「お逢いしてもいいと昨夜返事をしてきました。昨夜のうちにお伝えしたいと思ったのですが」

　相沢に見つめられて、宮本は腫《は》れぼったい瞼《まぶた》をこすりながら、うつむき加減に返した。

「ゆうべも遅かったんだ。それでけさ遅刻しちゃってねえ。しかし、よかったよ。岩間が娘に逢ってくれると言ってくれたのか」

　川西幸子が湯呑《ゆの》みを二つセンターテーブルに置いて退出したのを見届けてから、宮本が言った。

「岩間と綾子の縁談がまとまってくれればうれしいなあ。これも親バカと笑われるかもしれないが、わたしはなんとなくうまくいくような気がしてならんのだ」

それはない。岩間は義理で見合いをするだけのことなのだ。しかし、岩間が描いているストーリーを明かすのは酷である。せっかくいい夢を見ているのだから、ここはそっとしておくに如《し》くはない。

だが、数秒後に相沢はほんとうに言葉を失った。

緑茶をすすりながら宮本が言った。

「五月の決算役員会までに辞表を出すつもりだ。任期途中だから慰留されるだろうが、一度出したものを引っ込めるようなぶざまな真似はしない。相沢だから話すんだが、二つスカウトの話がきてるんだ。製薬会社と酒造会社で、どっちも畑違いだが、オーナー経営者が友達でねえ。破格の条件を提示してきた。事業が急速に拡大すると人材難で、組織も脆弱《ぜいじゃく》だからヘッドハンターのようなことをしないとどうにもならんらしい。公認会計士の資格を持っていることが看板になってるんだよ。財務、経理をまかせるとか、管理部門全般を見てくれとか、仕事はきついだろうが、それだけやり甲斐《がい》はあるかもしれないな。いずれも未上場だが、上場資格は充分そなえている。一部上場へ持っていくことも夢ではない。軀《からだ》が二つあればと思うが、酒造会社のほうは伏見が本社だからその点がちょっとねえ」

「……」

「岩間と娘のことと連動していないと言えば嘘《うそ》になる。一期二年は関総本部長をやるつもりでいたが、気が変わった。友達から矢の催促ということもある」

相沢はやたら喉が渇いて仕方がなかった。湯呑みはとうに空っぽになっていた。

「本末転倒した話だときみに叱《しか》られたが、うちあけたところ、きっかけを探していたんだ。動機づけとして娘の将来を考えたことについてはご理解していただきたい。この九カ月ほどの間、経営会議には一度も出席していない。呼ばれもせんのに出かけるわけにもいかんしな。石井会長はわたしをいびり出したいんじゃないかな。わたしが辞表を出したら、さぞ喜ぶことだろうよ」

宮本は湯呑みをセンターテーブルに戻した。

「石井会長がいくらひねくれた人だとしても、わたしの娘婿にまで辛く当たるようなことはないだろう。坊主憎けりゃ袈裟までもっていうこともあるが、会長と岩間の年齢差を考えたら、そこまではねえ。人事体系を歪《ゆが》めるほど頭が狂ってるんなら、話は別だが」

渇いた唇を舌で湿しながら、相沢が言葉を押し出した。

「お嬢さまと岩間の話がまとまらなかったら、どうなさるんですか」

意表を衝《つ》かれたように、宮本はぽかんとした顔をしてから、視線をさまよわせた。

「そういうふうには考えていないが、娘が、あるいは岩間がどうしてもノーだと言ったら、強制するわけにもいかんだろうなあ。ただ、それならそれでしょうがないだろう。娘の問題は諦めるが、だからといってリタイアを思いとどまることはないよ。繰り返しになるが動機づけに娘を利用したと考えてもらうのがいいと思う」

「宮本専務が本部長になられて、関総本部の士気が上がっています。社員の気持ちを考えたことはないんでしょうか」

「殺し文句だな。それともリップサービスか」

「いいえ、事実を申し上げているに過ぎません」

「人材なら掃いて捨てるほどいる。わたしの気持ちを変えるほどの説得力はないな」

「わかりました。もうなにも申し上げません。岩間に、専務の話したことを伝えてよろしいですか。岩間は口の固い男で他言するとは思えませんが」

「その判断はきみにまかせる。もちろんまだ家族にも話していない。話したのはきみ一人だけだ」

「恐れ入ります。最後にひとことだけ言わせていただきます。専務が会社の仕事に情熱を失っていることはわかりますが、もう少しアルコールをひかえていただけませんか。酒の飲み方が乱暴のように思えます。躰《からだ》をこわされては元も子もありません」

「ありがとう。気をつけるよ」

言葉とは裏腹に宮本は厭な顔をした。

本部長室から自席に戻って、相沢はしばらくぼんやりしていた。

宮本も人の子だから浮気の一度や二度なかったとは思えない。しかし、酒びたり、いや酒色にふけるような人ではなかった。わが栄和火災の輝けるエースで、遠からずリーダーになると目されてきた。次期社長候補から外されたことは、それほどまでにショックだったのだろうか。仮にも代表権を持った専務取締役にまで昇進したのである。

サラリーマンとして功成り名を遂げたとは考えられないのだろうか。

岩間に話していいものか悪いものか悩むところだ。相当なプレッシャーになるだろう。

結局、相沢は岩間に話さなかった。

4

十日ほど経った日曜日の夜、九時過ぎに岩間から相沢に電話がかかった。

前日、佳子が来阪《らいはん》し、一泊して帰ったが、あれほど一緒に住みたいと言い張っていたのに、それを言わなくなった。

もの入りだが行ったり来たりを楽しんでいるふうだ。

近所の主婦に誘われてテニススクールに通い始めたことも、影響しているかもしれない。

「いま寮に帰ったところです。副部長にご報告しておこうと思いまして」

「どうだった。綾子さんの第一印象は」

「素敵なお嬢さんです。予想以上でした。好感度は高い点数をつけられます。もう少し生意気な女かと思ってたんですけど。かっこつけて、モーツァルトが好きだって言ったら、クラシックも囓《かじ》ったけど、フォークソングっぽいほうが好きだし、演歌も嫌いじゃないって言われました。あわてて石原裕次郎も好きだって付け足したら、笑ってましたけど」

岩間の声は弾んでいる。興奮さめやらぬと言ったほうが当たっているかもしれない。

「じゃあ、脈は大いにあるわけだな」

「さあ、それはどうでしょうか。やっぱり父親が悪過ぎますよ。エールの交換で大阪へ来るようなこと言ってましたけど手紙で断るつもりです。副部長の顔を立てて、逢いましたが、実は恋人がいますって書けば一巻の終わりでしょう」

「おい、そんな、早まるんじゃない」

　相沢は声高につづけた。

「とにかく宮本専務に一度会ってくれないか。宮本専務は五月の決算役員会までに辞表を出す。きみと綾子さんのためということもあるが、栄和火災に未練はないらしい。あれだけの人だから引く手数多《あまた》なんだよ。第二の人生を歩むってわけだ。そういう生き方もあるんだろうねえ。潔《いさぎよ》い人だよなあ」

「……」

「もしもし……」

「はい」

「この話はオフレコだぞ」

「ええ」

「綾子さんのことを真剣に考えてくれないか。俺は祈るような気持ちで話してるつもりだ。そのうち打ち明けるときがくると思うが、宮本専務には大変恩義がある。その万分の一でもお返ししたいと思って、綾子さんに逢って欲しいと岩間を必死に口説いたわけだ」

「なんだかよくわかりませんが、とりあえず手紙を出すのは見合わせます。正直に言いますが、勿体ない気持ちではあるんです。きょうホテルの食堂で昼食を一緒にしたんですけど、二人でビールの小瓶を二本飲んだんです。たしなむ程度とか言ってましたけど、けっこういける口らしくて、それがなんとも言えず風情《ふぜい》があるんです。酒を一緒に飲めることも気に入った点です」

「大トラの岩間が小瓶一本ぐらいでよく我慢できたなあ」

「アルコール依存症じゃあるまいし、まっ昼間からガブガブ飲むほどバカじゃありませんよ。ボロを出したくないっていう計算もありましたけど」

相沢も岩間も、冗談が出るほどはしゃいでいた。

「宮本専務はこっちにいるんだろうか」

「ここふた月ほど東京に帰ってないそうですよ。人使いの荒い会社ですねって言われました」

「ふう〜ん」

相沢は思案顔で受話器を左手に持ち替えた。

あの写真はいつ持って来たんだろう。ふた月も帰京してないなんて穏やかではない。

転職の話も電話で片づくとは思えないが、相手が来阪すればいいわけか。

「綾子さんが大阪に来たら必ず知らせてくれよな」

「もちろんです。本来なら仲人《なこうど》が先に会っておくものなんでしょ」

「そう言うな。なんせ急な話だからねえ。この話を宮本専務が聞いたときの顔が眼に見えるようだよ。さっそく電話を入れておく」

この夜も宮本は役宅にいなかった。

第十一章 身代わり

1

午後九時四十分過ぎに電話が鳴った。

「はい、相沢です」

「あっ、相沢君、宮本です」

「先刻、役宅にお電話したんですが。岩間から電話があったものですから」

「いま会えないかねえ。ちょっと困ったことができて」

「けっこうです。そちらへ伺えばよろしいのですか」

「わたしのほうがお邪魔しちゃいけないか」

「それはかまいませんが」

「きみのところはよくわかっているから。十分ぐらいで行けると思う」

「お待ちしてます」

日曜の夜である。常識的な時間とは思えない。

岩間のことだろうか。そんなはずはない。岩間の名前を出したが、反応はなかった。

相沢は念のため独身寮に電話をかけて岩間を呼び出した。

「相沢ですが、さっきは朗報をありがとう」

「こちらこそありがとうございました」

「さっそくだが宮本専務からなにか言ってこなかった。あるいは綾子さんから」

「まいったなあ。ちょっと前に綾子さんと電話で話しました。再来週大阪へ来るようなことを言ってましたけど」

「そうか。急進展しているわけか。ゴールインすることを祈るよ。遅い時間に悪かった。おやすみ」

エールの交換はこの際どうでもよかった。これで岩間がらみの話でないことがはっきりした。

宮本の声はひどく差し迫った感じがしたが、困ったこととはいったいなんだろう。

ほどなく宮本があらわれた。

スーツ姿に相沢はおやっと思った。相沢はスポーツシャツの上にカーディガンを羽織っている。

相沢のマンションが役宅までの途中なので、飲んだ帰りに送ってもらったことがある。宮本はタクシーを飛ばして来たのだろう。

「これ、もらいものだが、手土産がわりに持参した」

高級ブランデーだった。

「お気を遣《つか》っていただいて、申し訳ありません。ありがたく頂戴《ちょうだい》します」

水臭い気がしないでもないが、相沢が笑顔で礼を言うと、宮本はこわばった笑いを浮かべた。

「座っていいか」

「どうぞ。ソファがなくて」

宮本は食卓の前に腰をおろし、四周を見回した。

「きれいにしてるなあ。わたしのところは散らかし放題で、汚いったらない」

「きのう家内が掃除に来ましたから」

「そうなの。道理できれいなわけだ」

「専務、なにをめしあがります」

「緑茶の濃いのをお願いしようか」

「アルコールじゃなくていいんですか」

たしかに熟柿臭《じゅくし》かった。

相沢も五〇〇ミリの缶ビールを二本飲んだが、とっくに酔いは醒《さ》めていた。

緑茶を淹《い》れながら、相沢が訊《き》いた。

「困ったことってなんですか」

「やっぱりウイスキーの水割りをもらおうか。酒でも飲まなければ話せんよ」

「はい」

相沢は湯吞《ゆの》みはそのまま食卓に置いて水割りの仕度にかかった。

つまみにチーズとピーナッツを出した。

「ありがとう。さっそくいただくよ。喉《のど》もからからだ」

宮本が用件を切り出したのは水割りが二杯目になってからだ。

「ヤクザに絡《から》まれそうなんだ。あわてて、名刺を出してしまったから、あした会社に押しかけてくるかもしれない」

「えっ、ヤクザですって。どうしてですか。なにがあったんですか」

相沢の声がうわずった。

宮本がネクタイをゆるめた。

「高速道路で接触事故を起こして。インターチェンジの料金所の手前だった。スピードは落としてたので、大事には至らなかったが、高速道路を走ってるときに、抜いたり抜かれたりしてたから、わざとぶつけてきたのかもしれない。狙《ねら》われてたのかねえ」

「専務はタクシーですか」

「いや。自家用車だよ」

「誰が運転してたんですか」

宮本はグラスを呷《あお》って、言いにくそうにつづけた。

「〝めぐみ〟のママだよ。車はベンツ。向こうもベンツだった。警察を呼ぶのはまずいと思ってねえ」

相沢は宮本に尋ねた。

「お怪我《けが》は……」

「わたしはこのとおりなんともない。ママは軽いムチ打ち症ぐらいあるかもしれないが、たいしたことはないだろう。うしろのタイヤの付近がへこんだが、運転には支障はないから、帰ってもらった。トラブルに巻き込むのは気の毒と思って」

相沢は薬でも飲むように顔をしかめてウイスキーを飲んだ。

「警察官を呼ぶべきでしたね。どうせ、わかることじゃありませんか」

「そうかもしれないが、女と一緒で動転してたからねえ」

「専務らしくもない。考え過ぎですよ。逆にみすみすつけ込まれるネタを与えてしまったようなものです。堂々と構えるべきでした。相手がヤクザだとどうしてわかりました」

「パンチパーマって言うのか。頭髪がもじゃもじゃしてたし、左の小指の先が欠けてたような気がする。言葉遣いも粗野だったな」

「一人ですか」

「化粧のけばけばしい女が助手席に乗っていた」

「ヤクザとおぼしき男の名前や年齢は、わかってますか」

「そう言えば名刺をもらったっけ」

宮本は背広のポケットをまさぐって名刺をつかみ出した。

〝久保田《くぼた》興業株式会社　常務取締役　矢野秀光《やのひでみつ》〟とある。

「世をあざむく表向きの看板でしょうねえ。マル暴に間違いないと思います。矢野のベンツの被害状況は覚えてますか」

「左側のヘッドライトとバンパーが破損したと思う。怪我はなかったと思うけどねえ」

「助手席の女はどうでした」

「車から降りてこなかったが、大丈夫だろう」

相沢は小首をかしげた。

顔を傷つけられたの、ムチ打ち症だのと因縁を付けられると考えなければならない。なんせ相手はヤクザなのだ。

「〝めぐみ〟のママを帰して、専務は料金所から歩いたんですか」

「タクシーがつかまったので、とりあえず役宅へ帰ったが、落ち着かなくて」

「相手はしたたかですよ。ママの車のナンバーは覚えられてると考えたほうがいいと思います。〝めぐみ〟のママであることは、すぐつきとめられますよ」

「まずいなあ」

「失礼ながら拙劣な対応だったと言わざるを得ませんねえ。損害保険会社の専務ともあろう人が、もっと冷静になれなかったものなんでしょうか」

宮本はしょげかえった。

「恵子はちょっと酒気帯び運転だったし、二人の仲を知られるのはまずいと、それしか考えなかったんだ。まったくわれながら情けない。頭に血がのぼってて、どうかしてたんだ」

相沢は、宮本のグラスにボトルをわずかに傾け、キュービックアイスと水を入れて、マドラーでかきまぜた。シングル以下の薄めの水割りである。

「ママとは永いんですか」

「ここ二カ月ぐらいだ。魔が差したんだろうな。バチが当たったんだよ。いい気になり過ぎてたんだ」

「そんなに深刻がる必要があるでしょうか。神ならぬ生身の人間なんですから、よくあることですよ。専務も人の子であることがわかって安心しました」

相沢は微笑を浮かべた。

青菜に塩みたいにしおれた宮本を見るのは初めてだ。よっぽどこたえているのだろう。

しかし、冗談を言ってる場合ではない。

相沢は表情を引きしめ、テーブルの名刺に眼を落とした。

「非は矢野のほうにあることは明らかですが、矢野が被害者の立場に立とうとすることは間違いありません。善後策を考えなければ」

「だからこそ恥を忍んで、相沢に相談してるんだよ」

宮本は、ふてくされたように口をとがらせて脚を投げ出した。

相沢は腕を組んで天井を見上げた。

警察沙汰《ざた》にできないとすれば、示談金で解決する以外にない。だが、ヘタな出方をすれば、つけ入られ、宮本が傷つき、恵子も強請《ゆす》られるだろう。

相沢は居ずまいを正した。

「立ち入ったことをお訊きしてなんですけれど、〝めぐみ〟のママとの関係はこの先どうなるんでしょうか」

宮本はずり落としていた尻《しり》を元へ戻した。

「善後策となにか関係があるのか」

「ええ。専務が徹底的にママを庇《かば》うというか、お二人の関係を隠し通したいのかどうか……」

「あの女にはれっきとしたスポンサーがいるんだ」

宮本が伏眼がちにつづけた。

「一部上場会社の創業社長で齢《とし》は六十五、六と聞いてる。二号にキタのクラブを居抜きで買い取ってやったというくらいだから、大変な金持ちなんだろうねえ。わたしのことがバレたら、それこそ刃傷《にんじょう》沙汰になりかねない。お互い浮気心で、大人の関係のつもりだった。恵子もきっと眼が覚めたんじゃないかな。いい潮時になったよ。しかしヤクザに絡まれたら只《ただ》では済まない。どうしたらいいか知恵を貸してもらいたいんだ。人には聞かせられない恥ずかしい話でも、相沢ならわかってもらえると思ってねえ」

相沢が水割りをすすりながら言った。

「ひと晩、ない知恵をしぼって考えますが、ヤクザに弱みを見せてはならないと思うんです。借りさえつくらなければ、つきあってもどうってことはないとアジャスターから聞いた記憶があります。関総本部にも警察のOBが何人かいますから、かれらの意見も聞いてみますかねえ」

「それはまずいよ」

宮本があわて気味に返したので、相沢は笑いながら手を振った。

「ご心配なく。もちろん専務の名前を出すような莫迦《ばか》なことはしません。わたしがヤクザに絡まれそうになっていることにしてもいいし、仮定の話にしてもいいわけでしょう」

宮本が苦笑いを浮かべてグラスを呷った。

相沢は腕組みして天井を見上げた。

宮本が何度となく溜め息《たいき》をついたが、一心不乱に考え込んでいる相沢は気づかなかった。

二分ほどして、天井から降りてきた相沢の眼がまっすぐ宮本をとらえた。

「ひと晩も考えるほどのことではないかもしれませんよ。専務と〝めぐみ〟のママとわたしの三人で、会食してたことにしましょう。キタのシティホテルで食事をして、わたしは友達に会うため、ホテルで別れたことにすればいいんです。いずれにしても〝めぐみ〟のママの名前は隠し切れないと思います」

「そんな見え透いたことで通るんだろうか」

「どうしてですか」

「わたしの周章狼狽《ろうばい》ぶりはひどかったからねえ」

「誰だって相手がヤクザだとわかったら、狼狽しますよ。岡林恵子さんが一緒であろうがなかろうが関係ないんじゃないですか。とにかくわたしにまかせてください。専務にはさんざんお世話になったり、ご迷惑をおかけしたりしてきたんですから、その万分の一でもお返しできるチャンスだと思って、頑張りますよ」

「ありがとう。相沢が大阪におってくれて助かったよ。少し気持ちが楽になった。今晩は眠れないんじゃないかと心配したが、これで安心した」

「安心するのはまだ早いかもしれませんけど、専務はなにもなかったことにしてください。わたしは〝損調〟のプロでもあるんですから、みっともない真似《まね》はしません。専務や岡林恵子さんに累《るい》が及ぶようなことは絶対にないようにします」

肩に力が入り過ぎている、と相沢は思った。酒の勢いもあるのだろうが、こんなえらそうに見得を切って大丈夫だろうかと心配になってくる。

「もうこんな時間か」

宮本が時計に眼を落とした。

時刻は十時五十分。

「専務、こんなところでよろしければお泊まりになってくださっても、わたしはいっこうに構いませんけど」

「いや、あした迎えの車が来るから帰らなければまずいだろう。タクシーは拾えるかね」

「甲子園口駅まで出れば、必ず拾えます。ここから五、六分です。お送りしましょう」

相沢は腰をあげた。

2

翌朝、相沢は早めに出社して三田を応接室に呼んだ。

三田英雄は元警察官のベテランアジャスターである。元警察官にしては優しい眼をしている。ゴマ塩の頭髪を七三に分けていた。

「月曜日でお忙しいところをお呼び立てして申し訳ありません。三田さんにお訊きしたいことがありまして。個人的なことなんで気が引けるんですが……」

「わたくしでお役に立てることでしたらなんなりとどうぞ」

「久保田興業をご存じですか」

相沢は〝矢野秀光〟の名刺をセンターテーブルに置いて、三田のほうへ押しやった。

三田は背広のポケットから眼鏡ケースを出し、メタルフレームの老眼鏡をかけてから、名刺を手にした。

「久保田洸造《こうぞう》やないですか。広域暴力団の幹部です。十指に入るんじゃないですか。関西の私大を中退してます。年齢は四十一か二でしょう。キレ者で通ってますよ。ほんとのところはわかりませんが、バランスシートが読めるという噂《うわさ》もあるくらいです。

久保田興業は金融業が主力ですが、グリーンメイラーいうんですか、買い占めた株を企業に高値で買い取らせてるいう評判もありますけど、実態はようわかりません」

「久保田とは面識はあるんですか」

「いや、直接会《お》うたことはありません。現役の刑事から聞いた話です」

三田は名刺をふたたび手に取った。

「矢野は知りませんねえ。構成員に間違いおまへんが、そんな大物やないと思います。副部長さんがどうしてこんな名刺持っとるんですか」

「ちょっとしたトラブルに巻き込まれまして、いずれ三田さんに力を貸してもらわなければならないと思いますが、そのときはよろしくお願いします」

「お役に立てなくてどうも」

「とんでもない。大いに参考になりました。ありがとうございます」

相沢は丁寧に礼を言って、ソファから腰をあげた。

席に戻って、九時半から始まる幹部連絡会の議題と関係書類に眼を通した。まだ十五分残っている。相沢はどうしたものかと思案をめぐらした。

三田に宮本の名前を出して、ベンツの接触事故の話をすべきかどうか迷うところだ。話を聞けば三田は警察に相談すべきだと主張するだろう。

そうなると、事実関係をオープンにしなければならなくなる。

3

その日、相沢は午後一時過ぎに久保田興業に電話をかけた。胸がざわめき、声がうわずった。

「栄和火災関西総合本部の相沢と申します。矢野常務をお願いします」

「少々お待ちください」

若い女の声で、言葉遣いは丁寧だ。胸のざわめきが収まった。

「矢野ですが、なんやね」

ドスの利《き》いた声である。

相沢は負けまいとして、低い声で用件を話した。

「昨夜、わたくし共の専務が事故を起こした件で、お目にかかってご相談したいと存じますが……」

「専務さんとちゃう。運転しとったのは、女やがな」

相沢は言葉に詰まった。

昨夜、宮本と話したときにどうしてそのことに考えが及ばなかったのだろう。莫迦に付けるクスリはない――。相沢はわれながら情けなかったが、こうなったらひらき直るしかない。

「おっしゃるとおりですが、ともかく一度お目にかからせてください。時間を指定してくださいませんか。いつでもけっこうです」

「すぐ来たらええがな。わしは二時間ほどいてる」

「ありがとうございます。さっそく参上します」

相沢は午後の予定をキャンセルして、外出した。けっこう重要な会議もあったが、それどころではない。

出たとこ勝負だが、とにかく強く出よう。弱みを見せたら負けだ。

久保田興業はミナミの雑居ビルの中にあった。受付はなかったが、ベルを押すと応対に出てきた若い女性に応接室へ案内された。十坪はありそうだ。けっこう広い。ベージュの毛足の長い絨毯《じゅうたん》に靴がめり込む。

三点セットも豪華なら白磁の壺《つぼ》や、壁の絵も値打ち物に見える。絵は二十号ほどの静物画で、著名な日本画家の作品だが、真贋《しんがん》のほどはわからない。

十分ほど待たされて、矢野とおぼしき男があらわれた。

パンチパーマで齢格好は三十七、八。

黒っぽいチェックのスーツ姿で、左手に包帯を巻いている。欠けた小指を隠すためだろう。眼も鋭い。学生時代ラグビーで鍛え、相沢ゴリラを詰めて〝相ゴリ〟で通っていた相沢に匹敵するがっしりした体型だ。

「初めまして、相沢靖夫と申します。よろしくお願いします」

相沢は名刺を出した。

「どうも。矢野です」

野太い声で返し、矢野は相沢の名刺を見ないで、背広のポケットにねじ込み、どっかとソファに腰を落とした。

「失礼します」

相沢も座ったが、矢野はあらぬほうを見ながら煙草《たばこ》をふかし始めた。

矢野が煙草を灰皿にこすりつけながら凄《すご》い眼をくれた。

「おまはんが出てくるのは筋違いとちゃうか」

「お言葉を返すようですが、そうは思いません。わたくしは損害保険のプロです。名刺を見ていただければわかりますが、サービスセンターはつい最近まで損害保険調査部と称しておりました」

「阿呆！　ぐだぐだ言わんでもわかっとるが。逃げた女を連れてこんかい」

「逃げた女とはどういう意味ですか。おっしゃることがよくわかりません」

相沢は度胸がすわってきた。

ここは踏ん張りどころだ。

ノックの音が聞こえた。

「なんや！」

矢野は咎《とが》めるように怒声を発したが、ドアが開き、さっきの女が緑茶を運んできた。

険悪な室内の空気が変わったので相沢は詰めていた息を洩《も》らしたが、矢野は水を差されたとでも思ったのか、舌打ちした。

「はようせんかい」

化粧の濃い若い女はむすっとした顔で湯呑みをセンターテーブルに置いて退出した。

「おまはん、なんも聞いとらんのか。ベンツを運転してた女は、専務はんのレコや」

矢野は突き立てた右手の小指を折ってつづけた。

「どうせミナミかキタの女に決まっとるがな」

「ああ、なるほど。〝めぐみ〟のママの岡林恵子さんのことですか。昨夜宮本と三人で会食して、わたくしは友達に会う約束があったので九時過ぎに二人と別れました。

宮本はママのお宅が近いので、送ってもらったんですが、途中で矢野さんの車と接触事故を起こしてしまったんです。ママならよく知ってますよ。宮本よりもわたくしのほうが、よっぽど心やすくしてもらってます。もちろん男女関係はありませんけど」

「なんやて。あの女、〝めぐみ〟のママか」

「ええ。ママが帰りを急いでることもあったのですが、宮本はすっかり動転してしまって、ママを先に帰してしまったのです。けさ、事故の話を聞いて、わたくしは宮本を叱《しか》りつけてやりました。仮にも損害保険会社の専務ともあろう者が、なぜすぐに警察を呼ばなかったのか、まるで対応がなってませんもの。ママにどんな事情があったにせよ緊急事態が発生したのですから、先に帰す手は絶対にありませんでした」

　矢野ががぶっと緑茶を飲んだ。

「よう口が回るやっちゃ。おまはん。わいをおちょくっとるのとちゃうか」

「とんでもない。事実関係を申し上げているに過ぎません」

「ここがどういう場所かわかっとるのかいな」

「よく存じてます。アジャスターと言いまして、対物部門の調査、査定をする専門職に、警察関係のＯＢがけっこうおりますので、久保田興業さんのことは聞き及んでおります。わたくし共も警察とのコネクションはありますので、事前に事情説明すべきかどうか迷ったのですが、矢野さんのお立場も考えましてそうはしませんでした。できることなら岡林さんの名前も伏せてあげたかったのですが、当事者ですからそうもいきません。ただし、示談を前提とした矢野さんとの交渉をわたくしに委任してもらったのです。宮本をママに紹介したのはわたくしですから、わたくしにも責任はあります」

ふたたび矢野ががぶっと茶を飲んだ。

「示談言うたな。新《さら》のベンツを買《こ》うてもらおうやないの。千二、三百万も出してもらおうか」

「ご冗談を」

「なにが冗談や！」

矢野は左手の包帯をほどいて、短い小指をあらわにした。本性をさらけ出すつもりらしい。

相沢は息を呑んだ。

しかし、まさか命まで取られることはあるまい。ここは徹底的にひらき直る以外に術《すべ》はないのだ。平常心を失うまいとして、相沢はふるえる手で湯呑みを口へ運んだ。

「失礼ながら矢野さんにとって相手が悪かったと思いますよ。損害保険会社はプロなんです。こういう経験は積んでますから、矢野さんがどんなに凄んでも動じません」

声のふるえはいかんとも制しかねた。

矢野が左手のこぶしで、がんとテーブルを叩《たた》いた。眼が異様にすわっている。

「舐《な》めたらあかんよ。あの女、キタのクラブのママかなんやか知らんが、560《ゴウロクマル》ころがしてええ気になりくさって。高速道路で、わしをおちょくったんや。落とし前つけな、わしの名前がすたるがな」

560は排気量五六〇〇ccを示すベンツの最高級車で一千四、五百万円はするだろうか。

矢野のベンツは500《ゴウマルマル》で、グレードが若干落ちる。その点も矢野が頭に血を上らせた一因になっていた。

「事故の模様を詳しく聞いておりますが、非は矢野さんのほうにあると申し上げねばなりません。本来なら、岡林さんのほうに落度はないのですから、車の修理費を請求できるのです。このことは専門家に車の故障状態を見せれば立証できるでしょう。しかし、岡林さんはことを荒立てたくないと言ってます。ですから矢野さんのお車をアジャスターに査定させて、然《しか》るべき修理費を栄和火災で負担させていただきます。相当な譲歩と考えますし、矢野さんのお顔を立てて提案しているつもりですが」

「おまはん、ええ度胸しとるが。そこを見込んで五百万円で手を打ったる。これ以上はわしを怒らせたらあかん」

「いずれにしましても、お車の故障の度合いがどの程度のものなのか、調べさせてください。具体的な金額はそのあとで提示します」

「このガキは！　わいがここまで言うとるのにまだわからんのか！」

矢野がやにわにセンターテーブルを跨《また》いでつかみかかってきた。

右腕が相沢の首に絡みついたが、相沢は渾身《こんしん》の力をふりしぼって振りほどいた。

しかし、左こぶしの一撃はよけ切れず、相沢がみぞおちを押さえて呻《うめ》き声を発したとき、ドアがあき、男が顔を出した。

「静かにせんかい！」

矢野が直立不動の姿勢を取ったので、相沢は闖入《ちんにゅう》者が久保田だとぴんときた。

みぞおちの痛みは残っていたが、相沢も起立して背筋を伸ばした。

「矢野、素人《しろうと》さんに、手出ししたらあかんがな」

「わかってま。このガキがわしをおちょくりよるので、頭にきて……」

「相沢さん言いましたかな。矢野が失礼しました。お座りください」

相沢は一揖《いちゆう》して、腰をおろした。

矢野はまだ直立不動の姿勢を保っている。

「起《た》っとらんで、座らんか」

「はい」

最前まで矢野が座っていた長椅子《ながいす》の中央に久保田が座り、相沢と向かい合った。矢野は二人を左右に見る位置に替わった。

「久保田います。よろしゅうお願いします」

久保田は名刺は出さなかったが、丁寧に挨拶《あいさつ》した。

「栄和火災の相沢と申します。よろしくお願いします」

相沢は一瞬迷ったが、名刺を出した。

「どうも」

久保田は名刺を手に取って、肩書を確認してから、センターテーブルに置いた。

眼に険はあるが、総髪で鼻が隆《たか》く色白でニヒルな感じを与える。

左手の小指も正常だった。

「話は隣で聞いとりました」

相沢は気づかなかったが、応接室の天井にビデオカメラが据えてあり、受像機に映し出されていたのだろう。音声がキャッチされていたのは当然である。

「相沢さんのお話は一応筋が通ってます。あなたの上司を思い遣《や》る気持ちも立派だが、あなたが宮本さんいう専務を庇い立てしとることは間違いないでしょうが」

　久保田に見据えられて、相沢はあやうくたぐり込まれそうになったが、辛うじて踏みとどまった。

「そんなことはありません。わたくしは宮本の使いで参ったわけでも、宮本の身代わりで参ったわけでもありません。最前も矢野さんに申し上げましたが、宮本が乗っていた車が事故を起こしたことにつきまして、わたくしにも責任の一半はあると思うのです。宮本もわたくしも東京から単身赴任で大阪に来ております。日曜日の夜なら〝めぐみ〟のママも都合がいいということなので、わたくしが食事に誘ったのです。結果的に接触事故の原因をつくってしまいました。そんなわけで矢野さんにお目にかからせていただいた次第です」

　久保田の眼が光った。

　相沢は見返した。

「会食はどこでされたのですか」

　相沢は返事に窮し、眼がさまよった。

「そこまで申し上げなければいけませんか。市内のホテルですが、ホテルに迷惑をかけるようなことになってもなんですので、どうかご勘弁願います」

「参考までにお訊きしてるだけのことでしょうが。どうしてホテルに迷惑がかかることになるんですか。あなた、ちょっと失礼やないのですか」

「申し訳ございません」

相沢は低頭した。答えられるわけがなかった。

「やっぱりあなたは宮本専務の身代わりでしょう。わたしはサラリーマンも経験してますから、察しがつきます。わたしの眼は節穴ではないと思いますよ」

「失礼ながら申し上げます。久保田社長はなにか勘違いされているように思えます。もちろん、わたくしはサラリーマンですから、上司にすり寄る面がないとは申しません。しかし、宮本はうしろ指を指されるようなことは断じて致しておりません。岡林さんとの男女関係を疑われてるようでしたら、宮本が可哀想《かわいそう》です」

相沢の声がくぐもった。

4

結局、久保田の判断で、矢野は査定を受け容《い》れた。

相沢は久保田興業から会社に戻り、ＳＣ一課に出向いた。

珍しく花岡も岩間も在席していたので、相沢は二人に相談した。

「きのうの日曜日の夜、実はえらい目にあってねえ……」

会議室で相沢はそんなふうに切り出した。もとより宮本の身代わりに徹する覚悟である。

「バーのママに夕食を誘われて、つきあったのがいけなかったんだ。下心がなかったと言えば嘘《うそ》になるが、事故でそれどころじゃなくなった。生きたソラがなかったよ。明らかにママの運転ミスで、落度はこっちにある。相手がヤーさんときてるから始末が悪い」

「事故を起こしたのは何時ごろですか」

「八時ごろだったかなあ」

岩間が小首をかしげた。

「わたしが副部長に電話をかけたのは九時ごろでしたよねえ。あのときなんにもおっしゃらなかったし、そんな動揺してるようには感じられませんでしたけど」

「せっかくいい気分でいる岩間に水を差すようなことはしたくなかったんだ。きみとなにを話したか全然覚えていないくらいだから、心ここに在らずだったと思うけどなあ」

　岩間が相沢を凝視して、大きく首をひねった。

「ごくまともに応対していただきましたけどねえ」

「いい気分ってなんのこと」

「それはいずれ話します。プライベートなことで、たいした話じゃないんです」

　岩間は手を振りながら花岡に返して、相沢のほうに視線を移した。

「それにしても一人で久保田興業に乗り込むとは、呆《あき》れてものが言えませんよ。三田さんが、副部長から久保田興業のことを訊かれたが、なんのことだろうって話してましたけど」

「恐怖感でおしっこを漏らすんじゃないかと心配だったが、まさか取って食われることもないと思って」

「しかし五百万円とはふっかけたものですねえ」

「最初は一千二、三百万円と言われたよ。とにかく査定した上で、示談に応じることにしたが、ベンツだから修理費も国産車の二倍と見なければいかんだろう。矢野は助手席に女を乗せてたから、ムチ打ち症ぐらいのことは言うかもしれない。恥かきついでに上のほうにも相談するつもりだが、二百万円ぐらいで手を打ちたいと思ってるんだけど、どうかねえ」

　岩間は首と手を同時に振った。

「そんなのだめですよ。初めからそんな弱気でどうするんですか。岡林恵子さんが栄和火災の自動車保険に入っていたのもなにかの縁でしょうけど、相手がヤクザであれなんであれ、ここは冷静に対応すべきです」

「しかし、僕のほうに弱みがあるんだから、しょうがないよ。査定した修理費に上積みする分は個人で負担してもいいと思ってる。ママが絡まれたりしたら気の毒じゃないの」

「副部長らしくないですねえ。そんなに思い詰めて。どうにも信じられませんよ」

　花岡が二人にこもごも眼をやりながら初めて口を挟んだ。

「現場でヤクザとも切った張ったで渡り合ってる岩間とはわけが違うよ。わたしは副部長の立場も気持ちもよくわかります。二百万円で済むんなら安上がりとおもわなくちゃあ」

「岩間、とにかく査定のほうよろしく頼むよ。もちろん、僕も立ち会わせてもらうから」

　相沢は、岩間と矢野が接触して宮本の名前が出てはまずいと思った。しかし、久保田興業が入居している雑居ビルの地下二階の車庫に駐車しているシルバーグレーのベンツ500《ゴウマルマル》の損傷状態を査定したとき、チンピラが二人立ち会っただけで、矢野はあらわれず相沢はホッとした。

取り引き関係の修理工場担当者やら、アジャスターやら数人によるものものしいその査定は二日後に行われ、修理費は六十五万円に決定した。

5

相沢が矢野から呼び出されたのは、翌週月曜日の午後三時である。相沢のほうから面会を求めていたのだが、返事がなかったのだ。

久保田興業の社長室に通された相沢は、久保田、矢野を含めて七人のヤクザがたむろしていたのには背筋が寒くなった。いずれも黒っぽいスーツ姿だ。意図的に威圧しているとしか思えない。

久保田がうすら笑いを浮かべて切り出した。

「修理費はなんぼでした」

「六十五万円です。わたくし共に持たせていただきます」

「当たりまえやがな。なんぼ色つけるのや」

いきり立つ矢野を久保田は手で制した。

「矢野の女がムチ打ち症にかかりましたのや。それに相沢さんはわれわれに嘘をついてますねえ」

「ヘタなサル芝居しおってからに。おまはんが宮本の身代わりいうことは調べがついとるがな。〝めぐみ〟のホステスが言うとった。おまはんより宮本のほうがママと親しいそうや。おまはんは二度か三度しか〝めぐみ〟に行っとらんそうやな。宮本は十回やそこらやないそうや」

矢野は貧乏ゆすりをしながら、指をポキポキ鳴らした。

「店を利用する回数と、親密の度合いは必ずしも関係ないと思います。わたくしはママに懸想《けそう》しましたが、宮本にそんな元気はありませんよ」

「逆やがな。専務は手をつけたのとちゃうんか」

「あり得ません。だとしたら、宮本があなたに名刺を出すはずがないでしょう」

久保田が底光りする眼で、相沢をとらえた。

「先週の日曜日の会食はどこのホテルですか。言うてください」

「申し上げられません。だいたいあなたがたは〝めぐみ〟に迷惑をかけるようなことをしたではありませんか。ホテルを特定したら、そのホテルに累が及ぶ可能性を否定しきれません」

若いヤクザがわめいた。

「チャカ、弾《はじ》いたるか！　このガキ、ええ気になりくさって！」

「待たんかい！」

久保田は鋭く一喝して、相沢を見据えた。

「示談の額を言うてください」

「修理費の六十五万円を含めて二百万円でいかがでしょう。それ以上は困難です。アジャスターの中には車の破損状況からみて、被害者は明らかに岡林さんのほうだと主張する者もいます」

「話にならへん！」

久保田が矢野を手で制した。

「余計な口出ししいな。この問題はわたしが仕切らせてもらう」

久保田は向かい側のソファから腰を上げて、相沢の隣に座った。

「サツにチクってるいうことはないでしょうねえ」

「もちろんです」

久保田の左手が相沢の右肩にかかった。

「相沢さん、あなた、ええ度胸してますなあ。命がけでしょうが。保険屋にしとくのは惜しいくらいです。スカウトしたいくらいやが、ほんまの話、ここの事務所に来る気ないですか」

「恐れ入ります」

久保田は執拗《しつよう》に相沢に詰め寄った。

「組に入らんでも、わたしの個人的なパートナーいうことで、どうですか。給料は保険屋の三倍払いますよ」

「どうも」

「ほんま、考えといてください。二百万円で手を打ちましょう」

久保田に握手を求められ、相沢はこわごわと右手を差し出した。

「宮本いう専務はん、ええ部下に恵まれましたなあ」

「とんでもない。宮本のためなら命を投げ出しても惜しくないほど、素晴らしい人なんです」

「しかし、女の問題は別でしょう」

「さあ。ただ、岡林恵子さんについては誤解なさらないでください。彼女となにかあるとすればわたくしのほうですから」

「ほんま、あんた食えないお人や」

久保田たちから解放され、外気に触れたとき、相沢は脇《わき》の下がじっとり冷汗で濡《ぬ》れているのに気づいた。いまごろになって胴ぶるいが出てくる。

相沢は帰社するなり、宮本にことの顚末《てんまつ》を報告した。

「ありがとう。よくやってくれた。相沢にでっかい借りをつくっちゃったなあ」

「いいえ。専務にはまだまだ借りがあります。専務のほうがずっと出超ですよ」

「そんなことはない。ほんとうに危ないところだった。恵子とは電話で話したが、だいぶ怯《おび》えてたから、この話を聞いたら喜ぶだろう」

宮本はバツが悪そうにつづけた。

「変な話、お陰であの女と切れることもできた。お互いいい夢を見させてもらったことにはなるんだろうな。束《つか》の間《ま》だったが」

相沢は本部長室からSC一課に回った。

岩間は外出していたので、花岡に話しておくよう頼んだ。

「二百万円なら文句は言えませんよ。御の字です」

「岩間がなんと言うかねえ。わたしはダラ幹だと軽蔑《けいべつ》されるだろうな」

「ご心配なく。岩間は〝ほんとうに副部長はベンツの助手席に乗ってたんでしょうか。誰かを庇ってるんですかねえ。どうも釈然としません〟なんてぶつぶつ言ってましたけど、ちゃんと示談書を書きますよ」

「よろしくお願いする。花岡と岩間に借りができたなあ」

岩間が宮本を想定しているとは考えにくいが、さすがよく見ている、と相沢は思った。

第十二章　異　変

1

　四月中旬の某日午後三時過ぎ、会議中の相沢にメモが入った。

〝本部長がお呼びです。五時まで在席していますのでご都合のよろしいときにお出《い》でください、とのことです〟

　相沢は、議長席の高橋業務部長に躰《からだ》を寄せて、ささやいた。

「本部長に呼ばれました。ちょっと外しますが、あとをよろしくお願いします」

「わかった、いいよ」

　たいして重要な会議でもなかった。重要であろうとなかろうと、専務に呼び出されたら駆けつけなければならない。

宮本はワイシャツ姿で書類を読んでいた。

「会議だったんじゃないのか」

「ええ。居眠りが出そうなつまらない会議でしたから、お呼びいただいて、ありがたかったですよ」

「わたしのほうも、つまらないことなんだが」

宮本がデスクの前からソファへ移動してきた。

「どうぞ」

「失礼します」

「さっそくだが、けさ社長に辞表を出したよ。いまさっき東京から戻ったところだ」

宮本はこともなげに言ったが、相沢は息を呑《の》んだ。予期していたこととは言え、やはりショックだった。

「ひどく驚いてねえ。青天の霹靂《へきれき》とか、敵前逃亡とかいろいろ言われたが、もちろん撤回はあり得ない。辞表は社長のデスクの上に置いてきたが、配達証明付きで送り返すなんて言ってたけど、まあ、冗談だろうな」

「冗談なんてことはありませんよ。社長は本気で慰留されたんだと思います」

「どうかねえ。もう会長に話したと思うが、会長は厄介払いができて、喜んでるだろう」

「そうでしょうか。いくらなんでも一期二年の任期は、全うしてもらいたいと考えますよ」

川西幸子が緑茶を運んできたので、話が途切れた。

幸子が退室した。

ドアのほうを気にしながら宮本が言った。

「サラリーマンの世界なんてそうしたものだよ。組織の冷たさとも言えるかな。老害のトップは俺しか社内を取り仕切れる者はいないと思い込みがちだが、錯覚に過ぎない。石井会長も老害が進んでるな。人事権を死ぬまで手放さないんじゃないかって、社長がこぼしてたよ」

ふたたびノックの音が聞こえ、幸子が顔を出した。

「山本社長から電話がかかってますが、回してよろしいですか」

「お願いする」

相沢が腰を浮かせた。

「席を外しましょうか」

「構わん。おってくれ」

宮本はソファに座ったまま受話器を取った。

「宮本です。けさほどは勝手を致しまして」

「まったく勝手なやつだ。無礼きわまりない。ゆるさんぞ」

「どうも恐れ入ります」

宮本は笑顔で話している。むろん山本の声は相沢に聞こえない。

「会長といままで話してたんだ。午後の予定をキャンセルして、えらい騒ぎだよ。三時間近くも話し込んでしまった。あの人は暇だからいいけど、わたしはこう見えても忙しいんだ」

「よく存じてます。ご迷惑をおかけして申し訳ありません。わたしごときのために……」

「冗談はともかく、結論を言わせてもらう。きみの辞表は受理できない。あすの経営会議にも出さない。全力で慰留するということで会長と意見が一致した。どんな事情があるにせよ任期は満了してもらう。来年の六月に改めて相談するとしよう。そういうことで頼む。これは社長命令だ。いいな」

「ちょっとお待ちください。社長のお気持ちはありがたくいただきますが、どうかご容赦願います。社長の命に背くことは断腸の思いですが、わたくしのほうにも事情がございます」

相沢は胸がドキドキした。

「スカウトの話は断ればそれまでだろう。来年、きみの気持ちが変わらんようなら、もっともっとましなところを責任をもって斡旋《あっせん》させてもらう。きみほどの人材なら引く手数多《あまた》だ。あんまり自分を安売りしないでくれよ」

「スカウトの話もさることながら、娘の問題もあるんです」

掌《て》が汗ばむのだろう。宮本は左手に受話器を持ち替えた。

「わが栄和火災の社員との間で縁談が進んでおります。その社員は、わたしが現役でいることを潔《いさぎよ》しとしないという気骨のある男なんです。娘も大乗り気なんですよ。娘を失恋させるわけにはいきません」

「妙な話だねえ。役員や社員の子弟はいくらでもいるじゃないの。わたしはおらんが、会長の娘婿《むこ》も……」

「それを潔しとしない社員だからこそ、娘もわたしも惚《ほ》れたんです。そんなこともあって、わたしは気持ちの整理がつけられました。辞表を撤回するつもりはありません。お電話ありがとうございました。社長のご厚情は忘れません。失礼します」

「もしもし、もしもし……」

懸命に呼びかける山本の声が相沢にも聞こえたが、宮本は電話を切った。

相沢は生唾《なまつば》を呑み込みながら、かすれ声を押し出した。

「よろしいんですか。出過ぎてることを承知であえて申し上げますが、専務は任期を全うされたほうがよろしいと思います」

宮本が湯呑みをセンターテーブルに戻した。

「それはない。この話はこれで終わりにしよう」

「そうはいきません。社長は会長に話したんでしょうか」

「会長も慰留するように言ってると社長は話してたが、どうかねえ。社長がわたしに気を遣ってくれたんだろう」

宮本の勘は冴《さ》えていたことになる。


石井と山本のやりとりは、おおよそ次のようなものだった。

「宮本が辞意を洩《も》らしてますが、会長はどう思われますか」

「辞めたいやつはさっさと辞めたらいいんだよ。慰留する必要はないだろう」

「わたしは慰留すべきだと思います。任期を一年残してるんですよ。しかも関西総合本部は宮本が本部長になってから、成績が上向いてます。宮本を大阪に出したらどうかとおっしゃった、会長の眼力に脱帽します」

「その宮本がどうして辞めたいなどと言い出したんだ」

「ヘッドハンティングっていうんですかねえ。できる男ですから、いい転職話があるんでしょう。わたしにまかせていただけませんか。会長も慰留していると言えば、宮本の気持ちも変わると思います」

「口は重宝だねえ。なんだかおもしろくないが、きみにまかせるよ。わたしは聞かなかったことにしてもいい」

「それじゃ困るんです。いま宮本に辞められることは会社にとって大きな損失なんですから、会長も本気になっていただかないと」

石井と山本のやりとりはこう続いた。

「宮本程度の男は掃いて捨てるほどいると思うが、そんなにいいのかねえ」

「実績を見ていただければわかると思いますが」

「ふうーん。とにかくきみにまかせる」

宮本が思い出し笑いをしたので相沢は伺う顔になった。

「家内がうれしい悲鳴をあげてた。電話料金が大変らしいんだ。毎晩のように長電話してるっていうから、たまらんわな」

「綾子さんのほうからかけるんですか」

「たまには岩間からかかってくることもあるだろうけど、娘は岩間のふところを心配してるんだよ。娘は親がかりだからな。岩間を本社に引き取ってもらわないと家計に響くよ」

「いまどきの若い人は手紙を書かないんでしょうねえ」

「ラブレターも書いてるっていうから不思議なんだよ」

「羨《うらや》ましいような話ですよ。お嬢さん、よっぽど岩間を気に入ってくれたんですねえ」

「その逆も言えると思うけどなあ。イーブンだろうや」

宮本が真顔で返したので、相沢は微笑を誘われた。

「ゴールインはいつになるんでしょう。岩間のやつ、中間報告をしないんです。綾子さんをわたしに紹介すると約束しながら、それさえ実行してません」

「そうか。じゃあ、なんにも聞いてないのか。十月十日の体育の日に決めたと言ってたぞ」

「ええっ。そんな急進展してるんですか。信じられませんよ。えらそうに四の五の言ってた岩間がねえ」

「すべてきみのお陰だよ。ほんとうにありがとう。岩間は照れ屋だからなあ。わたしに免じて勘弁してやってくれ」

宮本にしんみりと言われて、相沢は胸が熱くなった。

「二つのことをきみに話したかったんだ。いや、もう一つあった。岡林恵子ときれいさっぱり切れた。後腐れはない。きみのお陰だよ。恩に着る。これは忘れてくれないと困るが」

「もう忘れてますよ」

ドアの前で、宮本が言った。

「五月下旬の決算役員会で、わたしの辞任が決まると思うが、それまではオフレコということにしておこうか。上のほうから伝わるぶんには仕方がないが、きみは知らなかったことにしてくれ」

取締役の退任は株主総会決議を必要としないので、トップの判断でいつでも決められるが、ゴールデンウイーク直前まで、山本は宮本を慰留しつづけた。そのために一度来阪《らいはん》したほど宮本に執着した。

しかし、宮本は首を左右に振りつづけた。

「男の美学……」とまでは言わなかったが、辞表の撤回は、宮本の矜持《きょうじ》がゆるさなかったのだろう。出処進退はさわやかでありたい、と願っていたのかもしれない。

2

連休中の五月三日午後十一時半に相沢は寝入り端《ばな》を電話で起こされた。

連休後半、相沢は狛江の自宅に帰っていた。

子供たちは友達と旅行中で、佳子と二人きりだが、佳子は寝入っていて電話に出なかった。

「はい、相沢ですが」

「大野です。起こして悪かったな。俺も田中秘書室長に電話で起こされた口なんだ」

総務部長の大野が深夜電話してきたとなれば、一大事と考えなければならない。

相沢は眠けがふっ飛び、胸騒ぎを覚えた。

「石井会長が亡《な》くなったよ。死因はクモ膜下出血だ。朝から、お嬢さんの嫁ぎ先に出かけてた奥さんが夕方帰宅したときは、昏睡《こんすい》状態だったらしい。救急車でK大学の付属病院へ運んだが、手遅れというか脳死状態で手の施しようがなかったそうだ。猛烈な頭痛と吐きけを訴えるものらしいが、すぐに入院してれば助かっていたかもしれないというのが医師団の見解だ。連休中でお手伝いさんも実家に帰ってて、一人だったことが、最悪の結果をまねいたわけだ。会社で発作に見舞われてれば、七、八〇パーセントは助かっていたんじゃないかな。医師も常駐していることだし……」

相沢は胸の動悸《どうき》が速くなった。

「総務部長は病院へは……」

「そうなんだ。女房と旧友の家に呼ばれてて、帰ったのは十一時だから、いまから駆けつけるわけにもいかんだろう。間が悪いったらないよ」

「死亡記事の手配はどうしました」

「隠しておくわけにもいかないので、田中さんが広報室長と連絡を取ったということだから、新聞社には伝わってると思う。あしたはきりきり舞いさせられるだろうな。社葬の日程も決めなければならないし、ひどい一日になるだろう」

大野は事務的に話している。石井の死を悼《いた》んでいる様子ではなかった。

相沢がとんちんかんな質問を発した。

「宮本専務のことなにか聞いてますか」

「どういうこと」

大野の反問で、相沢は瞬時のうちに辞表提出は秘匿《ひとく》されていると判断した。

「いいえ。別に」

「社長は、宮本専務を本社に戻すことを考えるんじゃないかなあ。なぜか石井会長に嫌われてたみたいだけど、変な話、これで宮本専務の目が出てきたんじゃないのか。逆にわりを食うのは木村専務だと思う。こんな話をするのは不謹慎かもしれないが……」

「大阪にいると人事に疎《うと》くなって」

「相沢にもツキが回ってくるのと違うか。あと二年はSCの部隊長で辛抱してもらわなしょうがないが、俺の後任に推してもいいぞ」

「また大野さんの後任ですか。もう懲《こ》り懲《ご》りです。勘弁してください」

軽口を叩《たた》けるほど相沢は落ち着きを取り戻していた。

大野の電話が切れた直後にふたたび電話が鳴った。

今度は田中秘書室長だった。

「えらい長電話してたけど大野だろう」

「ええ」

「大野に先を越されたが、つまりそういうことだよ。一時間前に病院から帰ってきた。

河原女史の取り乱し方はひどかったよ。病院の霊安室で、子供みたいに泣いてねえ。恥ずかしかったよ」

田中のもの言いに河原洋子に対する感情が出ていた。

「わかるような気がします。彼女にとって石井会長は生き甲斐《がい》っていうか、命っていうか、心の支えだったわけですから」

「それにしたって、程度問題だよ。会長夫人が変な顔してたけど、あれじゃあ勘違いされてもしょうがないよ」

「自殺しなければいいんですが」

「そういう女じゃないよ。そんなしおらしさがあれば、われわれも苦労しないんだがねえ」

「ちょっと可哀想《かわいそう》な気がしますけど、河原女史どうなるんでしょう」

「女史がいなくなれば秘書室の空気はずいぶん明るくなるんだろうけど、引き取ってくれるところがおいそれとあるとは思えないし、頭が痛いよ」

石井会長の死で、社内全体のムードは明るくなる――。相沢はそう思いながらも、さすがに口に出すのは憚《はばか》られた。

人の不幸を喜ぶなんて人間性を疑われても仕方がない。ここは嘘《うそ》でも沈痛な面持ちをつくらなければいけないところなのだ。

相沢は電話が切れたあとで、大阪の業務部長に電話をかけるべきかどうか迷った。時計は午前零時を回っている。

高橋はいささかパワー不足のように思えるが、面倒みもよく人望もある。林専務のルートで、すでに情報をキャッチしているに相違ないが、念のために電話を入れておこうか――。サラリーマン根性まる出しだが、相沢は意を決して、社員の住所録を繰って高橋博を見つけ出した。

三度の呼び出し音で高橋自身が電話に出てきた。

「こんな時間に恐縮です」

「いや、起きてたよ。わたしもきみに電話を入れようかどうか迷ってたんだ。石井会長のことだろう」

「ええ。ショックですよ」

「栄和火災の社員間で深夜の電話が飛び交ってることだろう」

「そうかもしれませんねえ」

「気を遣ってくれてありがとう」

「とんでもない。余計なことをしてしまい申し訳ありません」

「遅いから寝酒でもやって、やすむとするか」

「おやすみなさい」

「おやすみ」

相沢はウイスキーの水割りを飲みながら感慨に耽《ふけ》った。

宮本はどう出るだろう。この期《ご》に及んでも〝男の美学〟とやらに、こだわりつづけるのだろうか。

そうさせてはならない。宮本は遠からず栄和火災の社長の座に就く運命にあるのだ。

宮本も眠れぬ夜を過ごしているに違いない。

相沢は宮本と電話で話したい欲求を抑えるのに苦労した。

ふと岩間の童顔が眼に浮かんだ。

岩間は宮本綾子と婚約したという。ひと月足らずのスピード婚約だが、二人は一線を越えただろうか。

どうかしている。余計なお世話というものだ。

しかし、だとしたら宮本が残留するにしろしないにしろ、岩間はもう引き返せない。

宮本が辞表を撤回したら、岩間はどんな顔をするだろうか。

社員寮に電話をかけて異変を岩間に知らせてやろうか、とちらっと考えたが、朝の早い寮のおばさんが可哀想だ、と思い直した。

あすの朝になれば、間違いなく岩間にも伝わる。いや栄和火災の全社員が石井会長の死を知ることになる。

この二年ほどの来《こ》し方《かた》が思い出されてならない。

秘書室次長時代の一年ほどはなんとも後味が悪く、悪い夢を見ているとしか思えなかった。

会長の個展、〝ベニスの赤い家〟のこと。増資をめぐる証券会社のシェア調整とN証券から石井に贈与された一千万円の商品券。『東京財界』の〝ゲスの勘繰り〟。

そして大阪へ左遷《させん》され、次期社長の呼び声高かった宮本までが石井の逆鱗《げきりん》に触れ、社長候補の芽を摘まれて、大阪へ飛ばされてしまったのだ。

〝人間到る処《いたるところ》青山あり〟と相沢はわが胸に言いきかせたが、それは負け惜しみに過ぎない。一選抜《いっせんばつ》からの脱落は誰の眼にも明らかだった。

宮本の身代わりになって、ヤクザと渡り合ったことも生涯忘れられまい。

誰にも話せることではないが、人間死んだ気になれば、大抵のことはできる。そんな思いを抱かせる事件だった。その後、久保田興業からの厭《いや》がらせめいたことはなにもない。一件落着と考えていいのだろう。

石井会長の訃報《ふほう》は、まだ信じられない気もするが、俺の人生を変えることになるのだろうか。

「相沢にもツキが回ってくるのと違うか」と大野は言ったが、田中秘書室長までが電話をかけてきてくれたことに、相沢はなにかしら人生捨てたものでもない、と思わずにはいられなかった。いまにして思うと商品券を山分けしたことがよかったのだろうか。これで宮本が辞表を撤回してくれたら言うことなしだ。

宮本には借りもあるが、貸しもある。宮本の引きがあれば、ボード入りだって夢ではないかもしれぬ。しかし、そんな自己栄達や保身ばかり考えてはいけない。宮本は栄和火災にとってかけがえのない人なのだ。

相沢が三分の一ほど残っていたウイスキーを空にして、就寝したのは、午前二時過ぎだった。

3

相沢が梅丘の石井邸を弔問したのは五月四日の夜七時過ぎだが、現役の会長だけに通夜《つや》の弔問客は引きも切らず、宮本と出交《でく》わすことはなかった。

五日の密葬でも目礼を交わしただけである。宮本は近寄りがたいほど口を引き結んで硬い表情をしていた。宮本と山本が焼香のあとで立ち話をしているのを見かけ、相沢は胸をどきつかせたが、二人は二言、三言、言葉を交わしたに過ぎない。

この夜十時過ぎに、宮本から相沢に電話がかかった。

「宮本だが、こんな時間に悪いなあ。ほとほと参ったよ。眠れなくて、ひとりで酒を飲んでたんだが、相沢と話したくなってねえ」

「わたしも専務のお声をお聞きしたくて、よっぽどお宅に電話をかけようかと思ったんですが……」

「社長は辞表の件をまだ会長以外に話してなかったらしい。きのう社長に呼ばれたが、ねばり勝ちだとか言って、わたしの前で辞表を破いてしまった。しかし、わたしはどうにもそんな気になれんのだ」

「どうしてですか。事態が変わったんですよ。なにをそんなに拘泥《こうでい》していらっしゃるんですか」

宮本の声は迷っていた。

「わたしを当てにしている友達の立場もあるからねえ。そう簡単に割り切れる問題じゃないんだ。社長は俺の後継者はおまえだ、とまで言ってくれた。まんざらでもないが、娘のこともあるしなあ」

　相沢は受話器を握り締めて、声を励ました。

「冗談じゃないですよ。岩間やお嬢さんのことをカウントする必要がどこにあるんですか。それは岩間とお嬢さんが割り切ればいい問題なんです。岩間はそんなバカじゃありませんよ。山本社長を裏切るのと、どっちが大切か考えてみるまでもないと思います。いや栄和火災五千人の社員を裏切るつもりですか、とあえて申し上げます」

「大袈裟《おおげさ》なやつだ。しかし、きみの気持ちはよくわかった。お気持ちはうれしいが損害保険会社の社長なんて誰がなったって務まるんだ。山本さんの次がわたしじゃなければならない必然性なんてまったくないよ」

「違います。専務は栄和火災の社長になるように運命づけられていたんです。天の配剤と思うべきですよ」

「あしたの夜、もう一度社長と話すことになってるが、一日や二日で気持ちを切り替えられるもんじゃないよ。しかし、気持ちが揺れていることは確かだ。というよりこんな時間に相沢に電話をかけたこと自体、気持ちが揺れている証拠かもしれないなあ」

「揺れるもなにも、もう決まりですよ。専務は辞表をお出しにならなかったんです」

「それはちょっとどうかねえ。辞表を出したことは娘に話したから、岩間も知ってるだろう」

「何度も申し上げますが、岩間をカウントする必要なんてないんですよ。社長から慰留されてることを、お嬢さんはご存じなんですか」

「家内にも娘にも話してない」

宮本は怒ったようにぶっきらぼうに言った。

照れているのだ、と相沢は思った。

「岩間にはわたしが話します。わたしは岩間の恩人を以《もっ》て任じています」

「恩人？」

「だって、お嬢さんとの仲を取り持ったのは、わたしじゃないですか」

「あんまり刺激せんでくれよ」

「ご心配なく。ちゃんとやりますから」

4

相沢は翌日大阪へ戻り、夜、岩間をつかまえた。二人が会社の近くの飲み屋で落ち合ったのは七時過ぎだ。

店は連休明け早々のせいか、空《す》いていた。客はカウンターに三人連れが一組いるだけだ。

「ここで岩間に綾子さんのことを話したのはいつだったたっけ。もう一年近くなるんじゃないか。やっぱりこうして生ビールを飲んだんだな」

「七月上旬の蒸し暑い日でした。よく覚えてます」

相沢は無理にしかめっ面《つら》をつくった。

「あのときはけんもほろろの返事だったよなあ」

岩間は照れ臭いのか左手の甲で、ひたいをごしごしこすった。

「で、どうなってるんだ。意気投合したようなことを言ってたけど」

岩間はごくごくとビールを飲んだ。そして音をたてて大ジョッキをカウンターに置いた。

「副部長にいつお話ししたらいいのか、迷ってたんですが、十月十日に結婚します」

「そう、よかった。おめでとう」

「ありがとうございます」

岩間はまぶしそうな顔で、ジョッキを持ち上げた。

「岩間らしい速攻だな」

「ひやかさないでください」

「それにしても、報告が遅かったな。しかも僕が催促して、しぶしぶ話すってのもよくわからんねえ。綾子さんを紹介すると約束しておきながら、それも果たしていない。相当抑えてるつもりだが、頭にきてるぞ」

「すみません」

「実を言うと〝十月十日〟は宮本専務から聞いてたよ。岩間がいつ言ってくるか首を長くして待ってたんだが……」

「ごめんなさい。なんだか恥ずかしくて、一日延ばしになっちゃいまして」

「これが恥ずかしがる問題なのか。専務に対して、岩間からなにも聞いてない俺の立場はなかったぜ。岩間がいくら照れ屋でも、常識ってものがあるだろう」

相沢は、半分冗談、半分本音で岩間をなじった。

「結婚式には呼んでもらえるのか」

「もちろんです。副部長ご夫妻にはお仲人《なこうど》みたいなことをお願いしたいと思ってます」

「仲人」を頼まれるとは思わなかった。それに「みたい」とはどういう意味だろう。

相沢が怪訝《けげん》そうな顔をしたので、岩間は急いで言い足した。

「人前《じんぜん》結婚式っていうのがあるらしいんです。綾子の提案なんですけど、神も仏もキリストも関係なしに、みんなの前で結婚を誓って、婚姻届に署名するんですって。コンパに毛の生えた程度の地味な結婚式にしたいと思ってます」

「綾子ねえ」

相沢がつぶやいたが、岩間には聞こえなかったようだ。一線を越えていなければ、綾子さんのはずだと相沢は思った。

「ですから副部長ご夫妻には、お仲人と神主だか、牧師だかの役もやっていただきたいわけです」

「そら大役だ。光栄だけど、荷が勝ち過ぎるよ」

「会社の偉い人をお招きするのはよそうと思うんです。綾子も賛成してくれました。副部長は別格です」

「考えさせてもらうが、僕は破談にならないかと心配してるんだけどねえ」

岩間がつぶやいた。

「破談ですか」

「うん。岩間は〝専務の娘〟にアレルギーを起こしていたからなあ」

「宮本専務は五月に辞めないんですか」

「辞めるに辞められない事情が出てきたとは思わないか」

岩間は眉間《みけん》にしわを刻んで、腕を組んだ。

「石井会長が亡くなったことと関係があるわけですね」

「そのとおりだ。先月、専務は辞表を出したが、社長は必死に慰留しつづけ、まだ受理されていない。皮肉にも石井会長も慰留に賛成したらしいが、社長の熱意にほだされて当然だし、会長の死が専務の心象風景に変化を与えたとしても仕方がないことだと思う。専務の苦衷は察するにあまりあるが、僕はあえて申し上げたよ。岩間と綾子さんのことはこの際カウントすべきではないとね。宮本専務は、栄和火災にとって必要な人なんだ。岩間がいくら硬骨漢でも、わかってくれるはずだ。わたしが責任を持って岩間を説得するから、辞表は撤回してください、五千人の社員のためにもお願いします、って昨夜、電話で専務にお願いしたんだが、わたしの言ってることは間違ってるか」

「いいえ」

岩間は息苦しくなって、ネクタイをゆるめた。

「しかし、参りましたねえ。宮本専務の次期社長は動かないでしょう」

「ものわかりがいいな」

「岳父が会社の社長ですか。そんなの冗談じゃないですよ」

「駄々っ子みたいなことを言うな。じゃあ婚約を解消するか」

「それはあり得ません」

「だったら、運命と思って諦《あきら》めるんだな。諦めるっていう言いぐさはないか。綾子さんがきみにとってどれほど大切な人であるかを考えれば許容するしかないんだよ。仮に何年か後に宮本専務が社長になるとしても、たかがサラリーマン社長じゃないの。岩間はナーバスと言うかナイーブであり過ぎるよ。誰も社長の娘婿なんて思わないから安心しろ。そんなに気になるなら、海外か子会社に飛ばすように人事に話してやろうか」

「余計なことしないでください」

相沢の皮肉に岩間がふくれっ面で返し、ジョッキを呷《あお》った。

「わかってくれたんだな」

「ええ」

「よし、じゃあ握手だ。人前結婚式の仲人、喜んで受けさせてもらうよ。仲人は初体験だが、おもしろそうじゃないの」

岩間はなんとも言えない顔をして、握手に応じた。

ビールから冷酒に替わった。

岩間は手酌でぐいぐいやっている。相沢の二倍のピッチだ。

冷《ひ》や奴《やっこ》をつるんと呑み込んで相沢が言った。

「おい、まるでやけ酒みたいな飲み方じゃないの。もうちょっとゆっくりやれよ。だいたい、すべて良い話なんだからな」

「僕にとっては必ずしもそうじゃないですよ」

「考え出したらきりがないが、たとえば岩間のフィアンセが宮本専務のお嬢さんと聞いただけで、やっかむやつもいるかもしれない。そして、僕が二人の仲を取り持ったとわかれば、宮本専務にゴマを擂《す》ったと見る人も出てくるだろう。事実は宮本専務のほうが岩間に対してのぼせあがったんだが、ジェラシーは人間の感情として、どうしようもないものだと思うんだ。逆の立場になればわかるんじゃないかな。岩間にも僕にも人を羨む気持ちがあって当然だろう。僕は岩間ほど意地も気骨もないので、そのうち宮本専務が社長になってくれれば、少しは引き立ててくれるんじゃないだろうかって、やっぱり考えちゃうわけだよ……」

なにか言おうとした岩間を、相沢は強引に制した。

「ちょっと待て。もう少し言わせてくれよ。あのなあ、われながらあさましいとも思ってるが、宮本専務も俺も権力者の石井会長に嫌われて、本社を放逐された、いわば同病相憐《あいあわ》れむ仲だったんだ。石井会長の死を悼む気持ちがないなんてことはないけど……」

そこまで話して、相沢は急に口をつぐんだ。

石井から二百万円の商品券を受け取ったとき、田中や大野に話さず口をぬぐっていたら、結果はどうなっていたろう。

自己の小心ゆえに石井の不興をこうむったと考えてもよかった。石井を恨むのは筋違いとも言える。N証券の田端社長から届けられた一千万円の商品券の件を石井は俺に明かす必要などなかったのに、あえて話したのは、側近の俺を信頼してくれたからかもしれない。

しかし、宮本から石井寄りに調整案を引き出したかったからこそ、俺に事実を打ち明けたとも考えられる。老獪《ろうかい》な石井は計算ずくだった。だが、結果的に石井を裏切ったことは疑う余地がない。内心石井の死を喜んでツキが回ってきたなどと、はしゃいでいていいのだろうか——。

相沢は自己嫌悪《けんお》に陥っていた。

「宮本専務はほんとうに辞表を撤回するんでしょうか。僕は初志貫徹してお辞めになるような気がしますけど」

「岩間はまるでそう願ってるみたいだな」

相沢はどきっとしながら聞き咎《とが》めた。

岩間が悠揚迫らず返した。

「副部長がおっしゃるとおり僕たちのことをカウントする必要はないと思いますが、だからといって自分の気持ちにけじめがつけられるんでしょうか。立身出世のために友達を裏切るなんてことができる人とは思えないんですけどねえ。栄和火災を辞めて、友達が経営する会社に入社すると約束してるわけですから」

「しかし、ほんとうの親友なら、理解してくれるんじゃないのか。栄和火災にとって宮本さんがかけがえのない人材だっていうことを」

「石井会長が存命しているときはそうじゃなくて、亡くなったら急にかけがえのない人材っていうのも、なんだかおかしくないですか」

「人事権の摩訶《まか》不思議なところとしか言いようがないよ」

そう言いながら、相沢は少し不安になった。自分の都合と関係なく、宮本は栄和火災社員五千人のために辞めてもらいたくない、と願わずにはいられなかった。

5

相沢と岩間が関西総合本部近くの一杯飲み屋で話し込んでいた同時刻、神田錦町《にしきちょう》の竹橋安田ビル九階にある〝然〟の小部屋で山本と宮本が会食していた。

大手町の栄和火災海上本社ビルから徒歩でも十五分ほどで来られるので、山本は昼食でもたまに〝然〟を使っていた。

〝四季交楽・然〟がフルネームだが、和食と洋食両部門あり、すべて個室だから、話をするにはもってこいの場所だ。

山本はもっぱら京都風の会席料理と決めていたが、秘書に予約を取らせると、必ず〝叢林《そうりん》〟なる小部屋を用意してくれた。〝叢林〟は板の間で六人が定員だが二人でも三人でも〝叢林〟を空けてくれるのは、山本が気に入っていることを支配人の信太正利が承知していたからだ。掘り火燵《ごたつ》式で脚が投げ出せるので座敷の窮屈さがないのも悪くない。なによりも料理が旨《うま》かった。昼間は遥《はる》かに皇居の森が望める風情《ふぜい》のある部屋だ。

支給品の地味なえんじの和服をまとった従業員も好感がもてる。どの人も混み入った話と察して、そっと席を外すほど気を遣ってくれる。

山本と宮本はビールの中瓶を二本あけたあとは、湯で割った焼酎《しょうちゅう》を飲んだ。二人ともワイシャツ姿である。

「石井会長は六十九の齢《とし》のわりにはお若く見えましたが、こんな急に亡くなるとは信じられません」

「長患《ながわずら》いして、人に迷惑をかけるのがいちばん辛《つら》いよねえ。変な話、その点会長は死にっぷりがよかったよ。わたしもあんなふうに死ねたら言うことなしだ。こういうことを言うと仏に恨まれるかもしれないし、わたしを社長に指名してくれた恩人でもあるが、晩年はわがままが過ぎて、わたしも手を焼いた。きみも知ってるとおり、この何年間か重要な人事はことごとく会長の独断専行だったからねえ。会長に求心力が働いているので、全役員が会長のほうを向いて、誰一人わたしなど相手にしてくれない。木村なんかひどかったよ。露骨に会長の草履取りをやり始めてたものなあ。きみが大阪に出されて、わたしの次は自分だと勘違いしたんだろうな」

「勘違いですか」

「わたしはこれだけは拒否権を発動するつもりだった。木村は性格が悪過ぎる。危なくてとてもまかせられんよ」

宮本は思案顔で縞鰺《しまあじ》のおつくりに箸《はし》をつけた。

木村を取り立ててきたのは山本である。木村は山本の懐刀《ふところがたな》と言われた男だ。

「きみと木村を交代させようと思ってるんだ」

宮本は箸を置いて背筋を伸ばし、山本の眼を見返した。

「木村専務はわたしの三年先輩です。不自然な人事はしこりを残しますよ」

「誰もいますぐやるとは言っとらんよ。九月に大阪の新ビルが竣工《しゅんこう》する。十月に竣工式をやるが、そのときの関総本部長なら花を持たせたことになるだろう。だから十月一日付でやるつもりだ。だいたい宮本を関総本部長に持っていったのが不自然だったんだよ。外れた軌道を元へ戻すだけのことで、花も実もある人事じゃないか。もっと言えば、会長が亡くなったいま、木村はクビを洗って待つ心境だろう」

宮本は大ぶりのグラスを口へ運んで、湯割り焼酎を喉《のど》へ流し込んだ。

「つまり報復人事ということになるわけです。わたしは賛成できません」

山本がむすっとした顔をした。

「みんなニコニコ仲良しクラブみたいなわけにはいかんのだ。そんな書生っぽの考えはきみらしくないなあ。初めてわたしの人事ができるんだ。果敢にやらせてもらうよ。誰のためでもない、会社のためだ。適材適所主義を貫かせてもらう」

気負い過ぎている、と宮本は思ったが、むろん口には出さなかった。

「きみには二年、財務、経理、経営企画室を担当してもらう。そのあと副社長を一年やってもらいたい。わたしはあと三年で会長に退く。人事もきみにまかせる。石井さんのように院政を敷くなんてことはしないから安心してくれ。いや、宮本なら安心してまかせられるってことなんだ」

宮本は微笑を浮かべて一揖《いちゆう》した。

「身に余る光栄ですが、わたしはそんな柄でもないし、資格もありません。こないだも損害保険会社の専務ともあろう者が情けない人だと部下に笑われました」

宮本は努めてたんたんと話したが、聞き役の山本のほうが興奮した。

ヤクザに絡《から》まれて交通事故に遭遇してから、示談に至るまでの話を包み隠さず話したあとで、宮本は眼を潤《うる》ませた。

「相沢は身を挺《てい》してわたしを庇《かば》ってくれたんです。あのときわたしは、なるべく早い機会に会社を辞めようと決心しました。損害保険会社の社長なんておこがましき限りですよ。まったく見下げ果てた情けない男なんです」

山本が吐息まじりに言った。

「男と生まれて女の話の一つや二つないほうがおかしいいし、交通事故もヤクザに絡まれるのもあり得ないことではないが、この話は聞きたくなかったねえ。どう言ったらいいのか、きみは辞意の固さを示すために話したんだろうが、露悪趣味はよくないな。しかし相沢は偉いねえ。秘書室におったころから見どころのあるやつだとは思ってたが……」

「相沢をよろしくお願いします」

宮本は膝《ひざ》に手を突いて低頭した。

「わたしは社長に相沢のことをアピールしたかったんです。石井会長に嫌われたのも、相沢らしい男気のしからしめるところなんです……」

宮本はついでに一千万円の商品券のことが口をついて出そうになったが、ぐっとこらえた。

山本に相沢が口の軽い男だと、とられかねないと思ったからだ。

「相沢のことは覚えておこう。関総本部でもう少し頑張ってもらうのがいいと思うが、きみの眼鏡にかなったほどの男なんだから同期で一、二を争う人材に育ってくれるだろう」

「同感です。相沢のような男がボードに入ってくるようになれば、社内に大きなインセンティブをもたらすことになると思います」

じゅん菜のおすましを飲み終えた山本が怒ったような顔で言った。

「わたしは諦めんよ。石井会長の社葬まで休戦しよう。二十日まで二週間ある。その間に頭を冷やして、もう一度よく考えてくれないか」

「わたしの気持ちは変わらないと思います」

宮本が居ずまいを正して返すと、山本は眼もとに苦笑をにじませた。

「きみも頑固だねえ。じゃあ訊《き》くが、たとえばの話、わたしのあとに誰がいるのか教えてくれ」

「僭越《せんえつ》ながら申し上げます。水谷副社長が順当だと思います」

「わたしとの年齢が近過ぎる。それに水谷は分をわきまえてるというか心得てるから、きみ以上に固辞するだろうな」

「そんなことはないと思いますけどねえ。水谷さんは実に公平な人です」

「毒にも薬にもならん男だと石井会長がくさしたことがあるよ」

「たしかに会長や社長ほどのカリスマ性はないかもしれませんがねえ。社長はリーダーシップの欠如も心配されてるんでしょうが、バランス感覚は相当なものですし、役員や幹部を束ねていく力は傑出してるんじゃないでしょうか」

「水谷が首をタテに振らなかったらどうするんだ」

「それはないと思いますけれど、林専務も有力な候補だと思います。常務クラスにも、平取、部長クラスにも次の次の候補はいくらでもいます」

「わかった。もういい」

山本はさえぎるように手を振ってから仏頂面でつづけた。

「とにかく社葬まで休戦だ。くどいようだが、もう一度だけ念を押させてもらうが、わたしが辞表のことを石井さん以外に話していない事実と、その辞表を破り捨ててしまったことの重みを、考えてもらいたい」

宮本は黙ってうなだれていた。

6

五月二十日夕刻五時過ぎに、宮本は山本に呼び出された。

社長室に山本と水谷が待っていた。三人とも先刻芝の増上寺で執り行われた社葬で、遺族と共に最前列に並んだが、宮本は水谷が同席するとは思わなかった。

「失礼します」

宮本は水谷の隣に腰をおろした。

「案の定と言うべきか水谷君は固辞している。それどころか五月二十五日の決算役員会で辞任し、栄和不動産の社長に出してもらいたいと希望している。隠居仕事をするのはまだ早いと懸命に引き留めてるところだよ」

栄和不動産は、栄和火災が全額出資で設立したグループの不動産管理会社である。社長は、山本が兼務しているが、専任社長を置いた前例もあるので、水谷が転出してもさして不自然ではなかった。

「水谷はわたしよりもっと過激なんでびっくりしてるんだ」

山本と水谷が顔を見合わせた。

「過激はないでしょう。ごく建設的な提案をしているに過ぎないと思いますけれど」

「つまりねえ、水谷はこの際、一挙に宮本を副社長に昇格させてしまったほうが、わかりやすいという意見なんだ。次期社長を内外に明確にすることによって、ヘタに野心を持つやつもいなくなる。そのために身を引くと言い出されて、わたしも往生してるんだ。後進に道を譲るとはよく聞くせりふだが、水谷は栄和火災のために喜んで捨石になるっていうんだから、なんとも頭が下がるよ」

「宮本さん、辞めちゃいけません。あなた以外に誰がいるんですか。社長もわたしも荒縄で縛りつけてでも、宮本さんを辞めさせてはならないと思ってるんです」

水谷は誰に対しても丁寧な口調で話す。

「ついでにしゃべってしまうが、水谷は木村に関総本部長を委嘱することにも賛成してくれた。もちろん木村が経営会議のメンバーであることは変わらないが、わたしは十月と思っていたんだけれど、決算役員会できみの副社長も、木村の関総本部長も決めてしまったらどうかという意見なんだ」

「根回しは、わたしが責任をもってやらせてもらいます。木村さんも抵抗できないでしょう。林さんが〝宮本副社長〟に反対するとは思えません。これはトップの意思、トップの経営判断なんですから、否《いや》も応もないんですよ」

宮本は込みあげてくるものを懸命に制御した。

「社長と副社長にこんなにまで言っていただいて、ほんとうに胸が一杯です。しかし、お受け致しかねます。どうかおゆるしください。親友との約束を反故《ほご》にすることはできませんし、一度決めたことを白紙に返すことはなかなか難しいものです。それと、副社長がお辞めになることには反対です。栄和火災のためにもう少し頑張っていただきたいと思います。辞表を用意してきました。どうかご受理願います」

宮本は白い封書をセンターテーブルに置いて退出した。

「宮本さん、ちょっと待ちなさい」

振り向くと、水谷が小走りに近づいて来た。

「わたしの部屋で五、六分待っててください。すぐ行きますから」

水谷は言いざま宮本に背中を見せて社長室に戻った。

宮本は言われるままに、副社長室で待っていた。
五、六分のはずが二十分待たされた。
副社長室のソファで水谷がハンカチで顔の汗を拭《ぬぐ》いながら言った。

「こんなことになるなんて夢にも思いませんでした。社長もさすがにがっかりして口をきく気にもなれないなんて言ってましたが。宮本は俺に恨みでもあるんだろうかとも言ってましたよ」

「社長に恨みなんてあるわけないでしょう。考え過ぎです。ただ、出処進退について思うところがあり、そのとおりにしたかったのです」

「正直なところ、わたしにも野心がないとは言いません。社長になりたいと思わなかったと言えば嘘になります。しかし、トップにはトップの器量っていうものがあるんです。ま、なにを言ってもいまのあなたは聞く耳を持たないと思いますが、最後の願いごとを言わせてください。宮本さん、あなたは関総本部長をせめて二年はやるべきです。これは代表取締役としての責務だと思います。任期途中で退任するのはよっぽどのことがなければ避けるべきでしょう。これもダメ、あれもダメじゃあ、人格を疑われても仕方がないですよ。辞めるのは関総本部長としてやるべきことをやってからにしてください。あなたは新社屋の建設本部長でもあるんですよ。竣工も見届けずに辞めるなんて言語道断です。どうしてもとおっしゃるんなら解任という手もありますよ。それから、今後水曜日の経営会議に必ず出席するようにしてください」

水谷からこんなふうにたたみかけられるとは思いもよらなかった。気魄《きはく》を込めた眼で凝視されて、宮本はたじたじとなった。

「明朝、ご返事を差し上げます」

宮本が転職先として決めている製薬会社社長の旧友に、一年の猶予《ゆうよ》を願い出たのはその日の夜である。

翌朝、宮本の返事を電話で聞くなり、水谷は社長室へ飛んで行った。

「宮本さんが、翻意してくれましたよ」

「まさか」

「いいえ。とりあえず任期を関総本部長として、まっとうするということです。シナリオはずいぶん変わりましたけれど一年の間に、宮本さんの気持ちが変わらないと誰が保証できますか。あとは社長の熱意と誠意です」

「よく口説いてくれた。しかし、狐《きつね》につままれたような気がせんでもないねえ」

「来週の経営会議から出席してもらいます」

「それにしたって、あんなに頑《かたく》なに辞めると言い張っていた宮本がどうして」

水谷がにやにやしながら返した。

「ちょっと恫喝《どうかつ》してやったんです。解任という手があるぞって」

「ふうーん」

山本が唸《うな》り声を発した。

7

五月二十日の夜、東京から大阪に戻った宮本から相沢に呼び出しがかかった。

「わたしの去就について、さぞ気を揉《も》んでることだろうねえ」

「はい、気が気じゃありません。仕事が手につかないほどです」

「けさ、副社長に一年会社に留まると電話で返事をした。〝解任〟とまで言われるとたじろぐよねえ。言葉の綾《あや》というか冗談なんだろうが、あの〝ホトケの水谷〟に凄《すご》い迫力でまくしたてられて、そんな気になってしまった。われながら信じられない思いなんだ」

「ホッとしました。こんなうれしいことはありません」

「岩間も一年なら勘弁してくれるだろう」

「岩間は、専務が社長になっても勘弁しますよ」

「それは絶対にない。変に期待しないようにな」

「期待しますよ。それは社員の総意でもあるんですから」

「役員の半分は敵だと思ってちょうどいいんだ。トップを目指してしのぎを削ってる面もあるんだから」

「しかし、自分にすり寄っても来ない宮本専務を後継者に指名しようとしている山本社長は立派ですねえ。山本社長も副社長時代、石井社長のあとを襲うために草履取りまがいの苦労をしたという話を聞いたことがありますけど」

「人間関係は好きか嫌いかでほとんど決まってしまうが、ちょっとしたことで気持ちが変わって好きになったり嫌いになったりいろいろあるもんだよ」

どうあっても、一年の間に宮本の気持ちを変えさせなければ——。相沢はそれが自分に課せられた使命のような気がしていた。

*

平成七（一九九五）年五月十九日の夕刻、相沢靖夫に宮本専務から呼び出しがかかった。

個室で待っていた宮本は、ノックの音を聞いてソファから腰を上げ、自分でドアを開けた。

「やぁ」

「恐れ入ります」

相沢はどぎまぎした。手でソファを示された相沢は、宮本が座るのを見届けてから腰を下ろした。

「用向きを伝えよう。相沢に〝ぜひもらい〟がかかってねぇ。わたしはＯＫせざるを得ないと思って承諾した。本社の経営企画室長は理事職だから出世だよな。きみの仕事ぶりやら面倒見の良さやらを、評価してくれたっていうことになるんだろうな」

相沢はドキドキしながら低頭した。そしてゆっくり頭をもたげて、宮本の目をとらえた。

「ありがたくお受けさせて頂くと言わなければならないことは重々承知しています。しかしながら、生意気を言わせてください……」

相沢は生唾《なまつば》を呑《の》んで、話をつづけた。

「専務が更に二年、専務の任期をまっとうされることを条件にさせてくださいませんでしょうか。五千人の全社員を代表して申し上げているつもりです。遠からずトップになられることも願っております」

宮本が上体を寄せて、にこっと微笑《ほほえ》んだ。

「お言葉だけ頂いておく。相沢に大きな借りがあるにしても、わたしの退任、辞任はボードに受け入れられていることだ。親友を裏切ることなどあってはならない。男が廃《すた》る。分かってくれないか。分かってもらいたい」

宮本に頭を下げられて、相沢はたじろぎ、何も言い返せなかった。

「きみはトップグループに肩を並べることができた。違うな。一選抜から脱落したことが不可解なんだから、元へ戻っただけのことだと言い直そう」

「すべて専務のお陰です。ありがとうございました」

「それはわたしのセリフだろう」

宮本が伸ばした右手を、相沢は中腰になって固く握り返した。相沢は目頭を熱くしていた。

新潮文庫版あとがき

本書『出世と左遷』（旧題『人事権』）は平成四（一九九二）年に講談社から上梓《じょうし》された。四半世紀前の作品だが、平成二十九年から「夕刊フジ」に掲載されることになり、再読せざるを得なくなった。一気読み出来たのは、いささかも鮮度が失われていなかったからだと、私は自負している。

『人事権』なる書名のアピール力が現代にも通用するという面もあるが、今現在のストーリーとしても十分通用すると自画自讃《じさん》したくなったのは、作品のエンターテインメント性に自信があるからに他ならない。リアリティもそこなわれていないことによると再び私は自讃したくなった。

主人公、相沢靖夫の生き方にも読者の共感が得られると私は確信するし、石井三郎会長の人事権者ぶりにも思い当たるサラリーマンは大勢存在するのではないだろうか。

上梓から四年後の平成八年にＴＢＳによってテレビドラマ化された時のタイトルは

『出世と左遷』に変わっていたが、当然のことながらストーリーは『人事権』そのものので、小林桂樹さんが珍しく悪役の石井三郎を見事に演じていたのが印象深く眼底に焼き付いている。また、相沢靖夫役の三浦友和さんの名演技も私の心をとらえて離さなかった。

人事権を振り回す傲岸不遜《ごうがんふそん》な人の末路が幸運とは限らないことも事実なのである。『出世と左遷』は今なおBS－TBSで放映されることがあるが、このことは、繰り返しになるが、鮮度が失われていない証左に他あるまい。

取材に力が入った往時を想起して、私は独り悦に入ってるが、本書の読者なら私の気持ちを付度《そんたく》してくれるに相違ない。

サラリーマンに限らず、家族を含めて人事に関心を持たない人がいるとは思えないが、上司を選べないのはサラリーマンの宿命でもある。波長の合わない嫌な上司にめぐり会った時こそ、自助努力し、仕事に熱中して成果を上げることが望まれる。なぜならば、上司に直言できる立場を築くことが可能になるからだ。

レイモンド・チャンドラーは小説『プレイバック』の中で、主人公の私立探偵フィリップ・マーロウに「男は強くなければ生きてゆけない。優しくなければ生きてゆく資格がない」と語らせている。

私はこの言葉が好きだが、「男」を「人間」に変えれば、老若男女《ろうにゃくなんにょ》を問わず誰にでも当てはまるのではないだろうか。

自分以外の人たち、家族であれ、友達であれ、会社仲間であれ、「優しくなければ生きてゆく資格がない」を胸に刻んで、私は生きたいし、そうありたいと願っている。サラリーマン生活で最も求められるフレーズであるように思える。部下の力を引き出せるのは優しさ故《ゆえ》と考えられるし、この上司の為《ため》なら水火も辞せず、も優しさが伴わなければ成就《じょうじゅ》できないことは自明である。

二〇一八年二月

高 杉 良

この作品は『人事権』として平成四年十一月講談社より刊行、同文庫他をへて、加筆修正ののち、「夕刊フジ」に「出世と左遷　小説・人事権！」として連載されたものである。

出《しゅっ》世《せ》と左《さ》遷《せん》

新潮文庫　た－52－26

平成三十年五月一日発行

著者　高《たか》杉《すぎ》良《りょう》

発行者　佐藤隆信

発行所　株式会社新潮社

郵便番号　一六二―八七一一
東京都新宿区矢来町七一
電話　編集部(〇三)三二六六―五四四〇
読者係(〇三)三二六六―五一一一
http://www.shinchosha.co.jp

価格はカバーに表示してあります。

乱丁・落丁本は、ご面倒ですが小社読者係宛ご送付ください。送料小社負担にてお取替えいたします。

印刷・株式会社光邦　製本・株式会社植木製本所

ISBN978-4-10-130336-9 C0193